孙子兵法，让世界读懂中国

韩胜宝 著

文汇出版社

图书在版编目（CIP）数据

孙子兵法，让世界读懂中国 / 韩胜宝著. -- 上海：
文汇出版社，2025.4. -- ISBN 978 - 7 - 5496 - 4433 - 9

Ⅰ. I253.4

中国国家版本馆 CIP 数据核字第 2025CR6458 号

孙子兵法，让世界读懂中国

著　　者 / 韩胜宝

出 版 人 / 周伯军
责任编辑 / 张　溟
执行编辑 / 唐　铭
封面装帧 / 张　晋

出版发行 / 文匯出版社
　　　　　　上海市威海路 755 号
　　　　　　（邮政编码 200041）
经　　销 / 全国新华书店
排　　版 / 南京展望文化发展有限公司
印刷装订 / 常熟市大宏印刷有限公司
版　　次 / 2025 年 4 月第 1 版
印　　次 / 2025 年 4 月第 1 次印刷
开　　本 / 890×1240　1/32
字　　数 / 178 千字
印　　张 / 8.375

ISBN 978 - 7 - 5496 - 4433 - 9
定　　价 / 80.00 元

自　序

　　《孙子》被西方誉为"兵经"，既是军事经典，又是哲学经典，还是商业经典和人生经典，它影响了世界 2 500 多年的智慧与谋略。据说全世界有上万种与《孙子》相关的图书，《孙子》的翻译出版覆盖五大洲，与《圣经》不相伯仲。

　　笔者曾当面讨教美国知名《孙子》翻译家、夏威夷大学哲学系教授安乐哲：听说在美国书店，《孙子》和《圣经》常是放一块的，为什么呢？

　　安乐哲回答说，《孙子》不仅是军事战略，更是博大精深的思维方式和哲学，已经成为当今文化交流与对话的极其重要的资源。

　　安乐哲称赞道，《孙子》是世界经典之一，全世界各个领域的人们都在应用，因此，西方人把《孙子》视为"兵经"，是"兵学圣经"。

　　瑞士苏黎世大学著名汉学家、谋略学家胜雅律也持有类似观点。《圣经》是全世界发行量最大的书籍之一，而《孙子》的影响力或许能与它媲美。西方世界还把《孙子》奉为全球商界的"圣经"。

　　于是，笔者开启了"孙子兵法全球行"系列采访活动，把目光聚焦在世界各国如何传播、吸收、运用《孙子》。

　　首先，《孙子》成了全球军事战略的"启示录"。不少外国军政首脑把它视为"军事圣经"，将之摆到国家战略思维的层面上。

美国的斯坦福研究所的战略研究中心主任罗伯特·B.福斯特，运用《孙子》智慧探索对外新战略，以"不战而屈人之兵"为基点，提出"确保生存和安全"战略，代替"确保摧毁"战略。他写道："遏制战争的基本条件是，让敌人对战争的结局更加没有信心，使敌人意识到，城市虽可免遭摧毁，但军事上却要冒失败的危险，而不是像《圣经》的《启示录》那样，描绘一幅'世界毁灭'的可怕前景。"

美军上校道格拉斯·麦克瑞迪曾出版《影响深远的军事圣经——孙子兵法》一书。他认为，中国古代军事家孙武的《孙子》堪称兵法经典、军事圣经。孙武的思想为弱势军队以弱胜强提供了有益的启示。麦克瑞迪认为，在未来的几十年里，"美国或许不会将孙武的全部思想都融入其进攻性战略中，但美国肯定会面临那些运用孙武思想或类似思想的对手的挑战"。

其次，《孙子》成为全球商业领域的"启示录"。曾翻译《孙子》的美军准将格里菲思是二战老兵，他对日本如何应用孙武思想颇有研究。格里菲思表示，日本人把《孙子》作为"商业圣经"。"二战"以后在日本形成了一个"兵法经营学派"，日本一些大财团的高层有军人背景。20世纪60年代初，日本企业开始将《孙子》应用于企业管理。

有西方学者称，把《孙子》比作商战中的"圣经"，是因为它用东方文化全面阐释了当代西方的企业管理、战略投资、资本运作、商务谈判、市场营销等诸多商业理念和实践。

再则，《孙子》可以成为人类生活的"启示录"。孙子讲的不只是兵法，而是传授思维，教人方法，无论是国之大事还是生活琐事，都可以通过这部"兵经"找到应对之法。

中国社会科学院学部委员、澳门大学中国文学讲座教授杨义认为,孙子把智慧放在第一位,《孙子》不是罗列战例,而是总结世人生存的智慧。《孙子》是最抽象的,但也是最实用的。它能触动各种各样的思考,能启动人的智慧发条。

杨义阐述说,探究兵道于兵事之外,有利于把兵事纳入人类生存的更深广的时空框架来思考,在血与火的历练中化生出智慧与谋略的学问。《孙子》之所以受到普遍的尊崇,一个基本性的原因是它在透彻的"兵言"中,蕴含着深厚的对于人类生存的关怀。如果以"诡道"概括兵学的本质特征,可以说兵法是以智为先,具有浓郁的重智色彩,这就使《孙子》成为举世瞩目的智慧"启示录"。

孙武活在兵书里,也活在兵书外;孙武活在中国,也活在世界。有海外学者称,不分东方西方,不分大国小国,不分种族肤色,在原子时代、电子时代,孙子思想仍广受世界各国的欢迎。一部神奇的中国古代兵书,如此深深吸引全世界人潜心研读,如此受到全球各界人士的长久追捧和广泛应用,这不能不说是人类历史上的一大奇迹。

世界各地的传播者、阅读者、研究者、应用者,没有把《孙子》仅仅当作一部兵书来读,没有当作一种教条或者标签来用,而是把它当作哲学智慧来读,当作顶层思维来学,扩展其思路,发扬其内核,挖掘其精髓,拓展其内涵,做到"不以法为守,而以法为用",灵活运用,融会贯通。

笔者作为一名记者,担负的使命是真实记录《孙子》在全球的传播、应用和影响。"孙子兵法全球行"最大的收获是,看到了全世界读"兵经"的"异象",收获了《孙子》在全球传播、应用和影响的"启示录"。

北宋诗人陆游的《示子遹》告诫:"汝若欲学诗,功夫在诗外。"学《孙子》的功夫也在兵法外,要跳出兵法学智慧,学思维,这样才能给人类带来更多的启示。

是为序。

目　　录

第三编　《孙子》的评注与研究

第四编　《孙子》与内政外交

第五编　《孙子》与经营管理的艺术

第一编 《孙子》的海外翻译和传播

日　本

《孙子》传入日本

日本很早就开始了对《孙子》的研究。

美军准将格里菲思在他的英文版《孙子兵法：战争艺术》中考证，公元 516 年，中国一位熟悉兵书的学者曾抵达日本。那年，日本继体天皇在任命其子粗鹿火为兵马统帅时曾说过，"夫将者，民之命与国之存亡所系也"。这句话显然受了《孙子》中"故知兵之将，生民之司命，国家安危之主也"的影响。这似乎可以印证日本继体天皇读过《孙子》。

一种流传较广、接受度似乎较高的说法是，在日本奈良时代，著名的遣唐留学生吉备真备循海路从中国带回了被奉为"兵经"的《孙子》。吉备真备曾两次出任"遣唐使"，他精研经史，成为饱学之士。开元二十二年（公元 734 年），吉备真备携带中国典籍 1 700 多部回到日本，其中包括由张良传下来的《六韬》《三略》等兵书。吉备真备开创了日本注释、研究《孙子》的先河，并在日本广泛传播其研究成果，被尊为日本的兵法之祖。另据《续日本纪》卷二十二记载，淳仁天皇于日本天平宝字四年（公元 760 年），派遣官员春日部三关、土师宿弥关成等六人，到九州太宰府跟随吉备真备学习《孙子·九地》

《诸葛亮八阵》等军事著作。

日本南北朝时代（公元1381年），征西将军怀良亲王在给明太祖朱元璋的回信（《怀良亲王复明书》）中写道，"臣居远弱之倭，偏小之国，城池不满六十，封疆不足三千"，"今陛下作中华之王，为万乘之君，城池数千余座，封疆百万余里"，"尧舜有德，四海来宾；汤武施仁，八方奉贡……论文有孔孟道德之文章，论武有孙吴韬略之兵法"。日本当代兵法学者左藤坚司认为，"孙吴韬略之兵法"，当然是指《孙子》《吴子》《六韬》和《三略》。怀良亲王是日本南北朝时代的重要人物，他写信给朱元璋的真实意图是"求和"，说明这位日本亲王不仅熟知孔孟之道，也精通中国兵道。

《孙子》传到日本后，一直藏于皇宫内，被视为"秘传奥义"，非皇室成员不得翻阅。从传入伊始直到日本战国末年，《孙子》皆靠汉文本传抄，因此对阅读能力的要求很高。后经源氏家族、楠木家族之手，《孙子》得以传至民间。到了德川幕府时期，日本国内结束战乱，转入和平，政府大力复兴学术，经皇室许可最终开放了《孙子》的阅读权限。

《孙子》传入日本后，其早期传播基本上依托汉文文本的传抄和传读。早期的日本文人不少能阅读汉籍，他们研读的是汉文兵书，并且大量翻印了中国兵书。日本主要的汉籍目录上几乎都能见到翻印的《孙子》。活字印刷《武经七书》，结束了手抄汉籍兵书的历史。直到公元1660年，才有了真正意义上的《孙子》日文译本。

《孙子》从日本皇室流向武士阶层

飞鸟时代后期的律令制时代，《孙子》主要在皇室内传阅，成为贵族们的必读教材。

镰仓时代,《孙子》从皇室流传到武士阶层,被源氏家族、楠木家族率先获得。源赖朝受封征夷大将军,并在镰仓建立日本历史上第一个幕府政权,从此诞生了武士政权。楠木家族的楠木正成,成为镰仓幕府末期到南北朝时期著名武将。他举兵倒幕,推翻镰仓幕府,被赞为"智仁勇兼备之良将",成为官方钦定的"军神"。相传,年少时的楠木正成曾师事大江时亲(大江匡房七代之后)学习《孙子》,从而领略兵法之妙。他在"倒幕战争"中,创造了大量以少胜多、以弱击强、出奇制胜的战例,后人将他的军事指挥艺术,总结为"楠木派兵法"。

后经源氏家族、楠木家族之手,将《孙子》存于大江世家,传到了大江匡房之手。大江的祖先大江维时曾到中国学习兵法,归国后向朱雀天皇献中国兵书 30 余卷,大江家族因而担负起替朝廷保管中国兵书之责,从而为其后代研究中国兵法创造了条件。大江匡房 18 岁时试第上榜,曾任东宫学士、中务大辅、右少弁、美作守、左大弁、勘解由使长官、式部大辅等职位,57 岁当上太宰权师。他利用职务便利,苦读中国兵书,遂成著名兵学大家。

此后,《孙子》又从大江匡房传到源义家。源义家是日本平安时代后期的著名武将,通称"八幡太郎"或"八幡太郎义家"。大江匡房告诫源义家,"好武者,可惜未知兵法",于是,源义家拜大江匡房为师,潜心学习《孙子》,并把孙子兵法活用到实战中,成为一名足智多谋的名将,在战场上屡屡得胜。源义家在进攻金泽栅时,看见前方雁鸟乱飞,因而想到《孙子·行军篇》中"鸟起者,伏也"的名句,由此察知伏兵,于是改变进攻计划而得免于难。后来他感叹道:"没有当年江师一句话，就危险了。"

室町时代，太田道灌是一名文武兼修的武士。他十五岁元服，拜领上杉持朝的名讳，改名源六郎持资。据说他读过的兵法著作有以《孙子》为首的《武经七书》。他还是筑城家，除了坚固的江户城外，他还主持了川越（河越）城、岩槻城的修筑。在战国枭雄北条早云崛起之前，太田道灌是关东最受注目的武将。

日本战国时代，《孙子》从源义家进而辗转传到甲州武田源氏，催生了新的武学流派，也左右了武士的思想。其后裔武田信玄是其家传兵法的继承人，并在战国时代的战争中充分运用了兵法。

日本战国时代初期，群雄争霸，名将辈出，武士盛行。剑道逐渐从贵族武士的业余爱好，转变为在战乱中求生的手段和必需的技能。日本人的制胜境界源于剑道，到了战国时代中后期，日本武士阶层开始从剑道中寻找制胜的"兵法"。于是在这个时代中，"剑法"被称为"兵法"。"兵法"这个词显然是一个外来词汇，而其来源便是中国伟大军事家孙武的《孙子》。

《孙子》哺育了众多日本武士，出现了诸如武田信玄、毛利元、上杉谦信、织田信长、丰臣秀吉、德川家康等著名武将，他们无不把《孙子》奉为圭臬。正是孙子思想使得他们把日本从一个封建割据的国家转变为一个统一的国家。

江户时代，随着武田家被织田与德川联手歼灭，武田信玄创始的军制及兵法由德川家传承下来，后来在武田遗臣小幡景宪手中发扬光大，成为号称"甲州流兵学"的一门学问，对江户时代影响极大。

《孙子》传至德川家，孙子思想从而成为德川幕府时期日本军事思想的核心。说到江户幕府第三代将军德川家光的兵法顾问小幡景宪，他是安土桃山时代至江户时代初期武将、兵法学者，创立了日本武学之一的甲州流兵学。

而安土桃山时代又称织丰时代，是织田信长与丰臣秀吉称霸日本的时代。1600年，小幡景宪参加关原之战，归属德川氏家臣井伊直政立下战功。作为甲州流兵学创始人，小幡景宪教授了许多弟子，其中北条氏长、近藤正纯、富永胜由、梶定良四人被称为"小幡门四哲同学"。小幡景宪对《孙子》开篇"计篇"和尾篇"用间"理论推崇备至，对日本兵法、武学体系产生了颇大的影响。

江户时代首任幕府将军德川家康对《孙子》极为重视，委派德川家的顾问林罗山为四代将军（德川家康、德川秀忠、德川家光、德川家纲）侍讲《孙子》。为了提高官兵的军事素质，曾下令专门出版《孙子》用作军事教材。《孙子》在很长一段时间里仅在日本武士阶层传播，且都是汉文原版，研究著作也不多见。直到德川幕府第四代将军德川家纲时期，第一本日译本《孙子》付梓问世。从此，《孙子》从日本武士阶层开始走向民间。

日本经过近100年的战乱，到了幕府开府后，重视"文武合一"，以图重塑武士形象，从而掀起了日本学者和武士研究《孙子》的第一次热潮。当时日本研究《孙子》者有50余家，研究、注释、讲解、运用者层出不穷，研究成果初现。

《孙子》与日本武士阶层所著兵书的对话

随着《孙子》在日本武士阶层的传播，研究者前赴后继，著作频出。从平安时代天皇身边的日本武士太宰府研学，到日本南北朝时期诞生"楠木派兵法"，从《孙子》传至甲州武田氏，到德川幕府时期日本武士掀起研究《孙子》的第一次热潮,前前后后产生了一大批重要的兵法典章和著名兵书。

《斗战经》成书于平安时代。作为日本武士的大江匡房曾亲耳聆听吉备真备授课,对朝廷秘藏的《孙子》加以整理,写出了"日本版《孙子兵法》",这就是鼎鼎大名的《斗战经》。此书是日本历史上首部兵学著作,大江匡房也是第一个敢于批判《孙子》,坚持日本传统兵学思想的兵学大家,因此垂名后世。

然而,《斗战经》所批判的《孙子》内容恰是最具有中国文化特色的精髓部分,即《孙子》中的奇正思想。大江匡房认为,《孙子》产生于中国而非日本,绝不能机械照用,"汉文有诡谲,倭教说真锐",主张以真锐为主,即日本兵学中的主导精神——正攻战法。他认为"《孙子》十三篇,不免惧字也",也就是说弥漫于孙子思想中的"五事七计,奇正虚实"实际是对强敌的畏惧,不是用兵正道,真锐之气才是日本国风。因此,大江匡房主张"正面强攻","力取"多于"智取"。

《斗战经》首次在理论上阐明"武"的来源,认为"武"造就了日本国士和国风,武与文不是并立的而是主次的关系,"武"为第一,"文"为第二。《斗战经》不仅在日本军事思想史上占有重要的一席之地,而且对于确立日本战略思维也起到了重要作用,将日本民族的尚武精神推向高峰,对日本兵学理论产生了久远的影响。它提倡的正面进攻的战略思想在日本近代的战略思维中得到了延续,从日本侵略亚洲邻国时采取直接占领和掠夺的直接路线中可以窥斑知豹。这与《孙子》的"令之以文,齐之以武"的文武之道相去甚远,也与《孙子》的"奇正相生,出奇制胜"的用兵之道大相径庭。《斗战经》从书名上看也明显与《孙子》的精髓与境界不同,一味强调"斗"与"战",

而《孙子》则主张"慎战"和"不战"。

《甲阳军鉴》成书于 1610 年。根据武田家的老臣高坂弹正(即高坂昌信)等人的遗稿,加上小幡景宪自己的研究体会,整理编纂成集甲州派兵学思想大成的《甲阳军鉴》一书。该书作者深受《孙子》的影响,吸收《孙子·计篇》的内核,于"军法之卷"中首次提出甲州派的"三要素",即武略、智略、计略。其中武略相当于"知己"(五事),智略相当于"知彼"(七计),计策相当于"应变"(诡道)。日本战国时代以前鲜少使用"武士道"这个词,但在平安时代就有"兵之道"之语,从《甲阳军鉴》里,可以得知"武士道"最早期的用法。该书出版,使得"甲州流兵法"成为传奇。

《武田兵术文稿》,作者香西成资,成书于 1674 年,是一部阐释甲州派兵法的重要著作,分为兵书、军书、物语,共 3 册。在该书中随处可见援引自《孙子》《六韬》《三略》《易》等书中的文句,其中以引自《孙子》的为最多,书中总结的 6 条"知胜之道"源于孙子的知胜思想,而对孙子"奇正之术"的辨析更是深得要领。

松宫观山(1788—1882),著有《士鉴用法直旨钞》,素有日本武学泰斗之称。其书秉承北条派"治内"(五事)、"知外"(七计)、"应变"(诡道)之旨,并有所发展。就应变的内涵增补了孙武"庙算"的内容。其言:"治内以知己,知外以知彼。庙算定,则可胜之理明矣。"松宫观山在"治内论"知己和"知外论"知彼的基础上强调孙子的"应变论",毫无疑问,这已将孙子用间思想提高到了战略层面。

松宫观山在《国学正义》一书中评价:"如武学,则无出于孙子之右者。"他在书中评述:"我先平公(北条氏长)……爱著书,号《士鉴用法》。梓以颁于诸生,自序之首引孙子曰,兵者国之大事,死生之地存亡之道，不可不察也。盖其意旨以暗合本邦上世剑气立之义矣，于是国学复古。"

中国近代著名军事学家李浴日在《孙子兵法总检讨》中论述："继承山鹿素行转向日本古代兵学的自觉，更努力阐扬日本古代兵法固有的光辉精神的，就是北条派的兵学家松宫观山。观山之名虽不显著，今日殆已被人忘怀。但他是以北条氏长的《士鉴用法》为蓝本，写了《士鉴用法直旨钞》，并自著有《天地圆德卷详解》《武学为初入门说》《神乐武面白草》等著作，努力树立日本的兵学体系的伟大先贤。"

《省讆录》的作者佐久间象山是日本武士，创建了象山书院，培养了胜海舟、坂本龙马等一大批门生。他认为"汉土兵家之书，莫过于《孙子》，今真欲修饬武备，非先兴此学不可"。他在书中论述《孙子》何以是中国兵书的代表，并承认，自《孙子》传入日本以来发挥了重要作用。他对孙子的用间思想，既是赞同者，也是实践者。他说："用间在得人，全胜在知彼。"

《五轮书》成书于 1643 年，是宫本武藏隐居灵岩洞时撰写的一部极其重要的兵书，与中国的《孙子》、德国克劳塞维茨的《战争论》齐名。《五轮书》是一部阐述武士兵法的著作，不仅为武士阶层提供了疆场厮杀的指导和武学的教范，而且影响了社会的各个领域，包括从事各行各业的人们对个人境界的追求。宫本的著作视兵法为纯实践的事业，他反对空谈剑术，注重对战斗中心理动向和身体动作的双重研究，认为兵法的根本就是制胜之道、克敌之法。宫本在一生的最后 30 年中，潜心探索并完善武功、剑道和兵法，并把他的兵法理论传诸世人。其兵法理论体现了一种好胜之勇，是当时日本一般兵法家所不具备的,他集中代表了日本武士阶层中的一个类型。

《万川集海》的作者藤林保武,是德川幕府第四代将军德川家纲时期的隐士。《万川集海》成书于延宝四年(1676年),该书是忍术的权威著作,结合中国和日本历代名将的思想与武学精华,参照《六韬》和《孙子》写成,是集忍道、忍术、忍器于一体的忍者究极修行指南。书中将忍术分为权谋、形成、阴阳、技巧等几部分,并根据《孙子·用间篇》形成整套完善的间谍情报技术体系,包括战斗、制造混乱和收集情报。在平安时代吸取了伏击战的兵法且加以发展,到了源平合战时期完成了攻击面战法的理论,在南北朝时代发展出防御面的兵法。因此,这本兵书备受日本忍者推崇。由此可见,中国古代的军事武学思想为以后日本忍术的发展壮大奠定了充实的理论基础,这是日本忍术最早源于中国的明证。

林罗山、僧人团体与《孙子》研究

在12世纪末的镰仓时代,担纲经典传播和汉学研究的主要是寺院的僧人,他们不仅精通佛学,也精研儒家、道家和兵家文化,同时,寺院还掌握了从中国宋朝传来的雕版印刷技术。因此,僧人成为日本最有学问的一批人。林罗山就是其中的佼佼者。

林罗山(1583—1657年),本名信胜,字子信,号罗山,出家后法号道春,又称罗浮子。京都人,文禄四年(1595年)曾入京都的建仁寺为僧。

作为一名神道学家,林罗山创立了日本神道思想与朱子学思想相结合的理当心地神道,提出神道即尧舜之道,皇祖皇宗的正道与儒教的精神同一。其神道著作有《本朝神社考》《神道传授》。

林罗山又是一位汉学家、儒学家。他早年就有志于研究朱子学，拜藤原惺窝为师。他对德川幕府成立早期的各种相关制度、礼仪、规章和政策法令的制定贡献很大。此外，他对日本儒学的发展亦功不可没，在日本哲学史上占有重要的地位，对后世产生了很大的影响。

林罗山还是著名的兵学家，是研究以《孙子》为首的《武经七书》的先驱。他为德川幕府第二代将军德川秀忠侍讲太公望的《六韬》和黄石公的《三略》，为第三代幕府将军德川家光献上自己写作的《孙子谚解》和《三略谚解》。

元和五年（1619 年），林罗山写了《军书题说》十则，分"军礼""军祭""阵法""望气""五音""符咒""团扇附鞭""甲胄附兵器""旌旗附幕""时日"十个专题论述了相关的兵学问题。

元和六年（1620 年），林罗山让其门人誊抄了中国明朝刘寅注解的《武经七书直解》，并亲自为该书加了若干注解，纂成《孙吴摘语》一书。

宽永十三年（1636 年），林罗山与儿子林鹅峰一起编著了《和汉军谈》一书。

宽永二十年（1643 年），林罗山在日本出版了刘寅的《武经七书直解》，这个刻本取名《武经直解七种》。他还讲解过宋朝施子美所著《武经七书讲义》。

庆安二年（1649 年），林罗山率先在日本写出了《七书谚解》，并著《吴子司马法尉缭子六韬太宗问对谚解》。而林罗山的著作中，最著名的应该是《孙子谚解》，该书被认为是日本的孙子学传播发展史上一部极为重要的著作，对于推动日本的《孙子》研究起了重要的作用。

福冈英彦山道观与《孙子》藏书

日本福冈的英彦山是日本道教鼻祖修行之山，山上设有道观分院，道长名叫早岛妙听，是日本道教协会会长。此观收藏的《孙子》相关书籍弥足珍贵，是早岛天来宗师留下的"稀世珍宝"，该观亦成为日本收藏中国兵书第一观。早岛天来大师是一位医者，也是一位道家，《解读老子道德经》就是日本道观的始祖早岛天来大师生前所作。他从现代人的视点出发扼要地解读老子《道德经》，而《孙子》的精髓之处也汲取了《道德经》的精华。

日本道观，是于 1977 年由第一代道长早岛天来宗师创建的道教学校，旨在学习中国的老子思想，修炼道家"气之养生法"。如今日本道观在海内外设立了 11 所分支机构，学习并普及古代中国以老庄思想为基础的自然无为的生存之道。

早岛妙听收藏了秘藏家传时期只有皇室成员及亲王等权贵才能够看到的作为禁秘书的《孙子》，结束了汉籍兵书手抄传播的刊印《孙子》，明治时代流传的《孙子》，以及日本平安时代八幡太郎（源义家）的《评注孙子》，还有《兵法书》《七书》《太公望》《孙子评注》《孙子活说》《孙子集汇》《兵法论》《大江维时御军法书》《匡房和略》等大量兵法书籍。

从福冈英彦山道观分院的藏书，可以窥见《孙子》在日本流传的脉络。日本奈良时代的遣唐留学生吉备真备把他从中国带回来的《孙子》献给日本皇室，此时《孙子》并未迅速而广泛地传播；一同传入的《太公六韬》和传授给张良的《黄石公三略》也是秘不外传的书籍，后存于大江世家。到了公元 10 世纪，再传到亲耳聆听吉备授课的土师宿弥关成的后世子孙大江匡房之手，大江匡房对朝廷秘藏的《孙子》加以整理。此后，又从大江匡房传到日本平安时代后期的著名武将"八幡太郎"源义家，进而辗转传到甲州武田源氏，"甲州流"兵法曾被德川家采纳为正式兵学。江户时代《甲阳军鉴》出版，"甲州流"兵法成为传奇，武田信玄被公认为"战国第一兵法家"。至此，《孙子》在战国时代才得到公开运用。

当代日本社会宣传出版《孙子》的热情

自 20 世纪 70 年代开始，日本《产经新闻》连续 20 多年每周刊发 5 名企业家的座右铭，其中不少座右铭是《孙子》的名言，使得《孙子》在日本家喻户晓。日本电视台也经常引用《孙子》的警句，推出学习《孙子》的电视节目。

日本各种报纸杂志上还发表了很多研究《孙子》等中国兵书的文章。日本《读卖新闻》《朝日新闻》《产经新闻》《每日新闻》和《东京新闻》五大媒体发表文章称，博弈思想古已有之，中国的《孙子》不仅是一部军事著作，也是一部博弈论著作。

1974 年，《孙子兵法》和《孙膑兵法》竹简在山东临沂银雀山汉墓出土的消息传到日本以后引起轰动。各路媒体连篇累牍地报道这一消息，仅《读卖新闻》《朝日新闻》《产经新闻》《东京新闻》《每日新闻》《东京时报》这 6 家报刊在当年的 19 天中，就发表了 20 篇消息和专稿。《读卖新闻》1974 年 4 月 16 日的一篇评论说，《孙子》传到日本以来，对日本的历史，甚至对日本人的精神面貌，都有很大的影响。银雀山汉墓的兵书竹简出土后,日本人对《孙子》的注释出版高潮迭起。从 1974 年至 1980 年,日本连续出版了上田宽的《孙子义疏》,山井涌译的《孙子》和《吴子》等。

进入 21 世纪,日本《孙子》出版一直处于高位运行态势,出版了 180 多部相关书籍(包括翻译、注释、研究等)。

本书作者在"孙子兵法全球行"系列采访的行程中走进东京书店,发现各类注释或应用《孙子》的日文书籍林林总总,商业实用书中最多的也是跟《孙子》有关的书,有 280 多种,令人眼花缭乱。书店老板告诉笔者,《孙子》已融入同处汉语文化圈的日本社会,与中国儒家经典《论语》齐名而备受珍视。

日本学者称,在世界文化交流史上,对他国的兵法著作有如此长时间的研究热情,投入如此巨大的精力,可以说是绝无仅有的现象。

朝 鲜 半 岛

《孙子》传入朝鲜半岛

对《孙子》何时走向世界,部分韩国学者持有不同观点,他们认为《孙子》传入朝鲜半岛的时间可能早于日本,但这个问题尚待进一步考证。

有韩国学者认为,在日本奈良时代遣唐留学生吉备真备将《孙子》传入日本之前,来自朝鲜半岛百济国的几位兵法家已来到日本修筑城池,因精通中国兵法被授予荣誉勋位,故而有可能是这几位兵法家把中国兵法传入日本的。如果此推断成立的话,那么《孙子》

传入朝鲜半岛可能早于日本 70 多年。

韩国国防大学校名誉教授黄炳茂介绍说，李氏朝鲜从《孙子》里学会了如何筑城、守城、攻城；高丽时代研读《孙子》已很普遍了，《吴子》《孙子》《尉缭子》《六韬》《三略》等中国古代重要的兵书，传入朝鲜产生了相当大的影响；新罗时期，专门派人到中国学习中华文化以及治国策略和兵法谋略；三国时代的百济国与日本交流频繁，而百济国受中华文化影响很深，接受孙子思想很早。因此，不能完全排除日本人从百济国那里接受孙子思想的可能。

日本著名学者佐藤坚司也推断，中国兵法传入日本是发生在公元 663 年左右的事。这一年来自朝鲜半岛百济国的几位兵法家到达日本，在那里领导修筑了几座城池，并因为精通中国兵法被授予荣誉勋位。佐藤推测很可能是这几位百济国的兵法家把中国兵法传入日本的，而且这部兵法可能就是《孙子》。

也有韩国学者考证，《孙子》传入古代朝鲜可能早于日本，这与朝鲜半岛没有自己的文字及古代中朝之间的移民情况有关。15 世纪以前，朝鲜半岛连王公贵族使用的都是中国汉字，官方的记录如《朝鲜王朝实录》用的全是汉字。中国汉字很长时间内是古代朝鲜唯一的书写文字，高丽人用汉字记录自己的历史，并渐渐融入了中华文化圈，促成了中国兵家文化在朝鲜的传播。古代日本很落后，中国人和受到中华文明熏陶的朝鲜人到日本定居很受欢迎，他们将包括兵家文化在内的中华文化带到日本，完全有这种可能。

中国驻韩国大使馆原文化参赞沈晓刚赞同这种说法，他认为朝鲜半岛的文化受中国影响十分深远，早在中国唐朝时期，朝鲜半岛的新罗国就专门派人到中国学习文化以及治国的策略，直接照搬照抄地拿回去的也是常事。高丽时代,研读《孙子》已很普遍,中国古代重要的兵书传入朝鲜后产生了相当大的影响。中国汉字长期是古代朝鲜唯一的书写文字,高丽人用汉字记录自己的历史,并渐渐融入了中华文化圈,由此,中国儒家文化、兵家文化最早在朝鲜传播,是不足为怪的。

《孙子》在朝鲜半岛的传播和出版

《孙子》第一次出现于朝鲜正史是在《朝鲜王朝实录》一书中(约1392年)。1409年,朝鲜以铜活字刊印《十一家注孙子》三卷,为朝鲜半岛现存最早的《孙子》刊本,现藏日本。首阳大君是朝鲜第一个为《孙子》做注的人(约1452年)。1593年,朝鲜刊刻了用本国文字"谚解"的《校定孙子大文》,是朝鲜译解《孙子》之始。

《朝鲜通史》记载,15世纪李氏朝鲜的义宗至世祖时期,曾出版过《武经七书》的注释本,其中就有《孙子》。1777年,朝鲜曾刊印《新刊增注孙武子直解》,分上中下三卷。在《新刊增注武经七书直解》内,系以刘寅的《直解》为底本,补充旧注增订而成。

据韩国孙子研究学者朴在熙考证,朝鲜的高丽时代,《司马法》《三略》等"武经"已很流行。当时朝鲜王朝的学子到中国参加科举考试,《孙子》列入考试范围,这也是《孙子》很早传入朝鲜半岛并经久不衰的重要因素。

1863年朝鲜高宗时期,赵义纯的《孙子髓》出版。这一时期,朝鲜实行了一系列的改革,《孙子》也被广泛应用,朝军还多次击退美国军舰的进攻,击毁三艘美国军舰。

16世纪后,朝鲜文版本的《孙子》译著、评著大量涌现。日本归还朝鲜总督府捐赠的书籍中就有《孙子大文》。《孙子真传》在朝鲜也很流行。此外，《武艺图谱通志》等朝鲜自成体系的古代兵书也层出不穷。

《孙子》的接受和研究在日本、美国主要集中在精英阶层，而在韩国则进入了寻常百姓家，相当普及。这是由于中韩两国地缘相近，文化相通，文字相融，习俗相似的缘故。朝鲜半岛长期处在中华文化圈内，在韩国，影响最大的是中国文化，尤其是儒家文化和兵家文化，这是中韩文化长期交流的结果。

如今韩国也是热衷于出版、普及和研究《孙子》的国家之一，这部"天下第一兵书"在韩国出版界已被认为是人气持续高涨的热门书籍，涌现出不计其数的相关书籍。

1913 年，高裕相翻译的《悬吐孙武子直解》由汇东书馆出版，此为朝鲜半岛近代最早的《孙子》版本。韩国尤为重视《孙子》的译介。1951 年出版了南晚星译本，1958 年出版了金达镇与慎玄重的《国译孙吴兵书》，1972 年出版了金相一译本，1974 年出版了李钟学译本，1989 年出版了李钟鹤的《孙子兵法全译本》，1997 年出版了金胜水的《新译孙子兵法》，1999 年出版了金光秀译本，如此等等。

近年来，韩国市面上有 300 种以上的《孙子》相关出版物，中国这本古老的充满哲学思想的兵书在韩国民众中得到了广泛普及。

在韩国不止军人和学者读《孙子》，在当今竞争激烈的社会中，以大学生、青少年学生、30 至 50 岁年龄层就业者和女性为目标读者的应用性书刊大量涌现。难懂的中国古文转换为通俗易懂的韩文版，使韩国民众容易阅读和理解，方便携带的袖珍本《孙子》也在市面上流行。

韩国出版界出版解释《孙子》原文的书籍有所减少，与之相比，更偏重应用《孙子》的书籍，其出版数量大幅增加，这更符合韩国民众的需求。虽然《孙子》是关于战争和军事学的指导典籍，但在韩国民众眼里，它是可以活学活用的智慧之书。从哲学与处世，经营与管理，到体育与竞技，文化与娱乐，都能从中受到启迪。

韩国普及《孙子》的通俗读物十分畅销，相关书籍的品种在不断地增加，种类大致可分为军事、人文、经营、青少年和儿童、青壮年、女性、小说、生活等。

在人文方面，1997年出版了《孙子兵法与思想研究》；2005年出版了《一本书讲透孙子兵法》，该书被用作大学在校生的推荐读物；2007年出版了《超越时代的最高用兵术——孙子兵法》；2009年出版了《孙子兵法素质讲义》。

在经营方面，1998年出版了《郑周永的成功孙子兵法》，讲述韩国现代企业创始人的成功战略；2008年出版《商务孙子兵法》，作为一本商务战略手册，该书将孙子的战略思想移植到商务之中；2008年出版的《孙子兵法经营学》，讲述经营、协商、会议、接待、对待上司、对待部下、同事跳槽、创业中的兵法谋略；2011年出版的《浦项钢铁部门领导痴迷孙子兵法》，讲述孙子智慧与韩国代表性企业的成功案例；2011年出版的《孙子兵法：话说战争与经营》，讲述战场与商场的关系，寻找战场与商场中共通的解决之道，该书被广泛用作企业经营的参考书、职场人士的处世书。

在社会生活方面，2010年出版的《聪明领导的孙子兵法》，面向正在求职的青年人还有行将隐退的中年人，提示如何用孙子哲学战胜人生的阶段性危机；2011年出版的《不惑之年读孙子兵法——我的人生转换点》，以孙子思想为自己充电，从而正确认识自己，正确认识社会。

近年来，面向青少年儿童的各类《孙子》书籍，在韩国家庭中大受欢迎。如 2005 年出版的面向幼童的《心术通漫画孙子兵法》中，漫画主人公在宇宙战争中运用《孙子》取胜并平安返回地球；2007年出版了为儿童进行英语和兵法双重教育的《用英语读孙子兵法》；2008 年出版了以青少年教育为主的《孙子兵法故事》；2010 年出版了《青少年孙子兵法》，以及《IT 技术与青少年孙子兵法》。

以女性为阅读对象的《孙子》相关书籍受到韩国家庭主妇的青睐。如 1987 年出版的《夫妇孙子兵法》，将孙子的智慧运用于处理夫妻关系上；2002 年出版的《职业女性的孙子兵法》，将孙子哲学应用于现代女性的生活，帮助女性应用孙子智慧游刃有余地解决职场与社会中各种隐藏的难题；2008 年出版的《中年女性孙子兵法》，是面向 30 至 40 岁年龄层已婚女性的实用生活指导书籍和自我启发书籍，其重点在于运用孙子哲学思想和管理思维，改善中年妇女的意识结构。该书从中年女性如何进行自我管理、家庭管理、丈夫管理、子女管理、财产管理等方面分类展开论述，有很强的针对性和指导性。

总之，与《孙子》相关的书籍题材非常广泛，诸如《饮食生意孙子兵法》《战胜癌症的孙子兵法》《体育孙子兵法》《警察孙子兵法》《从案例开始的各种标卖孙子兵法》《有线 TV 孙子兵法》《成功员工的孙子兵法》《销售孙子兵法》《孙子兵法股票投资》《职业高尔夫孙子兵法》《人际关系孙子兵法》《话说艺术孙子兵法》《幽默孙子兵法》《读心术的孙子兵法》《计算机孙子兵法》《选举孙子兵法》《自我管理孙子兵法》等。

从韩文版到中文原版的《孙子》，从普及读物到大型丛书，各类"孙子"读物题材广泛，贴近生活，形式新颖，版式多样，深受韩国读者欢迎。由《孙子》改编的漫画老年人买得最多，因为在韩国，漫画不只是给孩子看的，韩国老年人特别喜欢看漫画。

进入 21 世纪后，韩国每年都有关于孙子的新作问世，先后出版各类《孙子》书籍 200 余部，其中从中文、英文或日文翻译引进的有30 多部。《孙子》在韩国不仅是畅销书，而且是长销书，长年都有人购买，其累计销量在韩国出版史已创下纪录。

有韩国学者认为，《孙子》在韩国民众中广泛传播和普及，并融入韩国的社会文化生活中，说明中国传统文化博大精深，其深邃的思想和哲理让韩国人获取启迪，更说明中华文化在同处汉语文化圈的韩国也拥有很强的吸引力和融合能力。

《孙子》智慧融入韩国百姓生活

韩国学者黄载皓认为，韩国一直属于汉语文化圈，韩国一般的高中毕业生能认识 1 800 个左右的汉字，韩国百姓的日常行为方式、思考方式也都深受中国文化的影响。

笔者在韩国国立民俗博物馆看到，这里展示了韩国的历史文化和传统生活方式，众多模型和文物，尤其是书籍、字画都浸润着中国儒家、道家、兵家等诸子百家的文化。

以《孙子》为题材的文娱节目一度在韩国很流行。《恋爱兵法》由中国湖南电视台与韩国公司共同投资制作，在韩国 KBS 电视剧频道播出。该剧讲述如何用"恋爱兵法"的制胜法宝来获取幸福，导演和编剧全来自韩国，演员嘉宾聚集全亚洲的超强阵容，可谓韩国偶像剧的高端作品。精彩绝伦的"爱情智谋"令观众叫绝，使韩国国内一时掀起了"中国风"（大概在 2007 年—2012 年）。

不止《恋爱兵法》，黄载皓告诉笔者，《上司兵法》《办公兵法》《职场兵法》《家庭兵法》，甚至《搬家兵法》，在韩国均演绎得十分精彩。如今韩国人高层搬家用云梯往下滑，如孙子所云："善攻者动于九天之上。"

曾在中国留学的韩国翻译金莲花告诉笔者，《孙子》在韩国几乎家喻户晓，媒体上经常刊登这方面的漫画作品。很多韩国家庭的"家训"内容多来自《论语》《孙子》，尤其是孙子的"智信仁勇严"五德，更是被视为传家宝训。

身处汉语文化圈，韩国接受了中国很多优秀的思想和文化，并且韩国有向中国和其他国家学习的传统和自觉意识。《孙子》已融入韩国人的家庭生活，表现在日常生活的方方面面。

韩国学者对中国传统文化情有独钟并有独特的见解，他们认为，《孙子》蕴含的不只是战场上获胜原则，其智慧还有助于读者在社会生活和家庭生活的竞争中取胜。孙子智慧使人具有非凡洞察力，孙子精准把握人类的本质，提出了在不同情况下应对对手行动的科学对策方案，超越单纯的战争智慧，传递出对人之心理的深度洞察，这对处理家庭伦理和子女培养都是不可缺少的。《孙子》为人们揭示毫不气馁地奔向更美好生活的道路。可以说，它不仅是指导战争的艺术，也是指导社会家庭生活的宝典。

因此，韩国许多学者将《孙子》作为经典来学习，《孙子》中的许多警句成为韩国学者的家训。

法　国

1772 年,法国耶稣会士阿米奥特(Joseph-Marie Amiot,中文名"钱德明")通过满文、汉文相对照,将《孙子》翻译成法文,这是《孙子》文本首次在语言体系上发生了极大的转换(从汉藏语系到印欧语系)。从此,《孙子》走上了西行之路,引发了西方社会对中国古代兵学长久不衰的关注。

阿米奥特为《孙子》一书作注释,作为《中国历史·科学·艺术·风俗习惯》一书的第七卷,由"北京教会"发行。阿米奥特在该书扉页上写道:"中国兵法,公元前中国将领们撰写的古代战争论文集。凡欲成为军官者,都必须接受以本书为主要内容的考试。"

《孙子》法译本的问世,引起了法国对东方兵法研究的极大兴趣。《法国精神》等刊物纷纷发表评论,有的评论者甚至说,他在《孙子》里看到了西方名将和军事著作家色诺芬、波利比尤斯和萨克斯笔下所表现的"那一伟大艺术的全部真理","如果法国的将士都能研读这部伟大的兵法,这将有助于国家的强盛"。有人建议将这一"杰作"人手一册,用作"那些有志于统领法国军队的人和普通军官的教材"。

在此后 250 多年间,各种以阿米奥特本为底本的《孙子》书籍不断再版,影响了法国乃至西方的兵学界,俄、德、西、英、意等语种的译本相继在欧洲问世。可以说,阿米奥特对《孙子》在西方的传播贡献很大。

《孙子》传入西方后所产生的影响,用法国海军上将拉克斯特的话说就是：":《孙子》所描述的那些方法和计谋，既适用于小的战争，也适用于重大的政治抉择，所有领域的领导人，从企业主到政治家再到军队统帅，都会发现《孙子》对自己很有用。"

俄　　国

拜占庭帝国皇帝利奥六世在位时，曾编辑了《战争艺术总论》一书，书中介绍的一些战术与孙子学说不谋而合。于是有学者认为，孙子的学说可能是通过古代丝绸之路和古代波斯传至东罗马帝国，又通过拜占庭传至俄国。另有一种说法是，孙子思想是通过蒙古—鞑靼人传至俄国的。

据说，1742 年至 1755 年在中国留学的俄国学生阿列克谢·列昂季耶夫是俄国最早的"中国学"学者之一。他在 1772 年翻译的《中国寓言》（一说俄文题名为《中国思想》）译文集在圣彼得堡出版，《孙子》的部分译文也收入其中，这是《孙子》的首次俄译。列昂季耶夫为中国文化的传播以及俄国汉学的建立和发展做出了重要贡献。

1860 年，由汉学家阿列克谢·斯列兹涅夫斯基翻译的《孙子》在《战争手册》第 13 卷上发表，题名为《中国将军孙子对其下属将领的教诲》。这是第一个《孙子》完整的俄译本，也是第二种用欧洲语言翻译的《孙子》。

1889 年，在俄国发行了《亚洲地理地貌及统计资料汇编》一书的第 39 版，书中有俄军总参谋部普佳塔上校的一篇文章，题为《中国古代统帅论战争艺术》，文中对《孙子》进行了详细介绍，对《孙子》《吴子》中的重要问题进行了讨论。

1943 年，第二次世界大战期间，苏联元帅伏罗希洛夫根据高等军事学院学术史教研室的建议，以莱昂纳尔·贾尔斯 1910 年的英译本《孙子》为蓝本，进行俄语转译，由此诞生的俄译本成为苏联军事学学术史教学与研究的重要内容。

战后的 1950 年，苏联科学院东方研究所出版了苏联汉学家 H. И. 孔拉德的专著《孙子兵法的翻译与研究》。孔拉德认真研究了《武经七书》和所有中日注释者对孙子的研究成果，以中国《孙子十家注》和日本《孙子国字解》两书为参考，把《孙子》全文翻译成俄文，在莫斯科、列宁格勒分别出版。该书共 5 个部分，包含前言以及对《孙子》原文的注解、注释。孔拉德还以《孙子的学说》为题，对孙子学说的世界观基础，《孙子》和《易经》的关系，《孙子》出版的历史背景，孙武的生平等问题作了介绍。

1955 年，苏联国防部军事出版社出版了新的《孙子》俄文译本。该译本是以上海 1936 年印行的"诸子集成"版《十家注孙子》为蓝本，由 J. I. 西多连科上尉直接从中文翻译为俄文，苏联军事理论家 J. A. 拉辛少将作长篇序言。拉辛指出，军事科学在远古时代即已萌芽，西方人奉为泰斗的通常是古希腊的军事理论家。但实际上排在最前面的应当是古代中国的军事理论家，其中最杰出的是孙子。拉辛认为，孙子的哲学思想达到了古代理论发展的极高水平。如孙子率先提出了古希腊、古罗马军事理论家从未研究过的许多问题；孙子的功绩在于试图证明战争不是各种偶然性的耦合，而是有其客观基础；孙子是提出战争计划问题的第一人。对于《孙子》"十三篇"在理论上的贡献，拉辛从以下七个方面作了概述：关于战争的意义、目的及作战方针；关于作战手段；关于致胜的基本原则；关于知彼知己及用间；关于战争和战斗的计划问题；关于战略进攻思想；关于指导战斗的思想。这些论述中不少至今仍很有教益。拉辛评价说，孙子"在古代中国军事理论发展中所起的作用之大，相当于古代世界的亚里士多德在许多领域的知识发展中所起的作用"。与拉辛的高评价等量齐观的评说，在苏联和苏联解体后的俄罗斯，频现于报端和书籍之中。西多连科版俄文译本《孙子》的出版，扩大了《孙子》在苏联（俄罗斯）及东欧各国的影响。民主德国后来根据这一俄译本将《孙子》转译成德文。

1957 年，苏联国防部军事出版社出版了米里施坦因·斯洛博琴科的《论资产阶级军事科学》一书，1961 年经修改后再版。斯洛博琴科对《孙子》作了简要的介绍和较为公允的评价。他认为，最早、最优秀的军事理论著作是孙武的作品。孙武总结了各诸侯国的具体战争实践，奠定了古代中国军事科学的基础。《孙子》十三篇，单单这些篇名就足以说明作者具有极为丰富的军事知识，说明他具有研究军事问题的极为深刻的方法。斯洛博琴科阐述说，孙子很重视军队的后勤保障，重视利用地形，《孙子》中有 4 篇专门论述物质保障和地形问题。在诱敌深入、侦察和行动的突然性等问题上，孙子也有极深刻的见解。首篇《始计》强调要预先估计情况，认为做好战斗行动计划具有决定性的意义，预见是取得胜利的基础。末篇《用间》说明，杰出的将帅之所以能打胜仗是因为他们"先知"，而有关敌人的情况不能求之于鬼神，应该从活人那里得知。孙武认为侦察在战争中具有十分重要的意义。斯洛博琴科认为，在古代中国，军事理论得到了高度的发展，孙子总结了当时统治阶级所进行的战争的丰富实践，奠定了古代中国军事科学的基础。

1977 年，孔拉德的《孙子》俄译本再版，1978 年该书被编入苏联出版的"中国古代哲学文集"。

1979 年，在中国南开大学留学的苏联学者 K. E. 克平，又把中文《孙子》译成俄文。这个译本是继孔拉德、西多连科的译著之后，苏联第三部从中文原文直接译成俄语的《孙子》。这三人可以说是把中文《孙子》直接译成俄语《孙子》的奠基人。

美国人詹姆斯·克拉维尔曾指出，如果从斯列兹涅夫斯基的工作算起，《孙子》译成俄文已有百余年，《孙子》是俄国历届军政领导人的必读之作。二战中，苏军将"孙子兵法"列为军事学学术史教学研究的重要内容，并在卫国战争中加以应用。此外，在《苏联大百科全书》《苏联军事百科全书》中都列有"孙子"的条目。

"孙子兵法全球行"系列采访的行程中，在圣彼得堡最大的书店可以看到，俄语版《孙子》简装本销售一空。书店销售人员告诉笔者，俄罗斯人从总统到普通公民都认同孙子，有众多《孙子》粉丝。又据俄新社报道，近年俄罗斯叶卡捷琳堡掀起一股"中国古典文学热"，当地书店的中国古典文学书籍销量异常火爆。书店的工作人员表示，俄罗斯人中的确有一群中国文学的爱好者。叶卡捷琳堡孔子学院教学秘书安德烈，从大学时代开始就对中国文化产生兴趣，看过俄文版的《孙子》。

坐落在莫斯科市西南处列宁山的莫斯科大学，是俄罗斯规模最大、历史最悠久的综合性高等学校之一，也是全俄最高学府和世界一流教学科研中心之一，曾培养出许多杰出人才。

在大学主楼的平台上，笔者与崇拜孙子的 3 名学子不期而遇，谈起有关孙子的话题也十分投机。这 3 名学生两男一女，两位帅气的男生都是俄罗斯人,一个叫伊万,另一个叫高里,而长发披肩的秀丽女生则是韩国人,叫英子。

伊万说,在莫斯科大学图书馆里,有关中国的藏书很多,尤其是中国的古代经典,如《道德经》《论语》《易经》《孙子》《三国演义》等,有不少学生借阅。"我喜欢研究兵家文化,经常到图书馆阅览兵书。我最崇拜的还是孙子,因为《孙子》是世界第一兵书,是无法超越的。"

"在莫斯科大学孔子学院举办的中国文化节上,中国武术竞技太精彩了。"高里说,莫斯科中国武术学校有一位学生叫维克多,是俄罗斯人,他在台上表演了一套颇具神韵的太极拳,让高里很羡慕。孔子学院的中国文化辅导班有不少弘扬中国传统兵家文化的内容,受到俄罗斯学生的欢迎。

高里还说,莫斯科大学的学生曾受邀暑期去中国研修,去了300人,游览秦始皇陵、兵马俑等,感受神奇的中国传统文化和现代文明。研修生回校后说,他们以前在电视上看到过兵马俑,但这次在现场亲眼看到,还是觉得很震撼。

英子说,中国传统文化对莫斯科大学的学生的影响很大,不仅是俄国大学生,对中国兵家文化感兴趣的各国学生都不在少数。在莫斯科大学文科一号楼教室里,有一群学生经常阅读并朗诵《孙子》节选。英子说,读了一本介绍孙武的书后,她产生了不小的兴趣,希望能更多地了解孙武思想和其他的中国传统文化。

德　　国

1772 年,《孙子》的首次俄译(虽然只是部分内容的翻译)在圣彼得堡出版。1778 年在德国的魏玛出现了《孙子》的德文译本,这是第三种用欧洲语言翻译的《孙子》(先是法语,再是俄语,再是德语)。

1910 年,题为《兵法——中国古典军事家论文集》的《孙子》德译本在柏林出版,译者为布鲁诺·纳瓦拉。据说书中附有插图以及"古代中国战歌"。译者在书中写道,"《孙子》一书,必将为欧洲作者及其科学著述提供参考"。据说此书是为了献给当时的德军参谋长冯·莫尔特克将军,为稀见之书,甚至引起人们对此书是否存在的怀疑。直到 20 世纪 90 年代,瑞士汉学家、著名孙子研究学者胜雅律(Harro von Senger)在瑞士联邦军事图书馆中始见到原版,方消除怀疑,这本书遂一时成为弥足珍贵的孤本。

1957 年,在柏林出版了《孙子》德译本,译者是伊娜·巴尔西洛维亚克。该书由当年的德意志民主共和国国防部出版社出版,它是按照 J. I. 西多连柯的俄译本转译的,而此俄译本则是直接从中文翻译的。当时民主德国把巴尔西洛维亚克的译本作为东德军事院校的教学材料。

进入 20 世纪 70 年代后,《孙子》在德国出版频繁。1972 年,《孙子》德译本在慕尼黑出版,书名为《孙子兵法十三篇》,编译者是 H. D. 贝克尔,撰写引言的是京特·马希克,两人都是德国人。1988 年,《孙子》德译本由慕尼黑的德勒默尔·克瑙尔出版社出版,译者不详,此译本是根据 1983 年版詹姆斯·克拉维尔的英译本转译的。1989 年,在卡尔斯鲁厄出版了《孙子》的德译本,译注者是克劳斯·莱布尼茨。

1988 年以后,还出现过三种《孙子》德译本,都是从美国的译本转译而来的:《孙子兵法》,译者是于尔根·朗柯维斯基,由詹姆斯·克拉维尔作序；《胜利者的战略：孙子兵法新译本》，克纳尔袖珍本；《孙子：不战而胜，正确战略艺术》，由英格林德、菲舍尔和施雷勃翻译，汤姆斯·克利兰编辑，1990 年和 1992 年两度再版。

进入 20 世纪 90 年代，《孙子》的德文翻译出版开始走上快车道，"孙子与商战"主题的书籍在德国多了起来，10 年间出版了 10 多部，说明孙子的谋略与智慧对德国乃至欧洲都有用，如《作为管理者的孙子》，被西门子等德国企业看好。

2004 年之后，《孙子》出版在德国再次掀起高潮。或许称得上是最完善的德语版《孙子》是 2009 年出版的，译者是科隆大学的汉学家吕福克，他是直接从中国古文翻译的。他的译本受到德国读者的好评，已再版 4 次。

西 班 牙

《孙子》的第四个欧洲语言译本是西班牙文译本。有一种说法是，1903 年出现过由洛佩兹·格瑞克·伯里格罗翻译的《孙子》（可能是部分节译，这一说法有待进一步核实），由马德里的出版社 VICTORIANO SUÁREZ 出版。1974 年，巴塞罗那 ANAGRAMA 和马德里 FUNDAMENTOS 出版社又发行了两个《孙子》西班牙文译本。

笔者在马德里大学的一家书店里买到一本西班牙文《孙子》，译者是费尔南多·蒙特斯，1974 年出版第 1 版，2008 年已是第 14 版。一本中国 2500 年前的古书，在欧洲国家再版次数之多，引起阅读热情之大，令人惊叹。

马德里大学翻译学院教授、公立马德里语言学校中文系主任黎万堂告诉笔者,西班牙很重视《孙子》的翻译出版,西班牙人也很喜欢读《孙子》,学习研究汉语和中国文化的大学生尤其喜欢,《孙子》相关图书常常供不应求,所以一再出版。

再版 14 次的西班牙语版《孙子》,在序言里介绍了世界各国专家学者对这本中国古代经典的赞誉,介绍了孙武的生平及《孙子》成书背景,还介绍了中国其他兵法大家和著名的战役。序言特别提到了梁启超对《孙子》的高度评价。这本书的序言用现代眼光解读中国古代经典,认为《孙子》十三篇,每篇讲的都是战略,集战略思想之大成。《史记》中的齐魏马陵之战就借鉴和运用了孙子的谋略。《孙子》不仅仅展现了完美的战争艺术,而且对现代军事和商业竞争具有现实的价值和意义。

西班牙的翻译者对《孙子》研究很深。另一本西班牙语版《孙子》的序言说,关于孙武,在司马迁的《史记》里就有介绍,孙武大约生活在公元前 500 年前后。《孙子》一书里没有提到骑兵,而有一种说法认为公元前 320 年古代中国才系统化训练和组建骑兵,由此推算,《孙子》是在此之前写成的。《孙子》中常提到箭和弩的运用,根据兵器发展史来推断,《孙子》应该是在公元前 400 年之前写成的。从文风和流畅度来看,《孙子》出于一人之笔的可能性很高,但无法完全排除后人增补了个别内容的可能。

据介绍,西班牙语版《孙子》的翻译十分严谨。译者对东西方兵家文化进行比较,参考了各种版本,有英国皇家骑兵团上尉 E. F. 卡尔斯罗普的《兵书:远东兵学经典》,有大英博物馆东方藏书手稿部助理部长莱昂纳尔·贾尔斯的《孙子兵法——世界最古老的军事著作》，有美国将军塞缪尔·B. 格里菲思的《孙子——战争艺术》，还参阅了《史记》以及近现代中国人的军事学著作，这些努力使西班牙语版《孙子》更加准确、权威。

"西班牙的《智慧书》是处世经典，而中国的《孙子》不仅是军事经典、哲学经典、经商宝典，而且是全人类的智慧宝库。"马德里大学西班牙语及中国语言文学教授马康淑博士在接受笔者访问时说，这两本书是东西方不同的智慧，但比起《孙子》的东方智慧来，西方的《智慧书》是小巫见大巫。

在马康淑的办公室里，醒目地挂着她与中国兵马俑合影的照片。她每年都要来中国进行学术交流，去过北京、上海、西安、杭州、桂林等著名城市，而西安的兵马俑博物馆则去了不下八九次。她看到整个兵马俑的壮观场景，对博大精深的中国兵家文化感到惊奇。

马康淑告诉笔者，她在中国大陆考察和在中国台湾学习汉语期间，就开始关注中国文化，尤其是孔子、孙子。"我发现，无论是中国大陆还是台湾，都在传承中国传统文化，两岸都是中国人，都很有智慧。"

马康淑为学习汉语，曾赴台湾淡江大学任教近一年。回到西班牙后，先在马德里大学下属的语言学院从事中文教学工作，后任西班牙文学系教授。她独自编著了数本汉语教科书和文字学著作，又与她丈夫花了 10 年心血用西文合著《中国语文文法》，专供说西班牙语的人士学习中文所用，还与一位法国教师合作，将法中双语教材译成西班牙语版本。

马康淑介绍说，《智慧书》是格拉西安的知名作品，汇集了为人处事的 300 则箴言，《智慧书》与中国的《孙子》和意大利的《君主论》

并称为"人类思想史上的三大奇书"。

马康淑认为,《智慧书》提出了战胜生活中的尴尬与困顿的种种小策略,是雕虫小技,而《孙子》讲的是治国治军的大战略、大智谋。《智慧书》的人生格言,诸如"让事情暂时秘而不宣""让别人依赖你""避免让你的上司相形见绌""不要被激情所左右""走运的诀窍"等等,只是告诉你做人做事的窍门,而《孙子》十三篇所阐述的是无与伦比的大智慧,有人生智慧、经商智慧、谈判智慧等。《孙子》才真正是属于全世界的智慧,孙子的哲学智慧不仅受到全世界认可,而且全世界至今都在应用,这是《智慧书》不可比拟的。

马康淑说,她家里有三个版本的西班牙文《孙子》,经常研读。她在西班牙亚洲之家听过"孙子与商战"主题的讲座,西班牙人很想到中国做生意,很想学孙子的哲学智慧。随着东西方文化交流、经贸往来的不断加深,包括《孙子》在内的中国智慧正在被越来越多的西班牙人接受。

西班牙公立马德里语言学校中文系主任、马德里大学翻译学院兼任教授黎万棠评价说,欧洲危机造成许多人失业,而教汉语的不会失业,研究中国传统文化的也不会失业,懂《孙子》的人更不会失业。

黎万棠和妻子马康淑都很重视中国文化修养和传承。1980年,芳龄18岁的西班牙美女在大学图书馆与黎万棠邂逅,她对这个彬彬有礼的华人小伙,也对中国博大精深的文化及语言产生了好奇。结识三个月后,她就开始跟随梨万棠学习汉语,并结合音译和意译获得了一个美丽的中文名字——马康淑。

结为伉俪后,黎万棠继续帮助马康淑学习汉语,促成她赴台湾淡江大学任教。回到西班牙后，马康淑先在马德里大学下属的语言学院从事中文教学工作，后任西班牙文学系教授。夫妻二人花了10年心血用西班牙文合著《中国语文文法》，专供西语人士学习中文所用。

黎万棠所在的西班牙公立马德里语言学校中文系成立至今已有30多年，五个年级学生总人数约230人，每年招生3个班约90个学生。被录取的西班牙学生多为主动前来学习中文，上课时极为用心，对汉语和中国传统文化很有兴趣，有许多学生还会申请奖学金到中国继续深造。

为了让西班牙学生更多地了解中国文化，黎万棠结合汉语教学，为西班牙学生讲述中国的历史文化，教授《论语》《孙子》等中国经典。身为中国台湾人，他还经常与留学西班牙的中国台湾学生研读《孙子》并交流体会。

2015年7月7日，适逢七七事变爆发78周年之际，黎万棠带领60余名学生到南京参观中山陵、侵华日军南京大屠杀遇难同胞纪念馆等史迹。黎万棠表示，早在2500年前的春秋战国时期，中国的孙武就指出战争对人类的危害以及所造成的灾难，孙武希望让人类远离战争，降低和减少战争对人类的威胁。

再继续说说笔者在西班牙的其他见闻。

在坐落于马德里市中心的一座称作"赏花殿"的"亚洲之家"内有一所孔子学院，笔者在此见到了吉瑞，他是该学院的学生。他拿出一本从孔子学院图书馆借阅的西班牙版《孙子》对笔者说，他最喜爱最崇拜的思想家之一是中国的孙子。曾在中国云南进修过汉语的吉瑞说，孙子的智慧谋略让全世界如此折服，至少至今还没发现，还有哪一个人写的书全世界都在读、都在用,况且是一本流行了 2 500 多年的古书。

吉瑞告诉笔者,马德里孔子学院的《孙子》版本很多,他抽空就会借阅,这本书确实给人智慧,给人启迪。一年前,他听过一次讲座,是西班牙孙子研究学者讲的,非常有趣。前两个月他在马德里自治大学也听过类似的讲座,听课的大都是西班牙商界人士,讲座内容是关于如何将《孙子》的谋略应用到商业竞争中,非常实用,许多经典的案例让听众拍案叫绝。

马德里孔子学院的公派教师郝丽娜向笔者介绍说,《孙子》在西班牙影响很大,她听到不少西班牙人经常谈论孙子。一些大学讲授"跨文化管理",都离不开《孙子》。在当地孔子学院,大部分学员学习汉语是出于对中国文化的迷恋,许多学员都读过《孙子》。

英　国

并不夸张地说,一个多世纪以来,英国出版的《孙子》英译本一定程度上引发了西方世界的"孙子热"。英国国际出版顾问、教育家保罗·理查德教授说,首批英译的《孙子》可以追溯到 100 多年前。20 世纪英国曾翻译出版了 17 个版本《孙子》。

1905 年,《孙子》英译本首次在日本东京出版,由英国皇家骑兵团上尉 E. F. 卡尔斯罗普翻译。该英译本依据的是日文版《孙子》,这个译本尽管尚不完整,但使《孙子》得以在英语国家传播。

1908 年,卡尔斯罗普重新翻译出版了《孙子》英译本,由伦敦约翰·默莱公司出版。该书封面上的书名主标题是"兵书",副标题是

"远东兵学经典"，并在译者署名处注明"根据中文翻译"。

据称，该译本总计 132 页，不但包括 13 篇兵法，1 篇长达 10 页的序言，还有 6 篇《吴子兵法》英译以及长达 12 页的较为详细的英文索引。从全书看，由于译者与审阅者均为军人，该修订本的译文比较完整，1905 年版译本中所存在的问题得到明显改善。该译本的一些长处，包括 13 篇兵法的部分篇目的翻译，都为后来的英译者所借鉴。该译本 1908—2007 年间再版了 7 次。

如果没有该译本，或许《孙子》在西方仍然只会被当作古老中国的军事格言著作，甚至淹没在浩瀚的文献海洋中，无法展示出其丰富的内涵和永恒的生命力。这是卡尔斯罗普对《孙子》成为世界军事学重要文献的杰出贡献。

有学者评价，卡尔斯罗普的修订版译本反映了一个英国年轻军官对中国古典兵学的崇敬，也反映了，他敏锐地察觉到孙吴兵法在现代战争中的作用。正如卡尔斯罗普在前言中所说，中国古代兵学杰作"以最卓越出众的方式所表明的原则"是经过时间检验的经典，他们的话已成为格言。

1910 年，莱昂内尔·贾尔斯的《孙子》英译本问世。这本由伦敦卢扎克公司出版的译本忠于原作，严格按照孙星衍校勘的《孙子十家注》翻译，汉英对照，逐句译出，注释详尽，通顺流畅，对在西方世界中传播孙子思想起到了深远的影响。

贾尔斯的中文名是翟林奈，他生于中国，是英国汉学家老贾尔斯（翟理思）之子。贾尔斯于 1900 年进入大英博物馆图书馆，负责管理东方书刊和手稿，潜心研究汉学。

贾尔斯在翻译《孙子》前做了充分准备，在翻译过程中下了很大功夫,研究了《左传》《史记》《吴越春秋》《四库全书》等大量典籍,考察了《孙子》十三篇成书的历史背景和孙武其人,还研究了中国历代的与现存的《孙子》诸版本。贾尔斯表示,《孙子》是中国兵学之精粹,不能因翻译不当而使其蒙尘受辱。

在林林总总的中国兵书中选择好版本,是贾尔斯此版翻译成败的关键。贾尔斯独具慧眼地以孙星衍校勘的《孙子十家注》为蓝本进行英译,该蓝本所具有的权威性,使英译本经得起时间的检验。在他之后,除了英译《武经七书》中的《孙子》以"武经本"为底本外,其余英译《孙子》都以"十家注本"为蓝本。

贾尔斯效法著名汉学家理雅各翻译"四书""五经"的做法,分段逐句将中文译成英文。为尊重原著,先列中文,后译出英文,而且相对应的中英文保持在同一页上。与理雅各略有不同的是,每段《孙子》原文的长句或短句都加阿拉伯数字序号,所有引自中国典籍的注释都附上原文,以便西方读者阅读,也便于懂双语者对比检验。

解释详尽是贾尔斯英译本的又一特色。译者对注释家分别作了简介,概述其主要著作以及他们注解《孙子》的特点。针对"十三篇"中的兵学概念、人名、地名、普通读者不易理解的词汇等加注,大都参考引用《十家注》的原注,但也不乏译者自己独特的见解。在整个译本中,还有所兼顾地对早先西方译本的译法进行评论,这在一般的译著中是比较少见的。

有人认为贾尔斯英译本符合"信、达、雅"的标准,译文严谨,语句通畅,富有韵味,自成风格,不仅在很大程度上传达了《孙子》原有的文章之美,而且比较完整准确地用英文表达了孙武博大精深的兵学思想。

人们普遍认为，贾尔斯的译本是一部将《孙子》介绍给西方读者的佳作，为后来的西方语种《孙子》译本奠定了基础，也使欧洲人能更好地了解孙子思想。20 世纪 70 年代末，在英国小说家詹姆·克拉维尔的推崇与赞助下，贾尔斯的《孙子》再度出版。

英国坎大哈伯爵、陆军元帅罗伯茨曾致函贾尔斯，称"孙子的许多格言完全适用于现在"。美国的托马斯·菲利普斯准将在 1949 年重版该英译本时，在导论中写道："贾尔斯博士的译文语义准确，遣词凝练生动，其他英、法文译本在这两方面都显得逊色。"

英国军事学家利德尔·哈特在 1929 年出版了一部军事学名著，取名《战略论》，书中摘引了 21 条军事家的语录，其中第 1 至第 15 条都摘自《孙子》。该书后来几经修改，于 1954 年重新出版。英国《不列颠百科全书》第 5 版中列有"孙子"条目，为之写了一千字的释文。英国的托马斯·菲利普少校主编的"战略基础丛书"，把《孙子》排在第一位。英国牛津大学出版社曾多次出版《孙子》，极负盛名的企鹅出版社也多次出版《孙子》。

1992 年，伦敦的弗兰克卡斯集团出版了《战争大师：孙子，克劳塞维茨和若米尼》，书中对孙子与克劳塞维茨和若米尼的军事思想进行比较研究，对孙子的战略思想给予了高度评价。

《孙子》英译本在西方世界产生了很大影响，吸引了一批政治家、哲学家、文学家、历史学家、军事学家争相研读。《孙子》受到各方人士的高度评价：军事学家说它是"兵学圣典"，文学家说它是"大艺术品"，政治家说它是"政治秘诀"，外交家说它是"外交手册"，哲学家说它是"人生宝典"。

接下来说说笔者在英国的其他见闻，进一步看看《孙子》在英国的传播情况。

在伦敦各大书店、希思罗机场、火车站,都能看到有人在购买或阅读《孙子》。在伦敦市中心查令十字街,也能看到各种英文版《孙子》。伦敦大学的中国留学生林小姐告诉笔者,伦敦大学图书馆也有许多的版本《孙子》,各国留学生都喜欢阅读。

大英博物馆展出"竹签版"《孙子》、线装本《孙子》等。令人惊讶的是,在大英博物馆一楼展示大厅,"竹签版"《孙子》与中国的算盘放在一起,寓意孙子的"妙算"。

笔者发现,在英国,与孙子相关书籍还包括《经理人的孙子兵法:50 条战略法则》《孙子兵法教女性如何打败工作劲敌》《策略和技巧:孙子兵法在投资和风险管理中的应用》等,在英国购书网站上可以找到十几种不同版本的《孙子》。

据说,英国足球教练威尔金森也爱读《孙子》,英军马术三项赛的组织者、华天团队领队西蒙通晓《孙子》。有一段时间,英国一些警察局的墙壁上,贴着许多《孙子》警句,警局上峰还督促警员认真学习。

在英国的一些院校和研究机构,诸如英国国防大学联合指挥与参谋学院、伦敦大学国王学院战争研究系、伦敦大学亚非学院当代中国研究所、兰开斯特大学防务与国家安全研究中心、伦敦政治经济学院国际关系系、伦敦国际战略研究所等,涌现出一批高层次的《孙子》研究学者和传播学者。

英国媒体也热衷于《孙子》传播,英国《卫报》把《孙子》列入 100 本最佳非虚构书籍,在政治类书籍中排名并列第一。英国《金融时报》将《孙子》十三篇的英文译文制成 30 页特刊出版。《金融时报》

强调，中国 2 500 年前的古老军事谋略十分适用于现代社会的商业管理，西方国家应该加以研究。

英国 BBC 曾报道说，大到城市围困战的战术选择、军队部署，小到诈诱敌军等，《孙子》都有用武之地。西方人不仅用《孙子》来指挥作战，还将其原则广泛应用于商战、人际关系建设，甚至婚姻大事和家庭纠纷。

英国《经济学家》发表题为《孙子和软实力之道》的文章称，被全球管理精英推崇的孙子能让中国更具吸引力，孙子还被颂称为古代反战先贤，理由是他那句妇孺皆知的"不战而屈人之兵"。还有什么比这更能证明中国是个爱好和平的国家呢?

葡 萄 牙

笔者在葡萄牙首都里斯本的书店发现，葡萄牙版《孙子》有多个版本，开本有大的，也有方便读者携带的小开本。书的封面设计颇具特色，有中西结合的兵家人物画，也有中葡文对照的书名。书店销售人员告诉笔者，中国的这本 2 500 年前的古书，已成为葡萄牙的畅销书，而且销售的长尾效应好。

笔者注意到，2009 年出版的葡萄牙版《孙子》，译者是米高·孔德;2011 年出版的葡萄牙版《孙子》，译者是里奥尼尔·吉勒斯。他们都是葡萄牙人。据了解，2 000 年前翻译的葡萄牙版《孙子》，已再版多次。

某版葡译《孙子》在导论中说，产生于公元前 500 年左右的《孙子》，是一本很重要的军事学著作，它不仅可以用在军事上，而且还是一本人生哲学书。25 个世纪以来,《孙子》在远东地区被广泛阅读和使用,从战国时代的军事家到近现代的政治领袖都运用过孙子智慧;在西方,《孙子》不仅可用于战场,而且用在企业运作上也有实效。孙子的谋略、主张很务实,他运用智慧和知识,达到不用兵卒就能打胜仗的境界。该书题为《知己知彼,百战百胜》的跋文提示,什么时候都不应该逞强去打仗;要知道自己的优劣在什么地方;要思考怎样维护好将领与士兵的关系;自己要做好充分的战前准备。

据葡萄牙米尼奥大学孔子学院院长孙琳介绍,葡萄牙学者翻译《孙子》由来已久。有人认为,最早将中国兵法介绍到葡萄牙的是该国传教士徐日升(Thomas Pereira,但这一说法尚有争议),他是中葡文化交流的先驱,在中葡文化交流史上具有不可替代的地位。前几年,米尼奥大学在徐日升出生地布拉加举行了纪念徐日升逝世300 年系列活动,对他在传播包括《孙子》在内的中华文化方面所做出的杰出贡献作了高度评价。

据考证,徐日升 1663 年加入耶稣会,清康熙十一年(1672 年)抵澳门,1673 年由南怀仁推荐进京。他多才多艺,为清廷的天文研究和历法制定、军械制造、捍卫中国主权等出谋划策。

徐日升精通兵法,尤其是对孙子的"伐交"思想和尽量制止战争的和平理念理解得很透彻。他参与中俄谈判,协助签订避免战争的和平条约;他还担任中方国际法顾问、中方翻译,坚持平等互利,坚持正义的战争观。徐日升去世时,康熙皇帝在悼词中评价他"渊通律历,制造咸宜",还赞扬他秉使俄国时"扈从惟勤,任使尽职"。

视线转向如今的里斯本孔子学院。从《孙子兵法》到《三十六计》竹签、兵马俑复制品,从《孙膑兵法》到《六韬》《百战要略》,还有各种军事和兵器杂志，里斯本孔子学院充满了浓郁的中国兵家文化气息。令笔者意想不到的是，在学院正厅最醒目的位置，孔子像与《孙子》竹签并列放在一起，让人领略到中国古代文武两位圣人的风采。

"这体现了中国的儒家学说与兵家思想在孔子学院等量齐观，孔子学院遍布全球，《孙子》的应用也遍及全世界。"里斯本孔子学院葡方院长费茂实博士对笔者说，孔子学院不仅仅传播孔子，也可以传播包括诸子百家在内的中华优秀传统文化，而孙子是"世界兵学鼻祖"，孔子学院里不妨有他的位置。

费茂实的名字用中文来解释，具有"树木茂盛、秋实累累"的意思，与推广中华文化、从事文化教育紧密地联系在一起，很贴切。这位专门研究中葡历史和中葡关系的资深研究员，长期从事中国文化研究，多次到过中国，足迹遍及北京、南京、天津、上海、广州、澳门等城市，其著作成果与他的中文名字一样茂实。

费茂实认为，在葡萄牙研究和传播中国兵家文化很有必要。葡中两国人民早在 500 年前就开始了交流和交往，在近代中西文化交流史上，第一个沟通中国与西欧的是葡萄牙。葡萄牙人在澳门居住下来，长期从事贸易与文化等活动。（笔者按：中西交流的客观事实不应否认，但我们也要批判性地、严肃地看待葡萄牙的殖民行径。）最早传入中国的西洋火炮是葡萄牙火铳，而中国的陶瓷工艺和茶文化则通过葡萄牙传到西方。17 世纪中叶，通过澳门这座中西文化交汇的城市，以诸子百家为代表的中国文化大量流向西方。当时西方思想家、哲学家、军事学家对包括儒家学说与兵家思想在内的中国文化产生了浓厚的兴趣。

费茂实介绍说,葡萄牙研究中国古典文化的学者很多,在里斯本大学、里斯本技术大学均有研究中国兵家文化的课程。里斯本大学社科及人文学院举办过多次中国文化日活动,其中穿插着中国兵家文化。里斯本孔子学院一方面教汉语,另一方面传播中华文化,相辅相成,相得益彰。学院有 5 位汉语老师,在教汉语的同时,在高级班开设有关中国古代经典的课程,其中就涉及中国兵家文化。

里斯本孔子学院每周三和周末都会举办中国文化活动,将汉语角、剪纸、绘画、书法、武术等相融合。比如可以把孙子文化与太极拳结合起来,这里的许多葡萄牙学生读过《孙子》,也会打太极。孔子学院曾在里斯本大学理学院广场举办陈氏太极拳体验课,还向葡萄牙民众讲授陈氏太极拳 19 式以及陈氏太极养生功等,学员也可以结合太极拳体验神奇的中国兵家文化。

费茂实还表示,《孙子》的传播有利于葡中经济文化交流,他坚信中国经济的质量与未来;他认为,葡萄牙要摆脱金融危机,很需要学习《孙子》的智慧谋略。

意 大 利

据称,《孙子》意大利文版,最先由意大利的帕多安翻译,1980年由意大利米兰的苏卡尔科出版社出版;还有两本出版年代不详的意大利文译本,一本由意大利的亚历山德罗·科乃里根据英国人贾尔斯 1910 年的译本转译;另一本《孙子》意大利文译本由意大利鲍尔盖斯出版社出版。

据了解,不管是恺撒大帝的战争回忆录,还是古罗马的《兵法简述》或者近代的《论战争艺术》，这些西方经典兵书在版本数量上目前都没有超过《孙子》。

《孙子》不断再版，深受意大利人的欢迎。正如意大利埃尼公司总裁贝尔纳贝说："关于战略这一题目，我正在读《孙子》，这是一本大约 2 500 年前由一位中国将军孙武写下的经典著作，这是一本关于战略的全面的教科书，今天仍能运用到人类的各种活动中去。"

在罗马一座建于 18 世纪的巴洛克风格的精美建筑内，笔者见到了抽着雪茄的意大利前国防部副部长、意大利国际事务研究所主席斯特法诺·西尔维斯特里。在西尔维斯特里的办公室里，挂满兵家画像和图案，有古罗马战争图画、罗马骑兵图画、两伊战争中出现的战斗机及各种武器图，"兵"味很浓。

"欧洲人从来没有像今天这样崇拜中国的孙武，《孙子》对后世的影响是非常大的，对西方军事思想的影响也非常大。《孙子》有完整的意大利语译本，被军事院校、企业广泛应用。"西尔维斯特里与笔者侃侃而谈。

西尔维斯特里曾在意大利多届政府中担任国防部副部长，也曾担任外交部欧洲事务顾问理事会主席，多年从事意大利外交部、国防部和工业领域的顾问工作，从事外交政策和防御问题的研究。他还在约翰斯·霍普金斯大学博洛尼亚中心、伦敦国际战略研究所任职，并担任地中海地区安全问题讲师。他还是意大利工业联合会的董事会董事，是航天航空、国防和安全企业联合会（AIAD）三边委员会成员。

西尔维斯特里告诉笔者，他从 20 世纪 60 年代开始读《孙子》，后来因参与国防战略和外交安全事务又重读。1979 年他到中国访问，有机会与中国军方人士交流。之后，由两国国防部出面，他每年有一次机会来中国，曾 20 多次到访中国，对以孙武为代表的中国兵家文化发生浓厚兴趣。

经过数十年研读，西尔维斯特里对孙武的思想精髓把握得很透彻，尤其是对孙武的当代意义理解很深刻。他对东西方兵学思想进行比较，认为孙子思想更胜一筹。

"我读《孙子》，这是一部非常好的著作，"西尔维斯特里说，"我研读时发现，它好就好在不仅是一部军事著作，更像一部政治书、外交书、哲学书。孙子从国家的角度看战争，论战略，讲谋略，更关注的是国家的利益、国家的安危。博大精深的中国传统战略文化让许多外国军事学家为之惊叹。"

西尔维斯特里谦虚地说，他不是最好的孙子研究者，但愿意努力做一名好的孙子智慧实践者。他向笔者表示，很愿意参加中国举办的孙子国际研讨会，与包括中国在内的世界各国学者共同研讨《孙子》，共同弘扬《孙子》，他也很乐意为推进《孙子》在意大利的传播和应用做些事情。

也有意大利学者将东西方兵学，将古希腊和古罗马的军事著作与古代中国兵书进行比较，认为以《孙子》为代表的中国兵法更具有军事哲学价值，更具有超越时代的理论价值，也更具有世界意义。

《兵法简述》所论述的古罗马和古希腊军事学理论，包括战略与战术，进攻与防御，强调将帅必须充分了解敌我双方的一切情况，制定正确的作战方针，提出重视兵马粮秣、战争中的突发性以及兵贵神速等观点，与孙子"知彼知己""因粮于敌""兵贵胜，不贵久"等经典论述如出一辙。《兵法简述》讲到选才练兵，认为保证士兵的素质是第一要务，这不禁让人想到孙武"三令五申"的故事，孙武甚至能让宫女训练有素，做到整齐划一。

意大利主流媒体《信使报》总编辑陆奇亚·波奇在接受笔者采访时说，如果意大利成立孙子研究会，她很乐意参加。陆奇亚·波奇典雅美丽，性格开朗。作为女性，她对女人研读《孙子》的话题更感兴趣。她向笔者打听中国台湾一位将《孙子》运用于生活的女性学者严定暹，严氏善于用女性的审美眼光和思维方式，把看似枯燥乏味的兵家文化与现实生活中的问题关联起来，把深奥的经典智慧化为浅显易懂的实用生活方法。严定暹著有《生活兵法》《红尘易法》《谈笑用兵》《格局决定结局：活用孙子兵法》等书，在中国大陆和中国台湾十分畅销，多次再版。她提出"用兵不只在战场，也在你我的生活中"。在她的书中，可以领略到女性特有的细腻、聪慧和哲理的完美结合。这让陆奇亚·波奇赞叹不已。

波奇告诉笔者，她曾三次到过《孙子》诞生地苏州。（这是波奇认可的观点，也是较主流的观点之一。另一种观点认为，孙武在齐国时至少已完成部分手稿，入吴［也就是今日的苏州］后是修订完善了《孙子》。）被誉为"东方威尼斯"的苏州与意大利威尼斯是友好城市。东方水城，小桥流水，水乡周庄，给她留下了美好的印象。难怪孙武在苏州写出的《孙子》水味十足，刚柔相济。波奇说，把孙子智慧融入生活，更能体现孙子的现代价值、生活价值。她家里收藏了三本《孙子》，她很喜欢研读。孙子不再是男人们享有的"专利"，也是现代女性的武器。

意大利女翻译家莫尼卡·罗西也持有类似的观点，她认为，《孙子》原来主要是为男人写的，因为女人在古代战争中没有地位。而现在不同了，《孙子》可以面向男人也可以面向女人，任何人都可以读，都可以应用，然后立于不败之地。莫尼卡·罗西翻译的意大利文《孙子》已两次再版。笔者注意到，这样热衷于翻译《孙子》的女翻译家，在意大利不是一两个，而是形成了一个群体，不少意大利文版的《孙子》均出于女性之手。

在意大利，乃至在整个欧洲，《孙子》研究者中女性逐渐增多。这一现象表明，与男性一样，女性对《孙子》同样热衷。再则，在中国古代思想中，"柔"与"刚"都可以是武器，"柔性攻势"有时比"刚性攻势"更能解决问题。

美　国

美国亿万富翁以传播《孙子》为终生事业

加里·加格里亚蒂是某世界先进科技企业的创始人。他是著名企业家，也是美国拉斯维加斯战略科学研究所的发起人之一。他从 20 岁起研究《孙子》，并根据自己的研究合理制定企业战略规划，他的高科技软件公司一度成为美国发展最迅速的高科技企业之一，他本人成了亿万富翁，多次荣获美国商会颁发的"年度最佳企业家"大奖。

加格里亚蒂在《孙子兵法与癌症》中绘声绘色地讲述了自己战胜癌症的故事：几年前，他患上了鼻咽癌，非常严重。生死攸关的时刻，他根据多年来对《孙子》的研究，制定了四个阶段的战略开始治疗。不知是战略对头，还是机缘巧合，他的症状大大缓解，最终恢复了身体健康。这让加格里亚蒂对中国的孙武更加推崇，将推介《孙子》当作自己的终生事业，他在美国《孙子》研究甚至获得了"孙子之子"的称号。

1997 年，加格里亚蒂成了亿万富翁。为了更好地传播《孙子》，他出售了自己的股份，成立战略研究所，专门研究、推广《孙子》，并在世界各地进行巡回演讲。他撰写了《孙子兵法与企业管理》《孙子兵法与战略谋划》等 15 本著作，其中《孙子兵法与销售艺术》成为畅销书。他编译的英文版《孙子》，被认定为指导其他亚洲语言著作英译的范本，在世界《孙子》研究界享有一定的学术威望。

美国商业史作家将孙武奉为管理战略大师

美国商业史作家马克·麦克尼尔利说，孙武是"最熟悉的陌生人"，无论是对于西方的管理者还是中国的商业人士，孙武都是他们难以绕开的管理战略大师，很多西方企业家将《孙子》中古老的军事策略移植到公司管理和商业扩张上。

麦克尼尔利在商界备受欢迎，原因是他具备西方商业管理背景，又能够将一种古老的东方智慧移植于西方商业管理之上。他曾经在 IBM 供职 25 年，拥有明尼苏达大学的 MBA 学位；他还很小的时候，就因为个人兴趣从著名历史学家 B. H. 利德尔·哈特之处接触到《孙子》。更重要的是，他的六项战略法则正是活学活用了孙子思想。

他曾在专栏上说："正如中国是美国消费品公司未打开的市场，中国也是待发掘的商业智慧的源泉。"他写道："在 1990 年代和本世纪初期，《管理者们的孙子兵法》和《孙子与商业艺术》这类书卖得很好."他写这篇专栏时刚刚从阿斯本的财富论坛回来,在那里,他发现人们热衷于引用中国的古老兵法来解释自己的商业战略。

麦克尼尔利出版了《孙子与商业艺术:经理们的六项战略法则》一书,将《孙子》十三篇简化为西方人易于理解的六项战略,并将孙子思想同商业战略结合到一起。这六项战略是:

第一,不战而屈人之兵——无须破坏已有市场就能占领新市场;

第二,避实击虚,避强击弱——在人们期望最小的地方着力;

第三,善用计谋,具有先见之明——最大化地获取市场信息;

第四,准备充足,速度至上——永远比你的竞争对手要快;

第五,树立对手——注意雇佣策略以合理引导员工之间的竞争;

第六,有个性的领导——在喧嚣时代要提供有效率的领导力。

麦克尼尔利的这部书已经再版了 6 次,并被翻译成 5 种语言。这本书的畅销也赋予了马克一项新的使命,那就是向更多西方公司的管理者们解释古老的中国智慧如何运用到商业和管理上。曾经被他用《孙子》"洗脑"过的公司包括:3M、IBM、苏格兰皇家银行、田纳西河谷管理局等。他宣讲孙子智慧的平台包括《纽约时报》《洛杉矶时报》、BBC 以及众多的电视谈话节目和广播节目。

美国畅销书作家用《孙子》批判美式霸权

曾经出版了《石油战争》《粮食危机》《霸权背后》等书的美国作家威廉·恩道尔称,他在写书的过程中会向《孙子》寻求灵感。

恩道尔是美国普林斯顿大学政治学学士、瑞典斯德哥尔摩大学比较经济学硕士，美国著名经济学家、地缘政治学家，长期旅居德国，从事国际政治、经济、世界新秩序研究逾 30 年。恩道尔由于幼年的一场疾病，不得不常年依靠轮椅生活，但是他却未自暴自弃，而是依靠自己的努力成为了独立经济学家和新闻调查记者。他的研究领域极为广泛，他定期为许多国际出版物撰写文章，还经常为欧洲主要银行和私募基金经理提供咨询。

恩道尔说，他最喜欢的中国思想家之一就是孙武，最欣赏的孙子语录是："知己知彼，百战不殆；不知彼而知己，一胜一负；不知彼不知己，每战必败。"孙子对战略战术的简洁表述至今无人超越。恩道尔的《霸权背后》详细描述了美国运用秘密经济战争以及"人权"、"民主"等各种说辞，试图弱化和孤立它视作对手的国家。该书通过超强思维和翔实史料，以辛辣的笔触，揭示了美国精英阶层利用政治、经济、军事、外交、宗教等种种手段，来保持其对世界的控制，维系美国的霸权地位。

恩道尔揭露，美国在试图成为全球霸主的道路上，已经把自己变成了一个不扩张就不能"生存"的国家，甚至是一个"大兵营式的国家"。为了称霸世界，美国必须越来越多地依靠军事力量，于是五角大楼占据了国家政策的中心。近百年以来，美国精英制定的战略就是控制世界，善良的人们过去对此基本上是完全不知情的。

恩道尔是美国人，他这样毫不留情地彻底揭露美国伤害全世界的霸权战略，并不是因为他不爱国。他是这样说的：他不能看着他关切最深的国家自我毁灭。他必须对美国和这个世界讲清楚，这样走下去只会自取灭亡。恩道尔明确地指出，美国的经济政策、外交政策、军事政策，都建立在一个最终自我毁灭的模式上。

恩道尔在《霸权背后》的前言中写道："正如伟大的战略家孙子在 2 600 多年前说过的：'知己知彼，百战不殆。不知彼而知己，一胜一负；不知彼，不知己，每战必败。'拙作是我有关当代历史和地缘政治的系列著作中的一部。它探讨了美国权力精英为保持对世界的控制所做出的种种抉择，即如何维系'美国世纪'、美国的世界主导地位及 1945 年'二战'胜利后确定的美元体系。"

恩道尔提醒说，在西方，尤其是在美国，人们几乎不可能通过媒体和政府所提供的信息，去了解那些攸关人类文明未来的事件的重要性，也没有意识到事态已经变得多么危险。为此，他撰写了《霸权背后》，其主线是阐述美国为什么会变成这样，它要往哪里去，以及对世界和平构成怎样的威胁。

恩道尔还写道，华盛顿选择了处理世界心脏地带问题的另外一条道路。它选择了秘而不宣的计划、欺骗、流言、谎言和战争，企图用军事力量来控制这个心脏地带。某些人认为，这是实现 100 多年前西奥多·罗斯福鼓吹过的美国"天定命运"的大好时机，另一些人则认为这是建立美国的全球性帝国地位、主宰整个亚欧大陆的大好时机。

曾担任中国孙子兵法研究会会长的李际均中将指出，作为正直的美国学者，威廉·恩道尔先生在他的书中发问："曾经因对外国人的开放态度和轻松的生活方式受世界各地羡慕的美国人民，怎么能允许自己的国家变成邪恶的强权，在伊拉克、阿富汗和很少得到报道的世界其他地区实施残忍无情的暴行和酷刑？"

恩道尔的回答是："通过规模巨大到难以想象的社会工程，美国完成了国内社会转型，从根本上把美国变成一个斯巴达国家，处于永恒的战争状态。"这是何等沉重的警世之言！

《石油战争》是恩道尔多年关注世界石油地缘政治的研究成果。书中描绘了20世纪90年代的石油战争和石油寡头，以及西方主要国家如何围绕石油展开地缘政治斗争，解析了石油危机、不结盟运动、马岛战争、核不扩散条约、德国统一等重大历史事件背后的真正原因。英国经济学家斯蒂芬·路易斯评价说："对于那些对世界经济运行奥秘真正感兴趣的人来说，这本书非常有用。"

曾经在美国军火工业重镇德克萨斯生活的经历，对恩道尔的人生产生了不小的影响。他童年时期耳闻目睹了军工企业和石油企业的很多事情。18岁那年，他听到了肯尼迪被暗杀这个举世震惊的消息。"他的遇刺对我产生了深远的影响。我的世界忽然被剧烈地震撼了。后来我才知道，这是美国军工企业希望看到的。"恩道尔说。

《石油战争》第一章"英帝国的新战略"；第二章"德国的经济奇迹"；第三章"合纵连横，控制石油的全球争夺战"；第四章"运筹帷幄，开辟近东石油战场"；第五章"明争暗斗，英美争当世界霸主"；第六章"步调一致，英美联手收拾德俄"；第七章"排兵布阵，建立英美石油美元秩序"；第九章"逆流而动，人为制造石油危机"；第十章"各个击破，压制一切独立的发展力量"。有学者评价，《石油战争》各个章节明显受《孙子》的影响。

在北京四合院里写孙武的美国人

劳伦斯·罗森·布拉姆，一个在中国生活工作了37年的美国人，先后出版了许多令人难忘的作品。他在常年居住的北京四合院里,写了一篇引起广泛兴趣的论文《孙子兵法与亚洲金融危机》。在这篇文章里,他熟练地引经据典,利用中国古代军事家孙子的作战思想解释了亚洲金融危机的产生。

布拉姆有一个很中国的名字:龙安志。他毕业于美国夏威夷大学法学院,法学博士,律师,政治经济学家和作家,他还是加州大学河滨分校心理学教授,喜马拉雅环境智库创始人,曾多次获得美国国家科学基金和美国国家卫生研究院奖金。现在北京外国语大学任教。

美国著名的《时代》周刊刊载了一篇题为《中国世纪》的文章,称中国的和平崛起已成既定事实,21 世纪注定是中国的世纪。此文源于 2001 年在美国出版的《中国的世纪——下一个经济强国的崛起》一书,作者就是布拉姆。

他用英文写了 30 多本介绍中国的书,包括《中国谈判三十六计》《在中国谈判的孙子兵法》;他写的《中国的世纪》《朱镕基传》《中国第一》等一系列著作,在西方出版后引起强烈反响,为介绍中国起到了积极的作用。

大致在 2001 年前后,布拉姆告诉西方读者:"我所看到的不是中国即将崩溃,而是中国逐步强盛。我从心底里相信,中国将在 21 世纪成为一个举足轻重的经济大国,中国对于世界的重要性就跟 20 世纪的美国和 19 世纪的英国一样。我认为这是中国的新纪元。"

在这本 40 多万字的书中,布拉姆特别邀请了 8 位中国部长、28 位跨国公司总裁和中外专家,用翔实的数据、确凿的案例分析了中国的现在和未来。美国前总统比尔·克林顿肯定了布拉姆的预言,他说:"如果中国的经济按照现在的轨道发展下去,她在 21 世纪将是最强大的。"

1992 年，许多跨国公司纷纷登陆中国，布拉姆看到巨大的机遇在向他招手。一年后的 1993 年，他注册了南龙亚太投资有限公司，专门为跨国投资者提供咨询服务。一大批跨国公司，如柯达、拜尔、西门子、爱立信等，都曾经是他的商业伙伴，同时也是他传播中国文化的主要对象。

布拉姆曾出版过多部介绍中国经济的著作，2004 年波士顿塔特尔出版社出版了他的《怎样在中国做生意：孙子的成功之路》，2007 年又出版了《中国经营的诀窍在于孙子兵法》，引发跨国投资者的热议与关注。布拉姆认为，孙子智慧是中国人的处事方法，也是中国人在经营中的谈判技巧的来源。

美国畅销书作家用 15 个故事印证《孙子》智慧

美国的历史题材畅销书《最强兵法：军事史上最不可思议的战术详解》一书，为全彩图文版，用超详细的军事地图深度解析战役进程，详解代表西方军事成就的经典战役，而另一方面，这本书也印证了《孙子》为何是最强兵法。

约什·卡明斯是美国著名历史畅销书作家，2001 年以来已经出版 13 部作品，其中不乏《历史上最伟大的战争》《战争编年史》《历史上最著名的对手》等杰作。他的著作被翻译成多种文字，行销世界各地，销量达百万册。

卡明斯的《最强兵法：军事史上最不可思议的战术详解》一书，从围攻古巴比伦和恺撒在高卢引发的战役写到美国内战，并抓住了历史中的那些重大时刻——伟大将领凭借巧妙的战略、卓越的远见以及非凡的勇气,在战场中扭转局面,力挽狂澜,起死回生。书中凸显了那些以弱胜强的高超战术、以不可能制造可能的战争艺术。

卡明斯讲述了十五个故事:波斯征服古巴比伦——谣言与谎言;狄密斯托和萨拉米斯之战——跨海大道;亚历山大大帝征服提尔——围歼;汉尼拔夹袭坎尼大军——灰飞烟灭;恺撒征服阿莱西亚——完美的陷阱;条托堡森林之战——寻找突破口;攻取盖亚尔城堡——归属于神;利格尼茨战役中的蒙古式自杀袭击——离奇死亡;围攻卡法——跛子帖木儿和火中咆哮的骆驼;德里之战——诱拐;弗朗西斯科·皮萨罗绑架印加国王阿塔瓦尔帕——"野蛮人"的秘密武器;萨缪尔·德·尚普兰击败易洛魁人——暴风眼中的袭击;基伯龙湾战役——扭转乾坤;考彭斯战役的胜利——"帕"的可怕力量;奥海阿怀之战。

这十五个故事非常精彩有趣,详细剖析了军事史上令人拍案叫绝的战术安排,扣人心弦且鼓舞人心,为读者展示了经典战役的壮丽画卷和战争艺术的无限风采。这些案例印证了,打赢战争的决定因素不是坚固的堡垒,也不是庞大的军队或精良的装备,只有统帅们出神入化的指挥艺术才真正坚不可摧。有人评论,卡明斯的书融合了《孙子》的精髓。

美国军事史作家以 10 场战争彰显《孙子》谋略

贝文·亚历山大,美国著名军事历史学家、军事战略专家,长期为美国陆军及美国政府撰写专题报告,同时兼任某些报纸的自由撰稿人。曾长期任教于弗吉尼亚大学,从事各类战争史料的研究和写作,著有《朝鲜,我们第一次战败》《美国国内战争》《克敌制胜:世界著名将帅与经典战例》《怎样赢得战争》等近十部书籍。

贝文认为，《孙子》是迄今为止最杰出的军事学和战略学著作，赢得战争的一方的策略和行动往往契合孙子的作战思想，无论是一战、二战，还是朝鲜战争。诸如美国内战期间的南方将军罗伯特·李、法国的拿破仑，他们接受的都是近现代的军事训练与教育，似乎理当"战无不胜"。然而他们实际的战绩和结局却显示了近现代军事训练与教育的不足。

亚历山大以亲历者的身份，撰写了《朝鲜：我们第一次战败》一书，这是一本著名的美国人反思朝鲜战争的书籍。亚历山大运用《孙子》的战略思维，以一个军事史学家、军事战略家的独特眼光，冷静地审视这场战争的整个经过及美国的战败教训。他撰写的《克敌制胜》《怎样赢得战争》等书，也都运用了《孙子》的战略思维。

而《孙子兵法与世界近现代战争》一书，更是通过成功与失败两方面的案例，深入考察了近现代世界发生的一系列具有代表性的战争，书中的描写和反思也侧面印证了《孙子》的伟大，对思考当前及今后可能发生的战争同样具有重要的参考意义。

书中首先写到的是 1777 年的萨拉托加战役和 1781 年的约克镇战役，这两场战役确保了美国的独立；其次是两场关键性的战役，即 1815 年的滑铁卢战役和 1863 年的葛底斯堡战役；后是 1950 年的朝鲜战争，这是一场非常可怕而且代价巨大的战争。书中详细叙述了这些战争的实际进程，并且探讨了将领们在指挥作战过程中是否遵从了《孙子》提出的普遍原则。

该书的导论"作战的原则：避实击虚"、第三章"拿破仑兵败滑铁卢"、第八章"斯大林格勒战役"、第十章"仁川登陆与朝鲜战争"、

第十一章"历史的结论：孙子智慧永放光芒"，都传递了作者对《孙子》这部兵书的欣赏。

《孙子》在美国全方位"霸榜"

在美国，各种《孙子》译本受到了广泛的欢迎，其中最早打破美国《孙子》英译本短缺局面的是詹姆斯·克拉维尔的英译本，影响最大的或许是塞缪尔·B. 格里菲思的译本，翻译《武经七书》最全面的是拉尔夫·索耶。

在 20 世纪下半叶，由美国人翻译的《孙子》有 10 多个版本。美国是最早再版英译本《孙子》的国家。1949 年，美国宾州军事出版公司再版贾尔斯译本，请著名军人托马斯·菲利普斯为之作序。菲利普斯在序言中对《孙子》的总评价是：《孙子》是世界上最古老的兵书之一，言简意赅，以阐述基本原则为主，其中许多内容在 2 500 多年后的今天，即在现代战争条件下仍然适用，对指导战争很有价值。

1963 年，美军准将格里菲斯翻译的《孙子》出版，有观点认为，这是全世界第三部完整的《孙子》英译本。该书当年即被列入联合国教科文组织的"中国代表作翻译丛书"，确立了其在整个西方世界的权威地位。

美国有一批造诣较深的《孙子》研究学者在从事图书翻译，他们多为军人、汉学家、小说家、教授等。在实践中，出现了不同学科人员合作翻译的现象，译者的翻译意图与翻译策略也逐步演变，于是诞生了多姿多彩的英译本。

20 世纪，美国的《孙子》英译本不断改进完善，翻译目的更趋多元化，有的为普及中华文化，解读《孙子》哲学思想，有的偏重《孙子》的实用性，还有的致力于揭示属于中华文化的独特意象，这些工作为美国的孙子研究提供了丰富的材料。

1988年，美国哈佛大学学者托马斯·克莱瑞重译了《孙子》，该书列入美国"桑巴拉龙版丛书"的"道家著作类"。

1992年，伦敦的弗兰克卡斯集团出版美国海军战略大学教授迈克尔·汉德尔的专著《战争大师：孙子，克劳塞维茨和若米尼》，书中将孙子与克劳塞维茨和若米尼的军事思想进行比较研究，对孙子的战略思想给予高度评价。

1993年有三部重要译本问世。第一部是夏威夷大学教授、汉学家罗杰·埃姆斯(中文名安乐哲)的译本，由纽约巴兰坦出版社出版，书名为《孙子兵法：首部含有新发现的银雀山汉墓竹简的英译的新译本》。该书将与银雀山汉墓竹简作校勘的《孙子》十三篇原文译成英文，同时简要介绍了汉简出土情况，并辑录《孙子》佚文，内容丰富，是西方较早运用汉简校勘传世本的版本。第二部是美国西部视点出版公司出版的拉尔夫·索耶翻译的《武经七书》，其中包含他的《孙子》英译。索耶版《武经七书》第一次全面完整地将中国兵学经典译介给西方读者，这不仅填补了东西方军事文化交流的空白，而且标志着"兵学西渐"进入了新的历史阶段。第三部是美国西部视点出版公司出版的《孙子》单行本。《武经七书》是北宋朝廷颁行的官方军事教科书，包含《孙子兵法》《吴子兵法》《六韬》《司马法》《三略》《尉缭子》和《李卫公问对》。上面提到的索耶所译的《武经七书》，参考了北京大学李零教授和中国军事科学院吴如嵩教授的研究成果。

1994 年美国出了两部与孙子相关的书，一部为拉尔夫·索耶从《武经七书》中析出重编的《孙子》单行本；另一部是由布莱恩·博儒翻译、中国台湾蔡志忠原著的《孙子兵法：兵学的先知》。

1995 年美国又出版了布鲁斯·F. 韦伯斯特译《孙子兵法再译本》，拉尔夫·索耶译《孙膑兵法》。

1996 年，拉尔夫·索耶又与他人合作编译了《战士必读的军事篇目：选自中国军事指挥和战略经典，根据中国古代的〈武经七书〉和〈孙膑兵法〉编译》，由波士顿香巴拉出版社出版。

从 20 世纪 80 年代末起，西方世界对中国文化日益关注，《孙子》的精辟哲理与基本原则被西方各国广泛接受，随后在短短 20 年间就出现 21 种《孙子》英译本。进入新世纪，美国的《孙子》翻译又掀起热潮。仅在 2003 年，就出版了 19 种《孙子》相关图书。

下面再说说笔者在美国的其他见闻。在美国各大书店，各种《孙子》注解本和以孙子为主题的书俯拾即是，就连笔者给美国商学院学生讲演时，《孙子》刚被我提起，一个微型"孙子语录"已经被美国学生高高举起。

《孙子》吸引了一代代美国读者，到了近期，似乎在大众文化和流行文化中也颇有威名了。据称，著名演员、导演兼制片人迈克尔·道格拉斯(Michael Douglas)可以熟练引用《孙子》。

有美国学者津津乐道地说，每年都有新的《孙子》英译本出版，不同的译本根据具体的读者群采取不同的翻译策略。因此，我们可以发现适合经理人的、适合运动员的、适合战场上的勇士的《孙子》，甚至，有时学术翻译也会以贴近大众的方式处理。《孙子》是不朽的智慧宝库，其古老的语言中可以提炼出超越时间、空间和环境的道理。许多启人智慧和鼓舞士气的著作就是以这样的脉络推出的。

美国文化讲求实用，美国人学习《孙子》更多是为了找到解决现实问题的方法。事实上，美国人也确实从《孙子》中找到了很多解决现实问题的灵丹妙药。

美国学者安德鲁·梅亚、安德鲁·威尔逊赞叹，一本具有两千多年悠久历史的中国兵书竟能在当今的欧洲和美国吸引一批读者。《孙子》能令与其源头远隔空间、时间，并且处在完全相异的文化语境中的当代读者如此折服，充分证明了它的感召力。很多当代读者都着迷于用《孙子》解决当前的问题。军官因孙子兵法在现代战争中的效用而受到鼓舞，公司经理热衷于吸取《孙子》经验用于商业策略，其他读者则感叹该书对各种形式的竞争和人际关系的洞察力。

在美剧中《孙子》频繁出现，仿佛不引用几句经典，剧情就没有说服力。前些年，网上流传着一张照片：希尔顿酒店集团女继承人帕丽斯·希尔顿手捧《孙子》，看得聚精会神。

在美国亚马逊网站的图书频道上检索"Sun Tzu"（孙子的英文译名），结果大致与被誉为现代管理学之父的德鲁克和股神巴菲特旗鼓相当，有1 500多个孙子相关图书检索结果，难怪美国许多书店把《孙子》与世界著名商业书籍并为一类。

2017年，亚马逊畅销书排行榜显示，《孙子》十分受读者追捧。这本中国古籍的某个译本曾在亚马逊图书排名上一度处于军事战略类第一名、历史类第一名、亚洲类第一名、东方哲学类第一名。

笔者在美国国会图书馆网站检索入口，选择简单检索方式进行主题检索，就能检索出《孙子》英文记录204条。

在美国纽约第五大道的一家书店，封面烫金印刷的英译本《孙子》放在进口处的醒目位置。在洛杉矶一家书店的"军事战略类"书架上，《孙子》的英译本独占鳌头，有 17 种版本。书店工作人员告诉笔者，《孙子》颇受读者欢迎。笔者在旧金山机场看到，在候机大厅里有人正在翻阅《孙子》。想到美国企业家萨姆·J. 塞巴斯蒂安尼所说的话："假如我手中拿着仅剩的几本书匆匆奔向机场，那几本书里必定有《圣经》和《孙子》"。

蔡志忠漫画《孙子》在美国"狂飙"

2018 年 6 月，美国普林斯顿大学出版社出版发行了新版《蔡志忠漫画：孙子兵法》，由伦敦大学国王学院长期研究战争的教授劳伦斯·弗里德曼撰写前言。该书上市后，《纽约时报》于当年 7 月 10 日在其头版刊登了对蔡志忠的专访，当即引发了热烈反响，7 月 10 日一天，亚马逊网店的书便被销售一空。

据美国《纽约时报》网站报道，30 多年前，当蔡志忠决定把《孙子》改编成一种更符合当代审美的版本，他的目的是给这部有 2 500 多年历史的作品注入新的生命。蔡志忠的改编让《孙子》焕发出新的活力。

《孙子》有十三篇、六千多字，蔡志忠并没有把每个字都画出来，而是挑选每一篇中最重要的内容加以浓缩，再将它们用漫画的形式演绎出来。

然而要以漫画形式将《孙子》的核心精神呈现出来并非易事，这需要作者对原著有着深刻、细致、准确的理解和把握。第一次看《孙子》时，蔡志忠便被书中传递出的思维缜密、观察透彻、联想面面俱到所折服了。而今重读《孙子》时蔡志忠又发现，整部书看似是在讨论如何用兵作战,但其真正的核心精神却是"止戈为武",消除冲突不一定要靠发动战争。

　　蔡志忠感言:"我幼时从很多西方思想著作中获益良多,这次《孙子》再版,是再次向西方世界推介优秀的中国智慧的机遇。《孙子》呈现出东方的行动智慧与美学,即便是战争,也可以非常有韵律,'其疾如风,其徐如林,侵掠如火,不动如山,难知如阴,动如雷震',依照自己的节奏,取得胜利的果实。"

第二编 《孙子》与世界的和平发展

中曾根康弘：借《孙子》反思侵略，祈愿和平

有观点认为，日本历任首相中，对《孙子》最推崇的莫过于中曾根康弘了，据传他在任期间，外出时总会手拿一本书，那就是《孙子》。

中曾根康弘1918年出生，1941年从东京帝国大学毕业后加入日本海军，在日本战败后投身政界，1982年至1987年出任首相，执政1806天，截至笔者写下这段文字，其任职时间在二战后的日本历届首相中排名第五。

据日本孙子国际研究中心理事长服部千春透露，中曾根康弘曾向他请教《孙子》。中曾根康弘评价说："孙子兵法不只是军事原则和军事思想，它已被日本广泛地应用到军事、政治、外交、经济、商业乃至体育的领域中。"

1991年，出任世界和平研究所所长的中曾根康弘，在接受记者专访时说："中国的《孙子》指出，伐谋（以谋制敌）为上策，伐交（外交战）为中策，攻城（凭力量夺取）为下策。今天在海湾战争中出现了攻城的事态，这的确是令人不胜忧虑的。"

他还积极研读孙子的慎战思想，借此更好地反思二战和日本侵略行径，致力维护世界和平。2015年8月7日发售的月刊《文艺春

秋》上,中曾根康弘撰文称,日本在过去那场大战中的行为是"明白无误的侵略"。中曾根康弘强调现代政治家应正视历史,吸取教训,带领国家走上正确的发展道路。

2015年8月10日,中曾根康弘发表《只有反省历史才能开辟未来》的署名文章,借二战结束70周年这一节点,指出日本对亚洲各国发动的战争属于侵略战争,"日军是硬闯入别国的,是不折不扣的侵略行为"。他重申:"我还是认为过去那场战争是不应该进行的,是应该避免的战争。"

日本发行量最大的报纸之一《读卖新闻》也刊登了中曾根康弘的文章。中曾根康弘在文章里写道:"很快就将迎来战后70周年,我们在为战死者深深哀悼的同时,也再一次祈愿和平。"

德国人用《孙子》反思"二战"

德国柏林的"恐怖之地文献中心""恐怖刑场博物馆""欧洲被杀害犹太人纪念碑"先后对外开放,专门揭露纳粹的种种暴行。在德国境内还有二战战场遗址、集中营旧址、涉及二战主要战场的博物馆,以及涉及苏联红军、西方盟军的纪念碑和墓碑。每年德国领导人都会出席在这些地方举行的纪念活动,提醒德国人不要忘记和忽视纳粹犯下的罪行。

希特勒及其党羽在德国背上永久骂名,德国领土上没有他们的坟墓,也没有他们的任何纪念物。正如德国前总理施罗德所说,"对纳粹主义及其发动的战争、种族屠杀和其他暴行的记忆,已经成为我们民族自身认同的一个组成部分","德国负有道义和政治责任来铭记这段历史,永不遗忘,绝不允许历史悲剧重演。我们不能改变历史,但是可以从我们历史上最羞耻的一页中学到很多东西"。

1946年10月,德国导演沃尔夫冈·施陶特斯执导的影片《杀人犯就在我们中间》上映。该片首次反映了德军在苏德战争中犯下的滔天罪行,在德国引起了巨大反响。二战被一代代电影人从不同角度进行解读,而德国电影人更以一种负责任的态度对二战进行诚恳的反思,其中最值得一看的是德国电影《帝国的毁灭》。

在二战结束60周年之际,"德国之声"网站发表文章指出,正是由于德国坚定地承担了历史责任,才赢得了今天在世界上的地位。战后60年来,通过反思历史、做出战争赔偿,德国赢得了国际社会的认可和尊重,从而走出了耻辱,走向了繁荣,成为当今国际舞台上一个负责任的大国。德国人的反思真正触及了民族的灵魂,从学龄前儿童到政治领袖,德国上下已经完成了深层意义的民族救赎。

笔者在柏林"恐怖之地文献中心"留言本上看到,许多德国民众写下了"战争是魔鬼,和平是天使""和平万岁"之类的留言。

研究二战及孙武的德国学者表示,二战前,德国人对克劳塞维茨的《战争论》顶礼膜拜,信奉武力征服,信奉血腥暴力,信奉以战争解决一切问题,对中国2500年前的《孙子》不屑一顾;二战后,对以孙武为代表的中国兵学思想开始重视,并用以反思二战。原联邦德国前国防部长韦尔纳博士1977年在与记者谈话时,引用了中国古代兵法家孙武的话,并说:"很可惜,在西方许多人不熟悉这一点。"

战争暴力和灾难也许无法根除,但战争暴力和灾难应不应该减少和降低、能不能减少和降低,无论是古代还是当今时代,都是一个重大问题。德国学者认为,"不战而屈人之兵"是孙武最为推崇的、也是他提出的最著名的命题。要尽量避免战争，因为战争充满风险，会导致灾难，最大的风险是失败，最大的灾难是亡国。而克劳塞维茨不赞成减少暴力，他认为"暴力的使用是没有限度的"，从而为暴力升级提供了理论依据。

德国学者称，从 19 世纪到 20 世纪，德国名将普遍受西方兵家思想的影响，他们大多是《战争论》的忠实读者，可谓"深受其害"。而 21 世纪的战争将受以《孙子》为代表的东方兵学思想的影响，主张"慎战"和"非战"，崇尚和平与和谐是《孙子》的思想精髓，这也是当今时代的潮流，势不可挡。

英国人哈特构思"孙子的核战略"

西方的战略家竟然把中国古代兵法家孙子"请"到了今天这个核时代来，对《孙子》作了新的解释，制定出了所谓"孙子的核战略"。他就是英国著名战略家利德尔·哈特，有人认为他是第一个对西方现代军事理论进行系统反思的人。

哈特毕业于剑桥大学，是英国军事理论家、战略家。第一次世界大战期间开始研究军事学，先后任英国《每日电讯报》军事记者、《泰晤士报》军事专栏评论员、《不列颠百科全书》军事编辑，以及英国陆军大臣的顾问。

哈特一生勤于军事理论、军事历史和军事人物的研究，撰写了《战略：间接路线》《战争中的革命》《西方的防御》《威慑还是防御》《第二次世界大战史》等著作，代表作是《战略论》。二战后，哈特在世界军事学界的地位达到最高峰，欧美各大学及军事院校纷纷授予其荣誉学位并邀请他前去讲学。

第一次世界大战的爆发使哈特对拿破仑战争以来的西方军事理论产生了强烈的幻灭感。于是,他推崇研究孙子,赞成孙子的理论,他的《战略论》大量引用《孙子》,他的战略理论在西方独树一帜。

哈特向人透露,他的军事著作中所阐述的观点,其实在2500年前的《孙子》中就可以找到。他也确实对孙武及其著作深感兴趣,不仅为《孙子》英译本作序,还在自己的得意之作《战略论》卷首大段引述孙子的话。

一战结束不久,哈特旋即发表文章,呼吁对"从克劳塞维茨那里继承下来的、流行相当广泛的关于战争目的的观点","加以重新审查"。正是在对西方近现代军事理论的清算过程中,哈特发现《孙子》在战略思维、战略价值观上具有重要启发意义,并由此提出了"间接路线战略"。

二战之后,特别是随着核武器的出现,西方开始对以克劳塞维茨为代表的军事理论进行审视。哈特确信,"在战争中发生无益的大规模屠杀的主要原因,是由于战争的指挥者固执于错误的军事教条,即克劳塞维茨式的对拿破仑战争的解释"。于是,以《孙子》为代表的中国兵学的价值重新显现。

哈特在20世纪60年代初撰文指出,"在导致人类自相残杀、灭绝人性的核武器研究成功后,就更需要重新并且更加完整地翻译《孙子》这本书了"。他还说,孙子的兵法"使我认识到深邃的军事思想是不朽的"。他认为,孙子思想对于研究核时代的战略是很有帮助的。因此,要将《孙子》的精华用于现代的核战略。

哈特比较说,《孙子》写得好,在西方,只有克劳塞维茨的《战争论》

可以跟它相比,但《孙子》更聪明、更深刻。《战争论》强调暴力无限,《孙子》显得更有节制。哈特认为,如果西方人早点读懂《孙子》,或许两次世界大战就不会那么惨;而正是现在,我们更应该"回到孙子"。

中国孙子兵法研究专家吴如嵩认为,哈特是第一个对西方现代军事理论进行系统性反思的人,但不会是最后一个。人类历史上的两次世界大战,特别是核武器的出现,将西方军事思想的缺陷暴露无遗。以西方人对克劳塞维茨以来的军事理论进行反思为契机,中国传统兵学的价值又一次体现出来,并且会得到进一步的挖掘。

在帝国战争博物馆感悟孙子"非战"思想

位于泰晤士河南岸的伦敦帝国战争博物馆,成为记录 20 世纪战争冲突的博物馆,人们在这里对西方军事理论的缺陷和战争灾难进行沉重的反思。

两次世界大战以及"核阴影"下的新危机,将克劳塞维茨为代表的西方军事思想的缺陷暴露于世,而以《孙子》为代表的中国兵家文化的价值再次得到印证和升华。

伦敦帝国战争博物馆内收藏有 1.5 万多件油画、素描和雕刻品,3 万多张海报,15 万 5 千多册参考阅览书籍,1.2 亿英尺的电影胶片和超过 6 500 小时的录像带,600 多万张相片底片和幻灯片,以及约 3 万 2 千小时的历史录音带。

从飞机、装甲战车、海军舰艇,到制服、徽章、英国和外国的文件,馆藏物品详实地记录了从 1914 年一战爆发至今的现代战争史和战争下的个人经历的方方面面。

从一楼的大厅到二层、三层的平台乃至拱形的穹顶上,都摆满或挂满了各个时期各式各样的武器装备的模型,最著名的莫过于结束太平洋战争的美国原子弹和令英国人饱受折磨的德国V-2弹道式导弹。

二战的各种飞机仿佛就在头顶上低空盘旋,仿真模拟战时的紧张气氛。而在地下室的一角有一座奇特的钟,被命名为"战争的代价",原来它记录的不是普通的时间,而是全世界每一分钟因战火而死亡的人数。

"伦敦大空袭"模拟展厅,运用声、光、电等高科技手段,还原枪炮声、轰炸声、喊杀声、哀号声,种种声音此起彼伏,向所有的参观者展示着一幅幅毁灭性的恐怖画面,令每一位参观者毛骨悚然。

1940年9月7日至1941年5月10日间,德国对英国首都伦敦实施的战略轰炸超过76个昼夜。德军投弹188 000吨,共有超过4万3千人死于轰炸,其中半数是伦敦居民,超过百万房屋被毁。从国土面积和人口数量看,英国蒙受的人员和财产损失是很沉重的。

德国使用的"飞行炸弹"——V1巡航导弹,是在人类战争史上使用的第一种巡航导弹,共使6 184人丧生,受重伤的人员则达到17 981人,平均每发射5枚该型号导弹就有3人丧生,带来难以估量的灾难。

德军飞机横冲直撞,伦敦街区轰炸声震耳欲聋。远处,一座大型建筑被炸弹击中,在火光中顷刻夷为平地;近处,被德军炸毁的建筑物的瓦砾堆中,隐约传来伤者的呻吟。一只玩具熊露出半个脑袋,也许瓦砾堆中呻吟的是位未成年的孩子,却带着天真的梦想与他可爱的玩具熊一起长眠在瓦砾中。在此展厅参观的父母和孩子们，无不被这悲惨的世界震撼……

一位亲身经历"伦敦大空袭"的英国老人至今记忆犹新，他对笔者说，在长达近一年的时间里，德军几乎是 24 小时不停地狂轰滥炸伦敦，炸死了成千上万的英国人，摧毁了不计其数的物质财富。"战争是魔鬼，和平是天使，我们不要战争，要和平。"

四层和五层是纳粹大屠杀展厅，主要围绕几位二战幸存者展开，影音资料与口述故事相结合。展品（模型）包括运送犹太人的火车车厢、毒气室入口、解剖台、在毒气室受害的犹太人身上取下的鞋子，以及大型的奥斯威辛集中营的局部模型，惨痛场景令人触目惊心，因此规定最低参观年龄为 13 岁。

四层还有一个纪念厅，悼念战争中失去生命的士兵，陈列着许多遗书、战地日记，它们记载着震撼人类心灵的真情实感。博物馆专门有一个区域反映战时少年儿童蒙受的苦难，还有一个艺术家的反战画展，这一切足以震撼参观者的心灵。

在二楼的阅览室里，摆放着数量可观的有关一战和二战的书籍，其中《第二次世界大战史》一书颇受读者好评。该书作者利德尔·哈特是英国著名军事理论家和战略家，也是运用《孙子》对西方现代军事理论进行反思的第一人。此书是他的重要代表作之一，出版后风靡全球，是一部公认的权威性著作。

阅览室里还有一本英国新近出版的《孙子的和平思想》，书里说《孙子》军事思想的核心是谋略制胜，尽量在不发生流血冲突的情况下取得胜利，这就是"不战而屈人之兵"的思想，对后世的影响很大，为世界公认。"二战"是历史上死伤人数最多的战争，不符合孙子的"上兵伐谋，其次伐交"的慎战、止战和不战思想。

笔者走在伦敦街头，不时可以看到一战、二战的纪念碑。在查尔斯国王街，有写着"战时内阁"字样的地下堡垒，这里是二战期间丘吉尔指挥英国军民反抗法西斯的内阁指挥中心。里面共有大小房间 21 间，分成几个部分：内阁会议室、丘吉尔的办公室和卧室、美国与英国"热线"室、总司令部、警卫室。

丘吉尔首相和他的幕僚们在这个低矮、简单、拥挤、散发着霉味的地下室里一待就是 6 年，共 2 190 多个日日夜夜，这里书写着英国军民反法西斯斗争极重要的一页。人们参观完"战时内阁"走出地下室，沐浴着灿烂的阳光，呼吸到了新鲜空气，于是"人类应遏制战争，珍惜来之不易的和平"的观念油然而生。

西方学者称，西方兵法讲究摧毁，容易扩大战争的恶果；东方兵法讲究谋略，能够降低战争灾难，这就是克劳塞维茨的《战争论》与《孙子》最大的区别。孙子立足于"非战"，倡导和平，在深入认识战争、遏制战争暴力方面有很强的针对性，契合了当今世界多数国家追求和平的思想。这是中国兵学的伟大之处，在当代国际关系中值得大力弘扬。

法国国防专家：孙子的战略思想具有世界性意义

有的西方学者认为，当今西方《孙子》研究的"升温"，根源是中国革命的成功、中国抗美援朝的胜利、改革开放带给西方的震撼，西方人很想知道自己受挫的原因和中国胜利的思想与历史根源。还有的西方学者认为，《孙子》对于西方国家来说，是一种神奇的思想激发器。

尽管各路西方学者的分析角度不同，但有一点是共通的，就是孙子思想对西方世界的震撼与影响，彰显了这部兵书的传播具有世界性意义。

法国国防研究基金会研究部主任莫里斯·普雷斯泰将军，对西方世界如何认识孙子作了高度概括。他为法国女学者尼凯翻译出版的《孙子》写了长篇后记，在后记中他首次提出孙子的战略思想和原则在当今具有世界性意义。

普雷斯泰将军是法国国防战略研究专家，也是孙子研究专家，出过不少这方面的专著。他指出，在2 500多年以前，一个中国作家写了一部《孙子》，最初由法国神父于18世纪译介到欧洲，这部著作直至今日仍被视作战略经典。

普雷斯泰用战略眼光回溯西方历史上兵法运用特别明显的几个阶段，分析兵法在当时与政治之间的关系，进而证明《孙子》的战略原则不仅世界通用，也完全经得住时间的考验。

普雷斯泰认为，过去，西方军事学家在解释战争的整个过程时，往往把暴力的使用、通过军事力量摧毁目标看成是唯一的取胜之道，这些思想在当今世界无疑很危险。中国的孙子早在2 500年前就提出了"不战而屈人之兵"，这是孙子整个战争思想的核心，在中国古今许多战争和战役中都能得到体现。孙子思想比西方战争理论更切合当今世界的实际。

普雷斯泰提出，为了更好地理解《孙子》十三篇的丰富内涵，有必要将东西方军事思想作个比较，融合当今世界的战略思维，在军事历史长河中重新审视，从而揭示战争艺术以及它与政治之间的关系。

普雷斯泰评价说,千百年来,西方军事学家们苦苦寻求对战争的"最佳"理解,从直接使用暴力、形成军事威慑力,到重视战争谋略,利用各种资源,尽量减少对抗,避免不必要的战争,说明西方现代战争有了新的理解。冷战以后,西方世界对东方兵学的认识逐步改变,对孙子的战略思想越来越重视,西方正在重新审视孙子,重新认识孙子的价值。

法国将军普雷斯泰所得出的结论,在一定程度上代表了西方兵学界的观点。《孙子》一经问世,就标志着独立于西方体系的军事理论从此诞生,在世界军事史上具有划时代的意义。它的理论意义不仅超越了奴隶制时代和封建时代,而且对今日的现代化战争还有宝贵的借鉴和指导意义。

蒙古国学者:从孙子的观点看
中国的和平发展道路

蒙中友协秘书长、蒙古国国立大学孔子学院蒙方院长其米德策耶教授表示,中国坚持走和平发展道路符合孙子思想,为维护世界和平与稳定做出了积极贡献。

其米德策耶是蒙古国首次正式发行的蒙语版《孙子》的译者,该书成为蒙古国的畅销书。他在蒙古国国立大学孔子学院举办的研讨会上曾作过主题演讲。他认为,中国提出的和平发展道路根源于孙子的观点,有利于化解各种矛盾。

其米德策耶说,《孙子》通篇贯穿着"非战"的崇高理念,追求和平、谋求发展是孙子的核心思想。孙子说："百战百胜，非善之善者也，不战而屈人之兵，善之善者也。"孙子的这一思想，用现代语言来表达就是，要实现世界和平，不仅要重视如何赢得战争的胜利，而且必须十分注重遏止战争的爆发，如果战争不可避免，也要把战争带来的灾难降到最低程度。

《孙子》给我们的启迪是极为深刻的。其米德策耶认为，《孙子》虽然没有直接讨论和平，但是却道破了在战争中创造和平的玄机，道破了一种以最小的消耗、最小的投入取得最大和最优效果的方法论。孙子极力倡导"不战而屈人之兵"，充分体现了一种和平主义思想正如军事专家所说，孙子的和平主义思想跨越了两千五百多年的历史，具有超越时代、超越国界的永恒价值和普世价值。

其米德策耶说，和平与发展是密不可分的，没有和平就没有发展。经过 40 多年的改革开放，中国经济得到飞速发展。中国坚持走和平发展道路，奉行互利共赢的开放战略。中国倡导建设持久和平、共同繁荣的和谐世界，更是博得世界上所有爱好和平的人士的赞赏。中国领导人在各种场合都在向世界表达一个观点，就是中国无论多强大，永远不称霸。

其米德策耶表示，中国的发展有利于世界和平。一方面，中国作为发展中国家的代表，在国际舞台上的地位不断提升，另一方面，中国经济发展对世界和平的贡献也越来越大。例如，中国积极参与联合国维和行动，中国海军赴亚丁湾、索马里海域执行护航任务等。中国为巩固亚洲和平，促进亚洲发展做出了巨大贡献。中国在世界舞台上也发挥着越来越重要的作用，中国已成为维护世界和平的重要力量。

说到中国的和平发展为蒙古国带来利好时,其米德策耶说,"睦邻、富邻、安邻"的周边外交政策对世界和平与发展有积极意义,中国的和平发展对包括蒙古国在内的周边国家的发展有利,带动了蒙古国的经济发展,中国连续 10 多年是蒙古国最大的贸易伙伴和投资来源国,蒙古国与中国的关系已提升为全面战略伙伴关系。

其米德策耶最后说,"中国威胁论"或许曾经有一定的市场,但读过《孙子》的人对中国的和平发展道路会有更深的理解。目前世界各国许多政治家和学者越来越认识到中国的发展不是威胁,而是对各国有利的机遇。事实证明,中国的发展没有对地区和平发展造成"威胁",相反是为地区发展提供了良机。

韩国学者:孙子是和平学的创始人

韩国军事历史编纂研究所高级研究员孙锡贤评价说,挪威奥斯陆国际和平研究所所长约翰·加尔东被普遍认作"和平研究的创始人";而孙子"不战而胜"的思想尤其杰出,应将孙子称为"和平学的创始人"。

写于 2 500 多年前的《孙子》,怎样巧妙启迪和指导着今人?我们该如何运用它?孙锡贤回答说,读者可以领略孙子所阐述的丰富的战术思想,具有普遍性的战争原则理论,而这些随着时代的发展,愈发显示出深刻的意义和价值。

孙锡贤就孙子的战略智慧以及这种智慧在新时代的适用性作了深入思考,他主张以现代的视角,将孙子的"不战而屈人之兵"、维护天下和平与安宁、防止战争发生、考虑战争后果等观念，转化为解决全球和平威胁的战略思维，从而发掘《孙子》的当代价值。

孙子的思想，从根本上看是有和平倾向的。孙锡贤分析，《孙子》是一部写战争艺术的书，孙子当然不能回避战争，但他更追求现实的和平而不是想象的和平。在孙子的战争观中，最有价值的是"不战而胜"的思想。在《谋攻篇》中，孙子对这种观点做了阐述："凡用兵之法，全国为上，破国次之；全军为上，破军次之；全旅为上，破旅次之；全卒为上，破卒次之；全伍为上，破伍次之。是故百战百胜，非善之善者也；不战而屈人之兵，善之善者也。"

所谓"不战而胜"，就是不用发动战争就能解除敌人的抵抗。孙锡贤诠释道，换句话说，全胜可以通过"不战而胜"的方式取得，而这种胜利是最伟大的。孙子主张利用战略而不是武器作战，以战略取胜，而不是把战争作为唯一的解决争端的办法。

孙锡贤评价说，孙子不仅关心本国人民，也心系天下。孙子之所以认为"其次伐兵，其下攻城"，是因为军事行动会危害人民的安全并让国家处于混乱之中。孙子的"必以全争于天下"不应看作征服世界的野心，正确的解读应该是：真正的将领应运用充满智慧的谋略直面敌人，从而保护其子民的安全；真正的领袖和将领不会为了胜利而制定让人民付出鲜血和巨大代价的策略。

换句话说，只有关心人民和国家的人才有资格"征服"世界，真正的战争大师和世界领袖都是和平主义者，致力于维护世界和平与安宁。

孙锡贤认为，孙子根本上是反战的，但是，如果战争不可避免，就要考虑开战理由,战争理由不能只是国家利益,而且要出于正义。孙子提出:"非利不动,非得不用,非危不战。"孙子有关战争与和平的观点,对于阻止国际战争具有关键性的意义,同时也有利于现实世界的和平。

为了实现世界和平,重要的是对战争(以及和平)要有理想和现实的双重理解。在这个意义上,孙子的战争与和平观,其保持世界和平安定、慎战以及考虑战争最终后果的思想,如果被用作解决全球争端的思想资源,其价值就会大增。

韩国学者:吸收《孙子》 精髓,构建和谐世界

"韩国战争纪念馆应改名为和平纪念馆。"韩国学者黄载皓得知笔者刚去过韩国战争纪念馆,见面后说的第一句话就直奔主题。

黄载皓现任韩国外国语大学全球安保合作中心所长、国际研究学部教授,他还是韩国孙子兵法国际战略研究会会长。在他办公室的书柜里,《孙子》《东方国语辞典》《中韩辞典》《大国的兴亡》等兵书、语言工具书、国际关系著作塞得满满当当。

说到《孙子》,黄载皓评价极高。他认为《孙子》是关于战略、战争艺术、指挥艺术最为出色的指导原则,不仅是中国历史上最伟大的兵书,也是各个国家最重视的军事宝典。据说,韩国陆军军官学校的学员不仅要了解世界上每一场著名战争的过程和结果,还要掌握每一场战争的历史背景和国际局势,令人惊讶的是他们能够说出每一场战争采用了《孙子》中的哪种战法。

黄载皓对笔者说，《孙子》作为中国传统军事文化的瑰宝，蕴涵着和平、和谐的哲理。在 21 世纪，以《孙子》为代表的古代兵法将如何面对构建和谐社会、和谐亚洲、和谐世界的目标呢？毋庸置疑，《孙子》的战略思想、"全胜"思想仍然具有勃勃生机，仍然对实现和维护世界和平具有一定的指导作用。

黄载皓诠释道，中国的和平崛起，其最精彩之处就是构建和谐世界，这是对中国传统"和合"思想的继承和发展；中国无疑为亚洲和世界的和平发展作出了贡献；中国就世界和平与发展提出的新理念已成为普遍的世界秩序观；和谐社会乃和谐世界的基础，和谐世界乃和谐社会的保障；和谐世界是求同存异的外交理念的实践追求；构建和谐世界要重视经济协作上的互利共赢，多边主义上的共同安保，多样文明间的共同包容；构建和谐世界依赖经济、贸易、外交、文化等广义的软实力。

对如何吸收《孙子》中的战略思想去构建和谐世界，黄载皓也有自己独到的见解。

首先，吸收《孙子》战略思想、构建和谐世界，要定位国家战略思维——"伐谋"。谋略的根本在于实力，尤其是经济、外交、军事的综合国力。进入 21 世纪以后，战争不再是纯粹的军事对抗，而是综合国力的运用。用兵的最高境界是用谋略胜敌。"昔之善战者，先为不可胜，以待敌之可胜，先胜后战。"

其次，吸收《孙子》战略思想、构建和谐世界，要实施国家外交战略——"伐交"。伐交与伐谋是最佳选择，在外交战略上"不战而屈人之兵"乃全胜艺术，"知彼知己"为制胜之重心。要建立互相了解的通道，改善非友好邻国间的关系，同时强化邻国间已有的友好关系，为世界各国和而不同、互信互谅、和平共处、双赢多赢创造前提。

再次，吸收《孙子》战略思想、构建和谐世界，在国家军事战略上要避免"攻城"。"攻城"是下策，是不得已而为之，武力终不是当今世界解决争端的最优选择。比如"天安"号事件及延坪岛炮击事件，使朝鲜半岛局势恶化。比谁的胆子更大，这种战略博弈是非常危险的，而"慎战"是孙子对待战争的基本态度，是孙子战略思想的精华所在。

黄载皓把和谐世界的"区域层级"从理论上区分为：和谐世界、和谐亚太、和谐亚洲及和谐两国关系。亚洲是极为重要的战略地区，而朝鲜半岛局势对东北亚乃至整个亚洲的安全格局至关重要。

黄载皓认为，强大国家间的和谐，重点国家间的和谐，同舟共济的意愿，对世界很重要，强大国家间和谐了，世界才会和谐。

意大利政治家：《孙子》是
和谐世界的"和平兵法"

罗马的"母亲河"台伯河畔，夜色迷人。笔者与身材高大、留着胡须的法比奥·阿马托在晚风中侃侃而谈。他是意大利左翼联盟政治委员会成员，欧洲左翼党书记处书记。

法比奥说，意大利人很喜欢孙子，意大利文版《孙子》越出越多。"我出访过 60 多个国家，据我了解，整个世界都在应用《孙子》，已成为世界时尚，顺应了当今世界的潮流。《孙子》在世界兵书中排名第一，当之无愧。"法比奥如是说。

意大利重建共产党简称"意重建共",是意大利共产党的共产主义遗产的主要继承者,也是一个革新派共产主义政党。法比奥是"意重建共"全国领导机构成员、国际部长,在对外政策上,该党秉承欧洲左翼联合的观点。"意重建共"是欧洲多个左翼政党组成的欧洲左翼党的发起者和成员之一。

法比奥·阿马托说,他读过《孙子》,很认同孙子的思想。在国际交往、政党交流中,非常需要孙子的"伐交"思想。解决国际争端最有效的办法是谈判。交流重在真正的交谈,不能关起门来,要把争端与冲突放到桌面上。

2012年3月,法比奥·阿马托来到湖南长沙,参观橘子洲、毛泽东故居,接着来到《孙子》诞生地苏州考察。他认为,孙子和毛泽东是中国古代和现代最伟大的兵法家,他们的思想对当今世界很有意义。学习应用孙子兵法和毛泽东思想,"知彼知己",互相了解,无论是对政党之间的交流还是对处理国与国之间的关系,都是十分有益的。

在多极世界尚且不平等、不平衡的格局下,更需要孙子和平思想。法比奥·阿马托比喻说,好比两个人或几个人打架,怎么让他们和解?最好的办法是让他们停下来谈判,如再有人调解就更好,尽量不要往死里打,要当好"维和部队"。

法比奥·阿马托告诉笔者,他太太是巴勒斯坦人,岳父曾受到战争的伤害,所以他厌恶战争,渴望和平。作为一个党派,意大利重建共产党更希望有一个和平安宁的国际环境,这也是他毕生的追求。

法比奥认为,全球已进入"新战国时代",但这种多极化不同于历史上的列强争霸,经过 20 世纪两次世界大战的劫难和冷战的考验,今天的多极化趋势反映了各国人民维护世界和平、促进共同发展的愿望。人们期待没有战争、没有掠夺的永久和平。因此,孙子的和平思想更具有世界意义和时代意义。

法比奥·阿马托表示,正如孙子所说,"百战百胜,非善之善者也,不战而屈人之兵,善之善者也"。孙子的和平主义思想,有利于促进世界和平发展和人类共同繁荣。从这个意义上说,《孙子》实质上是一部"和平兵法",而不是"战争兵法"。

从中葡航海家看东西方和平理念

走进葡萄牙航海博物馆,令笔者百感交集。

1492 年,哥伦布发现新大陆引发了西方的掠夺梦;1498 年,达伽马绕过好望角发现了印度,并从印度带回大量的丝绸、香料和象牙;1519 年到 1522 年,麦哲伦用 3 年的时间完成了环绕世界的航行,西方开始推行殖民主义的统治;15 世纪是海权时代的黄金时期,亨利王子为了奴隶及财富进军非洲大陆……

海上争霸也从此开始。15、16 世纪,葡萄牙在非洲、亚洲、美洲建立了大量殖民地,成为海上强国。一时之间,整个"东方"的海上贸易成了葡萄牙一家独霸的天下。红木、咖啡、黄金和钻石也从世界各地源源不绝地运抵里斯本,葡萄牙得以恣意享受由非洲、亚洲、美洲殖民地聚敛而来的财富。

葡萄牙这个人口仅 150 万的小国,要编织如此巨大的一张海上交通网络,覆盖如此广阔的领域,在东方过度扩张,却没有相应的人力来承受如此多的"领地"，许多青年死于前往东方的航途中，青壮年人口锐减，战争中积累起的财富并没有投入到工业发展中。葡萄牙在海上霸权的争夺中很快走向衰落，海上帝国的大旗就此落下。

笔者来到以大航海家在此启航著称的里斯本港口，其象征性标志是太加斯河上装修华丽的贝伦塔。当年航海所运回的黄金、白银、宝石、丝绸、香料、珍奇植物和诸如活犀牛等动物，都在这座瞭望塔附近卸下船来，堆满了广场。而如今瞭望塔周边及广场一片空旷，失却了昔日的繁华，阿法玛老街区当年的辉煌正在褪色。

葡萄牙一度海上称霸，四处远征，拥有大量殖民地，获得了巨量的财富。但自各殖民地相继去殖民化后，这方面优势消失殆尽。公元 1999 年 12 月 20 日，葡萄牙将最后一个殖民地——澳门交还中国，结束 442 年的统治。

《葡华报》社长詹亮感叹说，2010 年前后，葡萄牙债务危机成世界关注的热点，是后金融危机里的新一波巨浪，这个巨浪掀翻了葡萄牙苏格拉底政府，直接影响到欧元区的经济走向。从葡萄牙经济日趋恶化来看，不能简单地用"后金融危机"来概括。葡萄牙后金融危机将是一场持久的攻坚战，真是"后"会无期。

而当亨利王子驾着几艘小型帆船在海上探险时，"海上巨人"郑和早在十多年前就出动百余艘"体势巍然，巨无与敌"的巨轮航行在海洋上。

郑和舰队被举世公认为"和平使者"，在七下西洋期间，先后到达 30 多个国家和地区，未占别国一寸土地，未掠他人一分财富。郑和在他的记录中写下，"天之所覆，地之所载，一视同仁"，表明了郑和下西洋的目标是以德睦邻，四海一家，共享太平。

郑和舰队带出去的不是鸦片，不是枪炮，而是中国的瓷器、丝绸、铜器和当时中国的先进文化及科学技术；换回来的是当地的土特产，而不是掠夺回的珠宝，体现了泱泱大国的风范，在浩瀚的海洋上铸就了华夏的"蓝色文明"。

郑和下西洋，开启了和平的道路，播撒了友谊和文明的种子。这种友好的国际交流模式，在国际关系史上是一个伟大的先例。它充分表明了中华民族热爱和平、睦邻友好的优秀传统。郑和的和平舰队沿途受到各国各地区人民的热情欢迎，其中一些国家和地区的人民至今仍在纪念郑和。如今，海上力量不断壮大的中华人民共和国，坚持走和平发展道路，正在"和平崛起"。

从中葡海航家对海洋的不同认识，可以看出东西方兵家文化的差异。以《孙子》为代表的东方兵法，其核心思想是追求和平、谋求发展，主张尽量抑制战争，降低灾难的烈度；而以《战争论》为代表的西方兵法，一味主张靠武力征服，以暴力解决争端。这种完全依赖战争和暴力获胜的西方兵法，与孙子倡导的"调和与平衡"的东方兵法比较，就相形见绌了。

大航海时代早已过去，和平与发展的新时代早已来临。各国发展了，可以促进世界的发展；世界的发展又可以促进各国的发展。建设一个持久和平、共同繁荣的新世界，符合《孙子》的非战思想，这一思想在当今世界具有深刻的启迪和借鉴意义。

甘地的非暴力哲学与孙子的和平思想

笔者来到位于新德里亚穆纳河畔的甘地陵墓，瞻仰这位被泰戈尔尊称为"圣雄"的印度国父。此处是焚化甘地遗体之处，陵园呈凹形，肃穆幽雅。在陵园正中静卧着一座黑色大理石陵墓，墓后是盏长明灯，昼夜不熄，这是印度争取民族独立之精神的象征。

陪同笔者瞻仰的印度朋友介绍说，甘地是印度近现代史上一位杰出的政治家，也是 20 世纪国际政坛上一个叱咤风云的重要人物，他为反对英国殖民统治，争取印度独立奋斗终身，成功领导了印度的民族解放运动。"非暴力"的思想贯穿甘地的一生，他的"非暴力"哲学思想，在印度以外的国家和地区被广泛接受，影响了许多民族主义者和争取和平变革的民族解放和国际运动。

1906 年，甘地在南非领导印度侨民反对种族歧视的斗争中首先提出这种学说，后来回到印度，在开展民族独立和社会改革运动中又不断地实践和完善它，使之逐步成为一种较为完整的政治学说。甘地的非暴力哲学，既继承了印度传统宗教与伦理学说，又吸收了许多东西方的政治哲学和人道主义思想，可以说是一种东西方思想的融会。

一位印度朋友评价说，甘地的哲学充分印证了孙子"不战而屈人之兵"的最高境界。甘地用非暴力不合作的和平方式，把印度从西方强国大英帝国的完全殖民地变成了一个亚洲大国，使印度实现了独立自主。

甘地的非暴力哲学符合《孙子》慎战、止战、非战的理念。

笔者发现，在印度国家博物馆里，藏有古代中国的青铜器等各种珍贵历史文物，还珍藏着《诗经》《论语》《孙子》等中国文化经典读本。可以看出，印度就对中国文化很感兴趣。

有印度学者说，当成吉思汗及他的子孙们开辟着广阔的疆土时,古代丝绸之路的一部分已经在相当程度上成为蒙古帝国内部的交通路线,包括兵家文化在内的中国传统文化播撒到古老的印度。文化交流是柱石。中印文化均源远流长,古老而富有生命力。正如谭云山先生 20 世纪 30 年代在印度创办中国学院时所提倡的那样,要沟通中印文化,融洽中印感情,联合中印民族,创造人类和平,促进世界大同。

有意思的是,有人指出甘地的非暴力哲学与印度古书《薄伽梵歌》一脉相承。《薄伽梵歌》是印度的一部有关灵魂修炼的古书,甘地的哲学和非暴力思想深受其影响。另一方面,中国古代兵书《孙子》与印度古书《薄伽梵歌》先后变成了哈佛商学院等知名院校的必修课,并成为欧美大企业总裁及高管的必读秘籍。这不是一种偶然的巧合,而是东方智慧内在的吸引力造成的;中印两个东方文明古国交汇融通,曾创造了世界上最灿烂的文明结晶。

中国哲学与印度哲学尽管有差异,但《孙子》与《薄伽梵歌》要阐释的哲理却有许多相通之处。《孙子》虽然注重“战术”,强调“兵者诡道”,但其精髓是“不战而屈人之兵”,于是在一些注解家看来,《孙子》可以与“以德服人”“天人合一”等思想资源发生勾连。《薄伽梵歌》强调“集中”力量来修行,“持续、连贯”地向着目标前进,最终必定会达到“与神合一之境”。《孙子》主张:“主不可以怒而兴师,将不可以愠而攻战。合于利而动,不合于利而止。”将帅要克服五种性格上的弱点,保持平和的心态,而《薄伽梵歌》也倡导心态平和。

在全球范围内,各种战乱和冲突时起时伏,恐怖主义和海盗劫掠蔓延,大规模杀伤性武器扩散,能源和资源安全等众多全球性重大挑战日益突出,印度圣雄甘地的非暴力原则再次被提出来,他曾

5次被提名为诺贝尔和平奖候选人。

2007年联合国大会决定将每年的10月2日,即印度圣雄甘地的诞辰定为"国际非暴力日",设立非暴力日的目的是希望建立"和平、宽容、理解和非暴力"的文化。联合国时任秘书长潘基文在致辞中表示,非暴力的永恒力量在所有国家都可以发挥至关重要的作用。非暴力不仅是一个有效的战术,而且也是战略和远见卓识。诸如和平那样的永恒目标只有通过永恒的手段才能实现——那就是非暴力。

有印度朋友认为,甘地的非暴力哲学与孙子的和平理念有相互契合之处。尽管人类尚不能消除战争的根源,但是却可以借鉴、倡导人道主义与和平精神。甘地的非暴力和平思想,与《孙子》主张不战、慎战,理性认识和控制战争的发生与规模的和平理念,可谓"英雄所见略同"。借助中国先贤和印度圣雄的和平思想,或许可以遏制战争和恐怖主义威胁。

笔者看到,和平鸽在甘地陵园的上空自由地飞翔,无数身着印度民族服装的人们从四面八方赶来,在门前脱鞋,赤脚进入,以示尊敬,令人感受到和平的气息。

印度朋友由衷地说,无论是现在还是未来,圣雄甘地的非暴力哲学思想都具有重要的意义。愿中印两个东方文明大国加强友好合作,携手促进人类和平。

印度学者用《孙子》诠释亚太和平

亚太地区是21世纪最具活力的地区,维护亚太和平是亚太地区各国共同的愿望,而亚太安全亦有其深厚的共同利益基础。《孙子》中"利"的思想可以帮助人们认识亚太安全的共同利益基础。

印度学者拉比在《孙子与发展中国家的国家安全》一文中说,冷战的结束并没有产生一个和平的世界,这已是一个不争的事实。强权政治和少数国家的霸权主义野心使情况更加复杂化。

拉比提出,要努力建立于一个新的世界秩序,以更公正的方式来处理所有国家的安全,促使所有的国家都能够经济繁荣。而要建立一个公正的国际秩序,《孙子》的一些要领直到今天仍是正确的。

正如《孙子》的智慧所指出的,安全是不可分割的,它需要一种整体的方法。拉比指出,印度正处于一个关键的发展阶段,作为一个拥有 10 亿人口、快速发展的亚洲国家,印度最迫切的需要是快速发展。如果这个世纪是"亚洲世纪",那么印度的发展就是必不可少的一环。

拉比认为,为了达到这一发展目标,印度不仅需要和平的周边环境,而且需要积极的国际环境。印度的伟人甘地曾把殖民制度下的和平指为"墓地的和平"。拉比说:"现在,我们寻求的不是这样的和平,而是允许占人类六分之一的人口自由发展的和平。而且,我们不仅只为印度人民争取这样的和平,还要使这种'和平与发展'的果实惠及所有生活在发展中国家的人民及那些并未分享到好处的发达国家的人民。"

印度学者称,"利"是《孙子》的核心思想之一。"兵以利动""合于利而动,不合于利而止"以及"杂于利而务可信也,杂于害而患可解也"的思想体现了孙子的利益观和战略思想。中国数千年前的智慧,至今依然闪烁着灿烂的光辉,可以为全人类和平提供启迪。

拉美各国盛赞《孙子》和平理念

拉丁美洲纪念馆是巴西圣保罗的地标建筑，位于圣保罗市中心。建筑群中给人最大视觉冲击的莫过于在中央广场上树立的巨大手形雕塑。这只巨大手掌五指朝天伸展，灰色的手掌中央刻着鲜红的南美洲地图，看上去好似一道触目的血迹，手掌高高矗立于灰色混凝土铺建的空旷广场上。这个主题雕塑象征着拉丁美洲的独立与和平，这中间鲜红的血迹般的地图让人觉得拉美的独立和平来之不易，是由鲜血染成的。

笔者注意到，在当今世界形势日益复杂，国际冲突连绵不断，战争由机械化战争向信息化战争转变的大背景下，《孙子》所蕴含的和平思想与智慧及其应对现实问题的巨大理论价值，似乎更能引起拉美各国各界人士的共鸣。

徜徉在巴西利亚的街道，会看到许多建筑、广场绿地都同"人"与"和平"有关。城市中心的三权广场遍地都是和平鸽，广场上还建有和平鸽巢。其象征意义是不言自明的。最有意思的是三军总部大楼前的宝剑雕塑，剑身与剑柄分离，剑身像一座纪念碑高耸于前，剑柄以奇特的造型横卧于后，象征着不要战争、要和平。

布宜诺斯艾利斯联合国广场中间，有一个象征和平的不锈钢雕塑，其形状如一朵盛开的郁金香，在阳光下熠熠生辉。这朵巨大的银白色金属花，号称"花王"，张开的六枚巨大花瓣，每一片都高达23米，花的直径关闭时16米，开放时32米。花朵总重18吨；花朵中间还有几根花蕊，每天日出时将花瓣打开，日落时又自动闭合。

2003 年,阿根廷就举行了一场谴责战争、呼吁和平的活动,活动中还绘出世界第一长卷,该长卷的总长度为 2 350 米,打破了 2 011 米的世界纪录。该长卷上所作的画都以和平为主题,目的就是为世界祈求和平,让地球成为祥和幸福的家园。

2008 年,阿根廷首都布宜诺斯艾利斯市的市政府宣布,正考虑使这座南美名城变成不部署军队和进攻性武器的"和平之城",使之永远免遭战争蹂躏。该市根据相关国际标准,首先申请成为"非战之城",即城市中没有军队、进攻性武器和兵工厂,然后再申请成为"和平之城"。成为"和平之城"后,布市将不会卷入战争,在任何情况下都不能受到军事攻击。

据介绍,拉美各国军人和学者对《孙子》的关注集中在如何控制战争上。许多拉美军人和学者认为,以往多数军事名著都把理论阐述的重点放在如何打赢战争上,而《孙子》则在关注打赢战争的同时,又很注意控制战争。阿根廷政府中负责人道救援事务的官员加布里称,阿根廷和大部分拉美国家多年来一直处于没有战争的和平状态,许多拉美城市可以仿效布宜诺斯艾利斯的做法申请成为"和平之城"。

在和平与发展成为世界潮流的今天,越来越多的拉美人开始有意识地运用孙子的"全胜"思想,遏制穷兵黩武的战争行为,提倡用非暴力手段解决国际争端,解决民族、国家之间长期的矛盾与冲突。

智利空军前总司令里卡多·奥尔特加·皮埃尔上将在演说中曾引用了《孙子·九地篇》中的名句,他说,智利一个非常重要的作用就是对世界的和平和稳定作出贡献。

根据世界经济与和平研究所对世界和平指数的评估,2012 年,智利排名世界第 30 位，较上一年上升 8 位，成为拉丁美洲最和平的国家。2011 年 6 月，智利时任国防部长阿利亚曼德和阿根廷时任国防部长普里塞利同意建立一支由两国士兵和相关人员组成的和平部队——"南十字联合和平队"，供联合国使用，这支部队在任何情况下为和平而工作。世界经济与和平研究所指出，拉丁美洲总体来说越来越和平在拉美 23 个国家中，16 个国家的评分有所上升。

在拉美不少国家有武器广场，过去是殖民统治者镇压当地人民的地方。如今名称仍在沿用，武器则消失了，和平鸽在广场上空飞翔，一片祥和的景象。拉美的孙子研究学者指出，当前世界处于以和平发展为主流的时代，孙子的和平思想对拉美各国具有重要的指导意义。

墨西哥人民将孙子视作"和平天使"

在占地 800 公顷的墨西哥城市公园里，有一座纪念碑，叫少年英雄纪念碑。1847 年美墨战争中曾经有六位年轻的小英雄，面对美国侵略者顽强不屈，在此英勇就义，于是立碑纪念。墨西哥六位小英雄化成六根顶天立地的柱子，成为墨西哥人民反抗外来侵略、维护民族独立的精神象征。

墨西哥城的标志之一——天使纪念碑，也叫独立纪念碑，坐落在改革大道的一个广场上。它是为纪念墨西哥独立 100 周年而建的，因碑顶树立的一座展翅欲飞的胜利女神镀金铜像而得名。北京奥运会期间，天使纪念碑的模型还在北京展出过。天使女神像高 6.7 米、重 7 吨。她的右手托着一顶桂冠，左手握着一节链条，表示历时 300 年的西班牙殖民统治的枷锁已被彻底砸断。

纪念碑的四周竖立着雷洛斯、格雷罗、木纳和布拉沃 4 位为争取墨西哥独立而献身的民族英雄的雕像。中间拿旗的是墨西哥独立之父伊达尔，是墨西哥人民独立精神的象征，也是墨西哥人民反对外来侵略者、争取民族独立的标志。

据介绍，1518 年西班牙殖民者入侵墨西哥，之后墨西哥沦为西班牙殖民地。西班牙人将瘟疫和各种传染病带到美洲，天花、流感、鼠疫、麻疹，数以十万计的原住民受到感染，这些流行病可能造成大约 800 万当地人死亡。1810 年 9 月 16 日，伊达尔神父在多洛雷斯城发动起义，开始了独立战争。为纪念这次起义，后来把这一天定为墨西哥独立日。

1845 年，美国吞并德克萨斯；1846 年美国发动侵墨战争，墨西哥最终被迫将新墨西哥、加利福尼亚割让给美国；墨西哥丧失了大半国土（230 万平方公里），死亡人数估计达 2.5 万，元气大伤。有一幅漫画，描绘的是战前的墨西哥鹰羽毛丰满，战后则干瘪枯瘦，上面写着一句话："19 世纪傲慢的美国佬在掠夺。"

1861 年，英、法、西三国代表在伦敦签订协定，决定共同入侵墨西哥。墨西哥在胡亚雷斯领导下开展了反英法西战争，号召全国人民团结一致，保卫祖国。1862 年 4 月 16 日，法国悍然宣布与胡亚雷斯政府处于战争状态。1865 年秋，胡亚雷斯政府迁至墨美边境的埃尔帕索，广泛展开游击战，使侵略军陷于广大人民的包围之中。法国在侵墨战争中，付出了 6 500 人和 3 亿法郎的代价。

有华人学者称，长期经历战争的墨西哥人痛恨战争，爱好和平。曾领导过农民游击战的墨西哥的革命英雄萨帕塔在墨西哥国内推崇《孙子》。曾八次访华的墨西哥前总统路易斯·埃切维利亚·阿尔瓦雷斯说,中国在世界上是和平的象征,是维护世界和平的一支重要力量。2013 年,中墨战略伙伴关系提升为全面战略伙伴关系。

墨西哥人称,天使纪念碑纪念的是和平天使,又称中国的孙子是"让战争和灾难走开的兵神"。在墨西哥城书店里,一位正在翻阅西班牙语版《孙子》的墨西哥人对笔者说:"孙子所倡导的根本上是用谋略来延缓和遏制战争,而不是无限制地扩大战争,这里我们必须达成明显的共识。"

俄美学者齐发声:孙子思想符合
谋求永久和平的新型战略观

俄罗斯军事科学院前副院长基尔申在题为《孙子非战思想与 21 世纪的新战争观》的文章中指出,人类社会所面临的各种威胁要求人们重新审视战争行为,确定一种富有哲理和社会政治、军事战略性质内容的新型战争观,而孙子的非战思想符合现代新型的战争观。

基尔申认为,《孙子》的内容精博深邃,其中许多思想至今依然闪烁着真理的光辉,对中国乃至世界军事理论的发展产生了深远的影响。作为《孙子》的核心和精髓,"非战""不战而屈人之兵"思想对深入思考和全面领悟当代战争的哲学本质,更是具有重大的借鉴意义。

对此,基尔申提出如下思考:化解争端、谋求永久和平应该成为不同社会制度、不同文化背景的国家的共同追求;爱好和平的国家都致力于使用非暴力方式,竭力达成和平目的;在战争指导方面,爱好和平的国家追求最小伤亡,遵守国际人道准则,尽量最低限度地破坏经济和生态环境;在战争伦理方面,爱好和平的国家重视人道主义关怀,努力实现绝对战争向可控性战争的转变。

美国学者爱德华·麦克诺尔·伯恩斯和菲利普·李·拉尔夫在合著的《世界文明史》一书中指出,和其他文明不同,中华文明繁荣起来后再也没有中断过,一个重要原因就在于它整体上没有成为一个侵略性的文明。而溯源中华文明的战略文化特别是战争观的缘起,显然受到了孙武及其《孙子》军事思想的影响。

中国孙子兵法研究会首席专家吴如嵩指出,西方所谓的"威慑战略""间接路线战略""孙子的核战略",可以说都是从《孙子》"不战而屈人之兵"的全胜战略思想中吸取了智慧,它们都是指以武力为后盾而实行的战前政治外交斗争,都是高于军事战略的大战略。

进入 21 世纪,人类生活在同一个地球村里,生活在历史与现实交汇的同一个时空里。任何国家都不可能独善其身,而是要"兼善天下",这就要求各国同舟共济。这种新型国际关系顺应和平、发展、合作、共赢的时代潮流,以合作共赢为核心,追求各国共享尊严、共享发展成果、共享安全保障,这就更需要孙子的全胜思想。

有学者提出,希望 21 世纪不要重演 20 世纪的战争甚至发生更严重的战争,虽然和平与发展这两大主题不断面临新的挑战,但和平的呼声也在不断增高,和平的力量也在不断增长。全世界和平的渴望从来没有像现在这样迫切,全人类对战争的厌恶也从来没有像如今这般强烈。

"零和"与"和合"的不同思维模式

2020年9月27日，第二次"反对新冷战"国际会议以在线视频方式举行，来自41个国家的750位各界人士注册参会，约2 000人在线观看了会议直播。

本次会议的主题是呼吁美国尽早放弃冷战思维。目前世界正处在一个关键时期，人类面临的已不只是和平与发展问题，如果美国一意孤行，人类可能会面临战争与和平的选择。

美国欲制造"新冷战"，全球48国学者联合发声反对。任何针对中国的"新冷战"都危及世界和平，不符合全人类共同利益。

当前，美国对华"新冷战"及零和博弈趋于白热化，除了在政治、外交、贸易等方面试图打压中国，在军事上也动作频频。美军连续向印太地区派出双航母战斗群，与印、日、澳等进行联合军演，在关岛部署轰炸机，在南海、台海制造战争危机。

零和博弈，又称零和游戏，属非合作博弈。博弈的结果是一方吃掉另一方，不是你输就是我亡，总成绩永远为零，双方不存在合作的可能。

纵观美国"发迹史"，一路走来都充满了零和游戏、血腥扼杀。从15世纪到19世纪，非洲黑人在"猎奴战争"中被杀了上千万，每运至美洲一个奴隶，遥远的海运途中就会死亡十几个奴隶。近400年的奴隶贸易，估计使非洲损失了至少一亿人口。

美国用零和博弈的思维模式，肢解了多少老牌帝国的殖民地，干掉了多少个"老二"，发动了多少次战争，"吃掉"了多少小国，掠夺了全世界多少资源，美国人心知肚明，全世界也看得明明白白。

据美国布朗大学的研究机构发布的报告，自"9·11"以来，截至该报告发布，美国"反恐战争"不仅造成数以百万人伤亡，且迫使阿富汗、伊拉克、索马里、利比亚和叙利亚等国至少 3 700 万人流离失所，造成巨大的人道主义灾难。美国国际形象在近 25 年内的两次最低点，恰恰是 2021 年仓促慌乱地从阿富汗撤军时和 2003 年入侵伊拉克时。

美国妄图称霸全球，曾一跃成为单核超级大国，或许这造成了美国至今都认为只有零和博弈的思维才能彰显"美国的伟大"，而对"正和博弈"从来都不屑一顾。

棋牌中的博弈，选择的不一定是对自己的棋局最好的走法，更多是考虑如何削弱对方，最终吃掉对方。这样的方式在棋牌博弈中习以为常，因为只是游戏而已，但在大国博弈中，零和游戏却十分危险。

在中美博弈的大棋局中，美国始终在意的是维持美式秩序，维护美国霸权，实现美国利益的最大化。美方在刻意毁掉原来的中美关系，因为华盛顿不接受中国的和平崛起。

零和博弈是美国霸权心态的表现，只希望美国是最大、最强的，把中国的快速发展当成美国的最大威胁，不惜动用各种手段，恐吓、制裁乃至战争威胁，企图全面遏制中国，以便让美国"再次伟大"。

冷战思维、零和游戏只会产生冲突和对抗，尤其是对世界上两个最大的经济体来说。中美之间的零和博弈，只会造成两败俱伤或多败俱伤的结果，对全世界的格局变化产生不利影响。

对美国来说，零和博弈正在损耗自己的战略资源，让全世界意识到美国才是真正的风险之源，美国霸权的传统格局、传统价值和信用将被自己打破，陷入"杀敌一千，自损八百"的严重内耗。

美国国家公共广播电台（NPR）报道，前总统吉米·卡特2019年曾表示，美国才是世界历史上最好战的国家，美国总是希望把自己的价值观强加给其他国家。

美式零和博弈让中国周边形势危机四伏，给中国的国家安全造成了严重威胁。显然，中美零和博弈既不符合美国的利益，也不符合中国的利益。

中美之间多年来形成"你中有我，我中有你"的格局。美中贸易全国委员会曾有调查显示，近七成美国企业对中国市场未来5年的商业前景感到乐观，87％的美国企业不打算将生产线搬离中国。

对世界来说，中美零和博弈将给世界各国造成巨大麻烦，多边主义机制将受到严重破坏，迫使一些国家不得不"选边站"，动荡与分裂的风险剧增。这就是为什么，连美国不少盟友也拒绝华盛顿的零和游戏。联合国秘书长古特雷斯曾在联大呼吁世界须防止"新冷战"。

中美两国经济总量之和超过世界三分之一，对世界经济的贡献率超过50％。中美两国作为全球最大的两个经济体，其零和博弈必然殃及全球。正如中国欧盟商会主席伍德克所说："若中美继续脱钩，最终所有人都将是输家。"零和博弈将给全世界带来巨大灾难。

所幸中国政府始终保持理性和克制。王毅外长曾通过新华社提出四点意见：明确底线，避免对抗；畅通渠道，坦诚对话；拒绝脱钩，保持合作；放弃零和，共担责任。中美民间的友好往来也没有中断。从民间互助可以看出,中国与美国并非注定要做敌人,中美合作并非不可能。

中华文化历来崇尚"以和为贵","和合之道"是中国文化的精髓。"和"指和谐、和平、祥和;"合"是结合、合作、融合。中华文明也尊崇"和而不同"。《孙子》也崇尚"和合"理念,提出:"上兵伐谋,其次伐交,其次伐兵,其下攻城。攻城之法,为不得已。"

冷战以后,某些西方军事家就把中国的《孙子》与当代战争联系起来,断言未来的战场或许将是东方"武圣"孙武与西方智慧女神雅典娜同在的战场。可他们是否了解,孙武非常推崇"和合"?

曾有 100 名美国商界、政界和军界人士联名发表致特朗普总统的公开信,题为《中国不是敌人》。信中写道,"美国将中国当作敌人对待并让它与全球经济脱钩的做法将损害美国的国际角色与声誉,并损害所有国家的经济利益",而且美国"最终孤立的是自己而不是北京"。

中美之间有着巨大的共同利益,中美贸易是互惠共赢的。全世界都希望美国不要单方面挑起冲突,中美之间能树立相互尊重、合作共赢的理念。只有合作才能获得更大利益,给两国人民和全世界人民都带来红利。

和合比零和好,合作比对抗好!

"以戈止武"与"止戈为武"

在苏州诞生的《孙子》就像苏州的双面绣:一面绣着战争艺术,以戈止武,以战止战;一面绣着控制战争的艺术,止戈为武,不战而胜。

有人把"以戈止武"诠释为孙武的"武",其实不然。以戈止武是《孙子》的一种境界,但不是最高境界。而"止戈为武"是不用武力就能化干戈为玉帛,"不战而屈人之兵",这才能代表孙武的"武",才是《孙子》的最高境界。

以戈止武与止戈为武,从字面上看好像差别不大,很容易被混淆。"差之毫厘,谬以千里。"从深层次理解,差别很大。以戈止武的重心在于用战争的手段以力克力,以武止武,敢战才能止战,从而以战争制止战争;止戈为武的重心在于以非战争的手段,以智克力,以和止战,从而消弭战争。

尉缭子在一篇文章里把战争的胜利分成三种。第一种是"力胜",力量对力量,现在的国际关系就是力胜的模式,我的力量比你强大,我就赢你。第二种是"威胜",如美国喜欢用各种威慑来恐吓对方,这在国际关系上称为恐怖平衡,比如用核武器来恐吓对方。美国惯用这两种方式,其战略不是"力胜"就是"威胜"。最后一种是"道胜",这是最高境界的胜利。"力胜"和"威胜"都属于以戈止武范畴,只有"道胜"才是止戈为武。

诚然,以戈止武如能制止战争,换来和平环境,那也算是战争的艺术。

《司马法》云:"杀人安人,杀之可也;攻其国爱其民,攻之可也;以战止战,虽战可也。"意思是说,如果不得不杀人,但是能让更多的人获得安宁,那就把敌人杀掉吧;如果攻打一个国家是为了爱护他的国民,那就攻打它吧;如果发动战争的目的是为了制止战争,那就去发动战争吧。

但止戈为武才是控制战争的艺术,比起以戈止武更配得上军事艺术之名。《孙子》云:"故善用兵者,屈人之兵而非战也,拔人之城而非攻也,毁人之国而非久也,必以全争于天下。"意思是说,善用兵者,不通过打仗就使敌人屈服,不通过攻城就使敌城投降,摧毁敌国不需长期作战,一定要用"全胜"的策略争胜于天下,从而既不使我方国力兵力受挫,又获得了全面胜利。

古往今来,许多将军往往把功名看得很重,成也功名,败也功名。历史上,那些靠牺牲人民生命为代价的所谓名将,即便最初目的是以戈止武,可最终结果往往是"一将功成万骨枯",以无数人的死亡换来的"成功",真是值得颂扬的吗?

综观人类的战争史,以戈止武的将帅,有成就了自己的功名,同时给国家和人民带来福祉的,也有穷兵黩武,给国家和人民造成巨大的灾难的。

历史上,蓟州有"畿东锁钥"之称,是北京的最后一道关口,占领这个地方,就可以长驱直入北京城。戚继光镇守蓟州十六年,加固长城,筑建"空心敌台",整顿屯田,训练军队,注重防御,蓟门固若金汤。

在戚继光的指挥下,部队进行了以防御为主的大规模演习,这在中国古代军事史上是极为罕见的。他还在长城沿线修筑敌台,"跨墙为台,睥睨四边,台高五丈,虚中为三层,台宿百人,铠仗糗粮具备"。这样的防御建筑,一说共修建了1 200多座。

戚继光组织重修的蓟州镇长城,起伏于崇山峻岭之间,蜿蜒曲折,主线支线绵延千里;烽堠敌台,高下相间;突兀参差,气势磅礴,蔚为壮观,成为中华民族的瑰宝。功高当时,誉在千秋。

然而，戚继光遭到弹劾，说他在蓟镇的功绩并不突出，比不上在前线血洒疆场的将军，最终他罢官归乡。戚继光坚持防御，宁要长城平安，不求功名，成为止戈为武的楷模，时人誉为"足称振古之名将，无愧万里之长城"。

以戈止武，是迫不得已，绝非上策。以戈止武，武虽止了，但付出的代价可能太昂贵了。战争打得昏天黑地，弹尽粮绝，血流成河，尸骨成山……战争可以残酷到你甚至都看不到某些族群曾经存在过的历史痕迹。人们容易把战争的胜利者看作最伟大的英雄，至于最伟大的英雄是否让人民付出沉重代价，变得似乎不再重要了。

核武器的出现，看似成为以戈止武的路径下最有威慑力的武器。然而，核武器用在以戈止武上，却是人类的空前灾难。

英国军事理论家利德尔·哈特在 20 世纪 60 年代初撰文指出，"在导致人类自相残杀、灭绝人性的核武器研究成功后，就更需要重新而且更加完整地翻译《孙子》这本书了"。这是西方军事家对以戈止武与止戈为武的最透彻的理解，因为孙子不仅创造了高超的战争艺术，同时也创造了高超的控制战争艺术。

在世界军事历史上，以戈止武的经典案例不难找到，而止戈为武的经典案例则不可多得，这说明要实现孙子"不战而屈人之兵"的最高境界，是难乎其难的。也正是这个缘故，止戈为武才变得更加难能可贵，成为人类和平的希望所在。

"屈人之兵"与"屈敌之兵"

"不战而屈人之兵"是《孙子》的一大精髓，其意蕴的丰富性远远超越任何西方军事学术语的内涵和外延。瑞士著名汉学家、谋略学家胜雅律评价说,《孙子》的"不战而屈人之兵"是东西方认可度都极高的思想。

胜雅律研究发现,在中文原文"不战而屈人之兵,善之善者也"中,能够清楚地看到,《孙子》中用的是"人"而不是"敌"这个字。其实,在《孙子》中,"敌"字使用得相当多,而为什么"敌"字恰恰没有出现在这句话中呢? 对于西方人来说,这个问题不足挂齿;对他们来说,很明显,这里的"人"就是"敌"的意思。

胜雅律说,尽管这里写作"人"而非"敌",但他所看到的西方翻译,都把这里的"人"字翻译成"敌人"。

胜雅律认为,"人"和"敌人"是有区别的,孙子用"人"而不用"敌",应该是有讲究的。

胜雅律告诉笔者,2010 年 6 月他在上海访问了一位中国孙子兵法专家,请教了对上述句子中"人"字该如何理解。这位中国专家的解释是这样的:在"不战而屈人之兵,善之善者也"这个句子中,屈的对象不一定是迫在眉睫的敌军,这句话也涉及重要时刻的朋友或盟军。要知道在不久的将来,盟军也可能成为敌人,有可能会构成威胁。但在没有构成威胁前,他还不是敌人,但也适用"不战而屈人之兵";否则,等这个或敌或友之人构成威胁就为时已晚。

基于此,胜雅律对这个"简单"的"人"字的理解与以往的西方理解都不同,他因此把这个句子翻译如下:不用武力手段而屈服他人的军队,才算得上高明中的高明。

在胜雅律看来,这个翻译,不是着眼于"敌",而是强调"人",这样,与过去西方的翻译相比,这个句子就获得了新的意义维度。西方过去的翻译无一例外，受制于相对短视的西方"战略"，而原来的中文句子的含义远不止这层意思。一个人一旦被西方术语禁锢，就会成为西方思维模式的奴隶，结果就是对"人"这个字及其深远的意义"视而不见"。

胜雅律认为，一个高明的战略家，不在于赢得每一场战争，也不能把所有人都视为敌人，"不战而屈人之兵"才能达到战争艺术的巅峰。

亚太区域外交家运用《孙子》谋求区域和平

2020 年下半年，中国南海、中国台海、中印边境乱云飞渡，局势变得复杂、动荡，战争的导火索似乎随时可能被点燃。

美时任防长埃斯珀以"捍卫太平洋安全"为借口，不断拉拢盟国进行联合军演。埃斯珀还与日本时任防卫相河野太郎在关岛安德森空军基地会面，双方就遏制中国在南海和东海的"自信"达成一致。

美国的对台政策也风向骤变，公然挑战"一个中国"原则，台湾绿营势力与美方勾结使台海局势迅速走向危机。中国人民解放军宣布在台湾海峡及其两端举行大规模演习。美军却偏偏派驱逐舰穿过台湾海峡，还偏偏走海峡中线以西靠近中国大陆一侧。接着又派 U2 侦察机穿越解放军公布的演习禁飞区，"碰瓷"意图明显。中国随即从内地向南海预定区域发射弹道导弹。不能排除双方擦枪走火，随时爆发军事冲突的可能。

与此同时,印度陆军改变防御姿态,向中印边境地区增派部队和武器装备。特朗普表示,美国愿意提供帮助。美国还打算在2020年9月和10月与印度、澳大利亚和日本举行"四国联盟"安全伙伴高级别会谈,力推所谓的"印太战略"。

全球媒体则开始热议中美是否会爆发战争。世界各国,尤其是亚太各国政要和外交家们,担心特朗普为了一己之私,或让选战变成热战,从玩火走向战争。美国若真的擦枪走火、假戏真做,那全世界都会被拉下水。

在此紧张形势中,亚太地区的外交家们纷纷把目光投向中国经典《孙子》。2020年8月3日,美国《外交杂志》网站发表澳大利亚前总理陆克文的文章,题为《小心亚洲的八月炮火——如何避免中美关系紧张引发战争》。

文章指出,中美处于两国关系最危险的时刻,不仅是一场"新冷战",还有可能变成一场热战。从现在起到2020年11月美国总统选举,在这几个月的关键时间里,发生战争的风险尤其大。

陆克文呼吁,需要一个新的美中关系框架,一个基于"可控"的战略竞争原则的框架,有相互理解的红线,避免意外、避免局势升级,安全度过接下来的几个月,以避免美中跌跌撞撞地陷入冲突。

陆克文认为,《孙子》对于我们今天应对地区和全球范围内的挑战,具有重要的现实意义。孙子关于战争与亡国的论断,很好地说明了战争的灾难性后果,能够指导我们尽最大努力避免战争。作为澳大利亚前总理的陆克文,其文章在亚太地区乃至全球引发了对21世纪"战争的公平正义"的重新思考。

特朗普不断想通过"碰瓷"引发紧张局势,从而为自己的总统竞选造势,这是一种冒险,也是一种赌博,给全世界增加了不确定性,对世界和平造成威胁。

2020年8月14日,香港《南华早报》发表题为《为什么说美国的涉南海强硬言论不太聪明》的文章,文章称,美国务卿蓬佩奥发起外交上的全场紧逼,试图纠集东南亚国家支持美国的南海反华行动。但许多东南亚国家反应谨慎。美国的这一举措很可能失败。为什么?主要是这些东南亚国家担心自己会像冷战时期一样沦为棋子并受到伤害。

8月15日,日本《读卖新闻》刊发的文章《东盟谨慎对待美国组建对华包围圈的提议》称,美国轮番催促东盟国家加入对华包围圈,东盟真心不愿意。东盟国家认为,眼下应优先重建遭受新冠疫情冲击的经济和社会,避免与中国的关系陷入恶化。

有外媒认为东盟是中美角力的一大场域,但东盟的战略目标是争取区域自主,构建合作、和谐与和平的区域安全环境,尽量避免选边战,避免给东盟各国带来伤害。

8月3日,即在陆克文发表文章的同一天,菲律宾时任国防部长洛伦扎纳在一场线上记者会中援引时任总统杜特尔特的命令说,菲律宾不会加入美国等其他国家海军在南海举行的海上军事演习,以免加剧地区紧张局势。

洛伦扎纳表示:"杜特尔特总统对我们、对我有一项现行命令,那就是我们不应该在距离我们海岸12海里以外的南海(海域)参加军事演习。"

显然,杜特尔特深知,菲律宾作为南海周边的国家,如与美国一起卷入战争,很可能会给整个国家带来灭顶之灾,南海问题只能通过外交途径解决。

马来西亚时任外长希山慕丁表示,在复杂的南海议题上,东盟各国必须共同合作,而不是以单一国家面对超级大国,并确保东盟不被卷入中美纷争之中。他呼吁各国"避免摆出军事姿态"。

当包括东盟在内的亚太地区的政要和外交官在呼吁控制军事冲突风险时,以篷佩奥为首的美国政要和外交官却在极力叫嚣战争。无怪乎美国媒体讽刺说,美国"领导外交的人在鼓吹冲突,领导军队的人在搞外交"。

澳大利亚时任外长佩恩在华盛顿重申,澳将根据自身利益做出决定。陆克文认为,当澳外长和防长"充分、全面了解"美国国务卿篷佩奥的想法时,他们"可能吓坏了"。

陆克文接受采访时表示,澳洲代表团对本国参与美国有关中国的各种突发事件"大泼冷水"。他说的这个"残酷现实"提醒我们,有时应该警惕美国的判断并怀疑其动机。

新加坡前驻联合国大使马凯硕曾在演讲中特别给予美国忠告:美国需要做的是"给自己积点德,留点后路",以身作则、遵循国际规则。

马凯硕指出,中国在历史长河里没有殖民海外的记录。郑和带去的是欢声笑语而不是殖民剥削。中华民族骨子里没有对外侵略的基因,中国始终在避免无谓的战争和冲突。

2020年8月初,中国两位重量级外交家重磅发声,杨洁篪以六千字署名文章阐明中方立场,王毅两次详谈中美关系,提出敞开大门、畅通渠道、坦诚对话、避免对抗、管控分歧、和而不同,并向美国及全世界释放了和平、和谐、合和的信号。他希望美国认清时代潮流，同中方相向而行。

同年9月2日，中国外交部和中国南海研究院共同举办"合作视角下的南海"国际研讨会（视频会议）。来自中国、菲律宾、马来西亚、印尼、柬埔寨、泰国、新加坡、俄罗斯等域内外国家的160多名前政要、官员、专家学者积极为维护南海和平稳定、合作共赢建言献策。与会者的共同目标，是要把南海建成和平之海、友谊之海、合作之海，而绝不让南海变成国际政治的角斗场、火药桶。

柬埔寨专家认为《孙子》有利于以和平方式解决利益纷争

柬埔寨国防部政策与外交事务部主任伊慕衡少将认为，《孙子》写于公元前500年左右的诸侯征伐时代，其思想历经了2500多年的传播与解读，仍适用于现代语境，尤其是不战而胜、避免不必要流血的思想。不战而胜的最好方法不是依靠强大的军事与经济力量，而是追求双赢的意愿；要实现不战而胜，最好的战略选择是通过和平方式，即以公平、公正的方式解决利益纷争。

伊慕衡少将说，写作《孙子》时，孙武恐怕很难预想到两千多年后的作战环境会是怎样。孙武只是从他所生活的时代出发，写出他的战略思想。2500年后，随着技术的发展，军事冲突的形态不断变化，战略战术也在变化，但《孙子》仍弥足珍贵，许多思想仍适用于当今的事务。

伊慕衡少将经过更深入的研读发现,孙子最有力的建议是在任何可能的情况下避免战争,要"慎战与止战"。他认为这是孙子对人类的一大贡献。《孙子》开宗明义就说:"兵者,国之大事,死生之地,存亡之道,不可不察也。"孙子提醒,领导者决定动武之前,必须三思而后行。宣战的同时,也就拒绝了和平,国家就不再安全。交战依靠的是军事手段,但影响的是国家的方方面面,包括社会安全及经济发展等。国家安全不再有保障,人民每天生活在恐惧之中。领导人不仔细考虑后果,仓促发动战争,会让国家陷入危险境地,甚至会导致亡国。

"战争是代价昂贵的行动。"伊慕衡少将阐述道,孙子警告说,国家决定参战必定会浪费许多资源。军事行动需要人力及武器。国家需要动用成千上万的现役及预备役力量,这意味着政府必须增加税收,提高国防开支来养活士兵,同时武器装备也需增加。所需的士兵和先进武器越多,国家的开支就越大。安全与军事开支的增加会影响其他社会领域的发展,会导致财政赤字。军事冲突造成的破坏会吓跑投资。如果战争被认为非法的,国际社会还会实行制裁,这又会进一步加剧经济下滑。所有这些负面的可能性都可能导致战争的失败,并让国家付出昂贵的代价。

伊慕衡少将分析说,"战争是后果难料的行动"。《孙子》给领导人们提出忠告:你有可能发动战争,但有可能无法结束战争。因为战争是难以预料的行动,谁都不知道后果如何,战争如何结束。战争的不确定性,不仅是由于筹划不足或资源不足,还由于它会产生难以预料的连锁事件,导致冲突延长。战争一旦陷入困境,就难以自拔。

战争延长了,兵力及武器的花费也会增加。伊慕衡少将进一步分析说,这会削弱国力,影响执政者的合法性。此外,战场上的失败会让士气低落,人民的生活水平开始受到影响,国内对战争的支持也会逐渐消失。这种局面一旦出现,再来收拾为时已晚,国家间的战争最终可能演变成国内冲突。了解战争的危险,对于国家领导人来说显得非常重要。

伊慕衡少将断言:"战争是会带来恶果的行动。"孙子指出,战争中永远没有真正的赢家。因为战争会给冲突各方带来苦难与破坏,战争结束后,胜负双方都必须努力修复战争带来的创伤,重建家园。战争虽然结束,可怕的战争经历仍会长久萦绕在交战国双方人民的脑海中。因此,真正的赢家是那些努力避免战争、寻求其他办法和平解决冲突的国家。

波兰专家论孙子智慧与新安全领域

"孙子的思想理念在当今诸多领域,尤其是新安全领域仍是适用的。"波兰国防部部长助理、波兰国防大学前校长波格斯洛·帕采克少将指出,进入 21 世纪,我们所面临的是新安全领域和新安全挑战。科学技术的变革部分地导致了新型安全领域和安全挑战的产生,另一方面,我们恐怕首先要理解现存威胁的特征,进而思考未来全球安全环境所面临的挑战。

2013 年,波兰政府首次颁布出版了《波兰共和国国家安全白皮书》。书中分析了波兰安全形势,预测了其变化并回答了如何在不断变化的条件下确保安全这一问题。此书是波兰国防大学运用《孙子》，研究团队共同努力的结晶。

帕采克少将强调，安全涉及许多层面的国家和社会功能，安全包括军事、非军事、经济和人口安全等。"这让我想起白皮书中有着孙子思想的印迹。《孙子》所探讨的战略具有广泛意义，《孙子》不仅有作战理论，还强调了外交、发展同他国关系等对国家安全的重要性。"

在诠释新安全领域时，帕采克少将说，新的安全环境中出现了许多新的概念定义——地缘政治、地缘战略、地缘经济。在这种情况下许多事情都可能同时发生。我们不可能找出影响当前安全环境的全部因素，探讨这一问题时我们可能只着眼于冰山一角。为了挖掘更多的信息，我们可以提出许多问题，诸如"安全领域的新行动元有哪些？""新的安全威胁有哪些？""如何找到应对之道：建立互信，增加了解，迈向战略互信？"

帕采克少将又将话题转向孙子："这就要从孙子的角度看新安全领域行动元的新角色。"孙子是必读的伟大思想家、军事家，对处理现代战争问题的人，以及对影响全世界经济、政治、军事的人来说都是如此。他说："最近发生在许多地区的一系列事件让我想到孙子所说的'要立于不败之地，而不失敌之败也'。"

在我们所处的时代，全球大规模冲突的威胁远未消除。新现象、新问题和新事件的出现深刻影响着未来国际社会的稳定。帕采克少将展开说，这些现象包括各种经济、社会、政治危机，政治动乱和失败国家，跨国有组织犯罪，大规模杀伤性武器扩散，恐怖主义，民族冲突等。这些现象并不像以前那样只限于某个国家或地区，因此一个国家不再可能单靠一己之力就能有效维护自身安全。这些现象和威胁相互交织,涉及多个层面,它们的发生通常都有一定的系统性。

帕采克少将分析说,现存的境外威胁以及政治等方面的潜在挑战,会引发经济和意识形态领域的挑战,而后者又会导致国内威胁的产生,从而彼此关联的现象形成连锁反应。对此,要运用孙子的智慧与谋略,既要注意远端领土的防御,又要拓宽与区域内其他行动元合作的能力,从而找到一条能够统筹区域内相关国家发展利益的渠道。

"要从《孙子》视角与波兰武装部队的作战经验的角度看如何提高作战效率。"帕采克少将引用了《孙子》警句"识众寡之用者胜"。意思是,懂得在什么情况下可以打和在什么情况下不能打的会胜利;懂得兵多兵少的不同战法的会胜利;官兵同心同德的会胜利;用自己的有准备来对待敌人的无准备的会胜利。历来战争胜负,不在攻城略地之多少,而在人心向背之众寡。

俄专家称《孙子》为人类和平与安全做出贡献

俄罗斯国防部军事历史研究所外国军事研究部专家维克托·加夫里洛夫上校表示,《孙子》这部诞生于 2 500 多年前的伟大军事经典,不仅在中国的历史上,而且在全世界包括俄罗斯,都占有显赫的地位,受到人们的推崇。《孙子》这一伟大的世界文化遗产,可以为人类和平与安全做出贡献。

维克托·加夫里洛夫毕业于原苏联军事外语学院，获得博士学位。从 1992 年至今，在莫斯科的军事历史研究所外国军事研究部任职。他从 1975 年开始研读《孙子》。他在军事外语学院读书时有一门古汉语课程，选用的教材中就有《孙子》。据加夫里洛夫上校介绍，现在俄罗斯的将士官兵中阅读《孙子》的人越来越多。

加夫里洛夫读过《孙子》之后，对十三篇的内涵产生了浓厚的兴趣。他在博士论文里专门写了"《孙子》对中国军人的心理影响"一章，导师对他运用《孙子》观点和材料非常赞赏，给予了很高的评价。

加夫里洛夫上校曾多次参加在北京、杭州、苏州和青岛举办的"孙子兵法国际研讨会"，结识了许多国家的孙子研究专家，进行了广泛交流。在俄罗斯国防部军事历史研究所副所长图尔科的首肯下，加夫里洛夫上校在所里成立了"孙子兵法 5 人兴趣小组"，经常开展《孙子》研讨活动。近几年，小组成员已撰写了 10 多篇有关《孙子》的文章，发表在俄罗斯报刊上，产生了一定的社会影响。

加夫里洛夫上校介绍说，1955 年，苏联国防部军事出版社出版的《军事艺术史》中说，《孙子》是世界上"最早的军事理论著作"。这似乎说明《孙子》在苏俄有着很长的接受史和很大的影响。据了解，莫斯科列宁图书馆收藏着俄文版及其他国家翻译出版的 10 多种《孙子》。

加夫里洛夫上校反复通读过《孙子》俄文版和中文版，他能将《孙子》十三篇的一些段落和警句背诵出来，并对《孙子》有着许多独到和精辟的理解。他认为，《孙子》不只是一部讲述战争艺术的书籍，更是一部讲述和平艺术的书籍。如在《火攻篇》中，孙武说"亡国不可以复存，死者不可以复生"，这是一种人类本性的生命观。有的军事家只是从纯军事角度去理解《孙子》，而没有从和平角度去领会《孙子》。

加夫里洛夫上校表示，《孙子》之所以是伟大的世界文化遗产，因为世界需要和平，不要战争。和平永远高于战争，和平永远比战争好。

第三编 《孙子》的评注与研究

日本评注研究《孙子》的三次热潮

日本人对中国兵法的研究兴趣之浓厚，对之进行评注的热情之痴狂，可以说达到了登峰造极的程度。究其原因，作为一个岛国，日本长期处于世界文明的边缘，仰望灿若繁星的中华文明；日本长期处于汉文化圈，在明治维新前从中华优秀文化中汲取了无限的营养。有评论说："中日两国地理上一衣带水，历史上爱恨纠缠，文化上相互影响。可以这么说，日本文化的'根'在中国，中华文化的'果'遍布日本。"

然而，边缘不等于落后，仰望不意味低能。日本学术界对《孙子》的评注，不仅影响了日本，也影响了世界，甚至可以说在全球范围内掀起了一浪高过一浪的"孙子热"。

刊行于日本天文五年（公元 1536 年），自号"环翠轩"的清原宜贤所撰的《孙子抄》，是目前所知日本现存最早的《孙子》训读本，其家传本称为"清家正本"。此书见于东京琳琅阁的《古书目录》。

德川时代（1603—1867），各种《孙子》的注解本在日本刊印。据《经籍访古志》《倭版经籍考》和《观海堂书目》的记载，中国宋代施子美的《武经七书讲义》，明代刘寅的《武经七书直解》、赵本学的《孙子书校解引类》、黄邦彦的《孙子集注》，以及清代孙星衍的《孙子十家注》等注释书在日本广为流行。

德川幕府第四代将军德川家纲时期,随着活字印刷用于《武经七书》刊印,第一本日译本《孙子》问世。日本庆长十一年(公元1606年),水尾高僧元佶撰写的《校定训点孙子》(三卷本)刊行。随后,日本人评注《孙子》的著作大量涌现,见于著录的就有150多种。

自此,掀起了日本研究《孙子》的第一次热潮,先后出现了大大小小几十个武学流派,并诞生了江户六大《孙子》研究权威人物:江户大儒林罗山、"甲州流军学"传承者北条氏长、"山鹿派兵学"的创立者山鹿素行、"萱园学派"创始人荻生徂徕、"合传派武学"创始人德田邕兴、明治维新的精神领袖及理论奠基人吉田松阴。在第一次热潮中还涌现了山口春水、佐藤一斋、佐久间象山等知名学者。

日语训读的《魏武帝注孙子》最早由冈白驹校正,由京都村上勘兵卫于1764出版。日语训读的《孙子十家注》最早由江户昌平坂学问所于1842年—1853年期间出版。

自江户时期至明治维新,日本人评注《孙子》较著名的著作有:林罗山的《孙子谚解》,山鹿素行的《孙子谚义》,北条氏长的《孙子外传》,荻生徂徕的《孙子国字解》,伊藤子德的《孙子详解》,佐藤一斋的《孙子副诠》,平山行藏的《孙子折衷》,吉田松阴的《孙子评注》,福泽谕吉的《孙子讲义》,久保天随的《孙子新释》,三上致之的《孙子集说》等。

第二次世界大战前后,日本又出现了第二次评注和研究《孙子》的热潮,并形成了四种研究范式。一是从文学思想的角度进行研究,如金谷治、村山孚、浅野裕一等。村山孚是日本著名汉学家、孙子研究学者,金谷治也是著名汉学家,师从武内义雄。1976年,村山乎和金谷治先后整理出版了《银雀山汉墓竹简——孙膑兵法》。二是从军事学的角度进行研究,如阿多俊介、尾川敬二等。三是从版本校勘学的角度进行研究,如服部千春等。四是从科学史的角度进行研究,如藤塚邻、森西洲共、佐藤坚司等。藤塚邻曾任日本第八高等学校教授、京都帝国大学教授,森西洲是创办了佐贺高等学校。藤塚邻与森西洲合作写成了《孙子兵法奥秘深探》一书,颇得好评。

当代日本又出现了第三次热潮,评注和研究《孙子》的著作如雨后春笋,相关研究者以守屋洋、河野收、冈田武彦等人为代表。由此可见,日本人从一开始就对中华兵学特别有兴趣,从江户到明治,从二战结束再到当代日本,每一个时期都有相当出色的成果。

日本评注研究《孙子》的名家

北条氏长

北条氏长(1609—1670),日本武将,江户时代前期幕臣,"甲州流军学"(或者叫"甲州流兵学""甲州流兵法"等,所指相同)传承者,"北条流兵学"的创始者。他在掌握了甲州流兵法后,又开创了北条流。有人认为,日本人研究《孙子》是自北条氏长开始真正步入正轨的。

北条氏长出生于兵学世家。其曾祖父北条纲成,号称日本战国晚期十大名将之一,其曾外祖父北条氏康,是日本战国时代的武将、大名。北条氏长年仅 4 岁时,父亲去世。1614 年拜谒德川家康,1616 年拜谒德川幕府第 2 代将军德川秀忠。德川家康时,甲州流兵法作为德川家的正式兵学而被采用,而发展这一兵学的正是北条氏长。

北条氏长一生的兵学著述很多。他的创作巅峰期在 17 岁至 43 岁之间。在这期间,他先后写下了《武功卷》《庆元记参考》《师鉴抄》《兵法问答》《兵法雄鉴》《极秘微妙至善卷》《士鉴用法》《结要士鉴》《尤里安攻城传》《一步集》《乙中甲传》《分度传》《大星传》《孙子外传》等著作。

北条氏长是尾畑景宪的门人,一方面,他继承了其师尾畑景宪的兵学思想,另一方面,他又独树一帜,将《孙子》的"五事""七计""诡道"活用为"治内""知外""应变"。他不仅将作为"战斗之术"的兵法与兵学体系化了,还创造了兵法向"士之法""士之道"乃至"治国平天下之道"转化的契机。北条氏长的兵学思想在日本兵学界广泛传播,确立了其在日本兵学界的特殊地位。

北条氏长不仅对日本普及本《孙子》,即日本所称的《今文孙子》深有研究,而且还熟知《古文孙子》,北条氏长所著《孙子外传》是迄今所知樱田氏古本《孙子》的最早注解。

1942 年,日本著名兵学史专家佐藤坚司在宫城县图书馆发现了北条氏长写于 1646 年前后的《孙子外传》抄本。据佐藤坚司研究,北条氏长的《孙子外传》与樱田氏的古本《孙子》正文属于同一系统。他推断"氏长秘藏的《古文孙子》,由于某种缘故,被传到了樱田家"。佐藤坚司在 1962 年出版了《孙子思想史的研究》一书,将《古文孙子》与《孙子外传》作为附录一并发表,后两者始为学界所知。

山鹿素行

山鹿素行(1622—1685),日本江户时代前期学者,名高佑,字子敬,号素行,通称甚五右卫门。生于日本会津(今福岛县)若松,在江户(今东京市)长大,"山鹿派兵学"的创立者。9 岁时,在江户入林罗山之门,学习朱子学;15 岁时,师从甲州流兵学的开创者小幡景宪,修兵学并学歌道、神道学,兼兵儒二学;在青年时代就著有《孙子谚解》《孙子句读》;晚年又撰写了《孙子讲义备考》《武教全书》《孙子要证》等书。山鹿素行著述甚丰,多达 600 余卷,后世刊有《山鹿素行文集》全 8 卷。

山鹿素行在日本被奉为文武兼备、智勇双全的军事哲学家。他的哲学思想具有朴素唯物主义的特点,认为阴阳之气是万物之根源。他对"道"做了唯物主义的解释:"'物之外无道'之语尤为当,'道之外无物'之语未审也。"山鹿素行将《孙子》十三篇作为科学体系加以阐述,发现了知己、知彼、知地、知天的完整流程。他认为,军形、兵势、虚实都是知己,军争、九变、行军是料敌知彼。

山鹿素行的《孙子谚义》是注释《今文孙子》的佳作,提出《用间篇》与《始计篇》前后呼应,全书浑然一体。他在《孙子谚义》"自序"中写道:"自《始计》迄修功,未尝不先知,是所以序《用间》于篇末,三军所恃而动也。然《始计》《用间》二篇,为知己知彼、知地知天之纲领,军旅之事,件件不可外之矣。《作战》《谋攻》可通读;《形势》《虚实》一串也;《九变》《行军》一贯也;《地形》《九地》一意也;《火攻》附水攻也;《始计》《用间》在首尾。通篇自有率然之势,文章之奇,不求自有无穷之妙。"

《孙子谚义》"自序"还写道:"孙子之奇正,吴子之应变,我邦未知其名。张良借箸之比,韩信背水之策,吾邦未闻其术,而本朝古今善兵者皆暗合。抑天授之乎,神佑之乎。自有盖天盖地之神兵圣武存也,何必待外邦之七经。然博闻多识者学习之通义也。能致吾邦之兵法，而后逮此书，化而载之，推而行之，触而长之变通之，用可以大成焉。"

包括《孙子谚义》在内的《武经七书谚义》是山鹿素行兵学思想最成熟时期的著作。关于《孙子》如何传入日本，山鹿素行根据《日本书纪》和日本《三国史记》提出了一个新的假设，即公元 408 年以前从中国传入朝鲜半岛，527 年以前再从朝鲜半岛传到了日本。

《孙子》的版本分为《魏武帝注孙子》和《十一家注孙子》两个系统，而《孙子谚义》很可能是用了《魏武帝注孙子》即《武经七书》的系统。山鹿素行逐字逐句进行了极其详细的注解，并列举了其他学者的见解，显示了他具有一定的通融性。

尽管《孙子谚义》的执笔期不到一个月，仅从山鹿引用了大量的资料、做了极其详细的解说，就能看出他的博览和超强记忆。山鹿素行的兵学思想从他对"诡道"和"五事"中"道"的解释也可看出来。同样是一个"道"字，意思和内涵却不同，容易混淆。长期以来，儒家将兵学视作异端。山鹿素行将"诡"解释为奇、权、变，"诡道"在较量时能作为出其不意的制胜手段。山鹿素行的"士道论"即基于武士的职业区分，同时也可看出受到了《孙子》"五事"中"道"的影响。

山鹿素行对《孙子》的慎战思想及计谋权变等重大原则剖析有力，提出了一些真知灼见。例如，他将开卷的"兵"字解释为"军旅"，亦即"战争"，将"诡道"视为临战应敌时顺其形势采取的灵活作战手段，所谓"圣人用兵之际，亦必用诡诈，不然，战必败也"。

新井白石

新井白石（1657—1725），日本江户时代政治家、诗人、儒学学者。日本永宝六年(公元 1709 年),成为德川幕府第 6 代将军德川纲丰(即德川家宣)的文学侍讲,并于第 7 代将军德川家继即位后担任辅政大臣。著有《孙武兵法择》《孙武兵法释例言》等书。

新井白石在《孙武兵法择》中说:"予尝观其(孙子)书,与《管子》《越语》,相出者颇多。盖孙武其人,而学管子兵法焉……而有所自得者《计篇》。""孙武一书,论兵大意,悉备于此,乃是一篇要旨,次言大经大法,终言所以用兵之术,其下十二篇,亦皆出于推明此篇之义耳。"

荻生徂徕

荻生徂徕(1666—1728)是日本德川幕府(也称江户幕府)时代中期的哲学家和军事学家,被认为是江户时代最有影响力的学者之一。他是古学派之一的萱园学派(又称古文辞学派)的创始人,与山鹿素行齐名。

荻生徂徕在 44 岁时引退,开设私塾萱园,专事诗文创作、汉语讲习、雅乐研究等活动。在德川幕府第 4 代将军德川家纲时期,他撰写了《孙子国字解》,将日本的《孙子》普及和《孙子》研究又向前大大推进了一步。

这一时期,荻生徂徕的著作多为兵书及汉籍研究之作,包括《吴子国字解》《孙子国字解》和《孙子九地问对》等。其中,《孙子国字解》流传最广。

荻生徂徕在《孙子国字解》中说:"所谓兵者国之大事,乃指军旅皆系于诸侯之身,大莫过于此焉。纵然军旅耗资之多,民愁之甚,无可比拟,可谓军之胜负关系众人之生死,国家之兴亡。"他评价道:

"孙子非言王道,亦非言霸道,也非言王霸兼有之道也。唯使士卒与上同心者即为道。此乃孙子之本意也。"

获生徂徕最大的成就是对《孙子》"兵者,诡道也"的注解。他在《孙子国字解》中把"诡道"解释为"不守正定格之事",《孙子》之"诡",不是通常所说的诡谲、诡异、欺诈,而是与《诗经》中的"诡随"、《孟子》中的"诡遇"之"诡"意思相同,即"千变万化不定无穷"之意。他认为,以"诡道"为基础的"奇正",才是《孙子》之精髓。

获生徂徕哲学思想的核心是关于"道"的见解,他声称"道"可以由圣人创造。他的整个学说是日本儒学史上罕见的、极具创造性的思想体系。获生徂徕还将《孙子》研究延伸到其名著《钤录》中,使孙子思想成为该书的灵魂。他在《钤录》中详细介绍、分析、总结了以戚继光为代表的明代兵学思想,吸收了戚继光提出的一系列理念,比如要依据严格的纪律与队列布阵对军队实施管理,获生徂徕希望据此改革日本军制。

德田邕兴

德田邕兴(1738—1804),号孙欲轩利主宝武居士。德川幕府后期享有盛名的武学学者,研究《孙子》的六大权威人物之一,"合传派武学"始创人。因案得罪,被流放,在岛上居十年获赦免。德田邕兴专攻《武经七书》。主张"不拘泥于一个流派而吸取诸家之长,集其大成一并传之",把《孙子》和日本的"神武"合为一体而传播于世。

德田邕兴著有《孙子事活钞》,一说此书大约于1776年面世,现仅存日本昭和十一年(1936年)冰心社排印本;《孙子新释参考书》、山田治郎吉编"心身修养剑刀丛书"均有著录或存目。《孙子事活钞》重视《始计篇》和《用间篇》的首尾一贯关系,并将《孙子》与现实相结合,故题为"事活",其注释皆联系日本的现实,体现了合传派兵法注重实际,"将《孙子》和本邦(指日本)的神武合为一体"的学派宗旨,在日本诸《孙子》注释书中颇具特色。

德田邕兴在《孙子事活钞》中评价:"夫《孙子》十三篇之兵法,由吉备公自中华携归,始向本朝传播。因此使《孙子》与本朝的神武融合,号赞龙圆备,成为兵法、军制之奥义。"

德田邕兴认为孙子所说的"伐谋"就是,敌人虽已设谋,"我"以比敌人更加高超的智谋计策使其"谋"不得有效。"上有武备武威之盛,下有反战内应,更有邻国窥其间隙,应其谋以成事,以屈服之,是为伐谋。"

对于《用间篇》的重要性,德田邕兴说:"《用间》篇者,《始计》善之善者,篇之本也。借用间所以知敌情也,借始计而极胜负之本。"德田邕兴进一步认为,《孙子》以《始计篇》《用间篇》首尾相贯,其余十一篇都是由此二篇衍生。这种解读当是受到了山鹿素行的启发,但同样也可以算作对《孙子》十三篇的误读。

平山行藏

平山行藏(1759—1829),日本江户时代后期兵法家,号兵原、兵庵、潜轩、练武堂、运筹真人。

平山行藏撰写的《孙子折衷》,有日本明治十七年(1884 年)明治立命馆刊本,全书共 13 卷,附录 1 卷。

平山行藏在书中评价:"夫孙子之书以兵法而立言也,故仁义礼让之于圣贤之书而不敢漫论之,反至其所无者则谆谆然叩其两端而竭焉。是则孙子之所以为子也。吴子以下遥不及于此，故不知就其灿然明备者而求之于斯，妄论道德仁义焉。"

赖山阳

赖山阳（1780—1832），江户时代的历史学家、阳明学学者，著名汉学家，别号三十六峰外史，书斋名"山紫水明处"。著有自平、源二氏到德川氏的列传体武家断代史《日本外史》（终成书 22 卷），献于幕府，一举成名。

赖山阳虽然没有专门评注《孙子》的著作，但他酷好《孙子》，评价它是"兵之要枢"，"愈出愈奇，千古妙文"。他还说："孔夫子者，儒圣也，孙夫子者，兵圣也。"

赖山阳的《古文典型》一书，曾把《孙子·军形篇》当作名文选入。《古文典型》集结了中国 20 余家古文名文而成。赖山阳评论道："庄妙于用虚，左妙于用实，兼之者孙子用兵也。"

赖山阳的《日本政记》是一部汉文编年的日本通史，被视为日本近世史论的巅峰之作，其"养民造士""富国强兵"的军事主张引领了当时日本的潮流。赖山阳在《日本政记》中称："古书平易而精妙不可逾者，唯《论语》；可配《论语》者，唯《孙子》十三篇而已。"

佐久间象山

佐久间象山（1811—1864），日本思想家和兵法家，日本近代史上接受八方文化的典型人物，也是幕府末期社会领导阶层——年轻武士的师长和楷模。其父是一位下级武士，因此象山一出生就是一个武士。1839 年在江户神田开设象山书院，培育了包括吉田松阴在内的兵法家。先后提出《海防八策》《论时务十策》，被誉为"第一个睁眼看世界的日本人"。

信奉阳明哲学的佐久间象山，在世界观领域内认为应当采取东方的传统观念。他的易学思想作为幕府末期易学政治化趋向的一个典型，继承了日本近世中期太宰春台易学的政治化特征，又为现代初期的易学政治化高峰铺设了道路。他的兵学思想深受孙子军事哲学的影响，探索儒学与兵学相结合的新路径。

佐久间象山在《孙子说二则》中说："间之于军，犹瞽之相聋之史乎。孙子之书，首列始计，而以用间终焉。贞下起元之意也。故军国之务，莫先于间。事莫重于间，情莫亲于间，故曰：微哉，微哉，无所不用间也。而世有大敌在前，而不知用间，属有胜间之任，而视之如草芥者，可痛苦也已。"

佐久间象山在《象山全集》卷二中说："以始计始，以用间终，此所谓五事七计兵之先著者也。然初不以间得敌之实情则无所施。故此，首有始计，终有用间焉。换言之，申以事道则为贞下起元之意也。军、国之间谍诚如瞽之相聋之史也。瞽无相对，虽有水火在前而不知，聋无史时，虽有牛马在后而不省。与敌国交而无间，莫知敌之知吾、陷吾，不得敌国之形势、敌国君之仁暴、敌将之能否、敌众之强弱、敌兵之利钝，和耶，战耶，固守耶，所谓庙算，固难论及。"

佐久间象山在《省謽录》一书中说："然汉（指中国）与我（指日本），有《孙子》以来，莫不诵习而讲习。而其兵法依然如旧，不得与泰西（欧美）比肩，是无他，坐于无下学之功也。今真欲修饬武备，非先兴此学不可。"

佐久间象山认为，《孙子》是中国兵书的代表，并承认《孙子》自传入日本以来所产生的重要影响。他对孙子的"用间"思想，既是赞同者，也是实践者。他说："用间在得人，全胜在知彼。"为达到知彼，他选出门人中的上智者，作为间谍派往国外去调查外国的情况，其中就有他的高徒吉田松阴。

吉田松阴

吉田松阴（1830—1859），名矩方，字义卿，号松阴，通称寅太郎。出生于日本长州藩萩城松本村（今山口县萩市椿东）的兵学世家。他是阳明学派思想家，日本江户时代末期政治家、教育家、改革家，明治维新的精神领袖及理论奠基者。

吉田松阴在家开设私塾，他办教育的根本目的是造就能够适合当时政治形势、具有政治理想的人才，也就是培养进步知识分子。其门下人才辈出，特别是木户孝允、高杉晋作等人在倒幕维新运动中发挥了重大作用。这一时期吉田松阴成了王阳明和李贽的信徒，经常手书李贽的诗词送给学生。

吉田松阴是山鹿流兵学的传承人，也是极其杰出的《孙子》研究者。吉田所著《孙子评注》在日本兵学发展史上具有特别重要的地位。他自诩"余深得孙子之妙"，其弟子乃木希典曾多次重印该书，分赠友人。

吉田松阴的兵学思想有三个特点：重视民政和仁政；强调将领的道德勇气；坚持进攻优先。这一切构成了他批判幕府国防政策的依据，也是他走向政治激进主义的重要思想支柱。

吉田松阴自幼学习《孙子》，并且广采博收。拿破仑战争席卷了整个欧洲，而吉田松阴很早就开始关注西方的用兵之术。他师承山鹿派兵法，并有重大发展。他认为武教的核心在于谋略、智略、计策和战法。

他在《孙子评注》中高度概括了《始计篇》的"三纲领"，认为"五事以经诸内，计以较诸外，诡道以佐诸外"。对于《用间篇》，吉田松阴评价极高："是'十三篇'结局，遥应《始计》。盖孙子本意，在知彼知己。知己篇篇评之，知彼秘诀在《用间》。一间用，而万情见矣，七计立矣。《孙子》开篇言计，终篇言间，非间何以为计，非计何以为间。间、计二事，可以始终十三篇矣。……按间者，兵之要，三军之所以恃而动也。然必也上智如伊吕，而其君又如汤武，然后大功可至矣。下愚幽囚，妄谈间事，心其惭焉。尝所著《幽囚录》一书，略见其意也。"

吉田松阴对孙子的谋略推崇备至。他在《武教全书》中指出："谋略者，乃正心养气，使攻城、立阵和主备均合其理。""谋略"即孙子所说"经之以五事"。"智略者，乃知外而谋事"，即孙子所说"校之以计"。"计策者，乃设谋制胜，或用间，或纳叛，依情而审虚实，易胜之法也。"此即孙子所说"兵者，诡道也"。他认为，兵法的妙用虽有千变万化，盖不出此三本——谋略、智略、计策。他认为，作为兵法"三本"之一的"计策"就是"诡道"，这显然是从战术的角度和高度加以阐述，以便为争取全胜创造有利的条件。

吉田松阴主张进行必要的军事改革，以道德作为军事行动的指导，将兵学运用于实战能力建设，如此等等。他的兵学思想对后世产生了深远的影响。

冈田武彦

冈田武彦（1908—2004），现当代日本研究《孙子》的代表性人物。1934 年毕业于九州帝国大学法文学部，1958 年任九州大学教养部教授，1960 年获文学博士学位，1966 年应聘担任美国哥伦比亚大学客座教授，1972 年荣誉退休后担任九州大学名誉教授。曾任日本中国学学会理事、评议员，日本东方学学会名誉会员、评议员等重要学术职务。

冈田武彦是国际上享有盛誉的阳明学家，主要著作有《王阳明与明末儒学》《现代的阳明学》《王阳明纪行》《王阳明大传：知行合一的心学智慧》等。他还是日本知名的中国哲学史家，除了宋明理学外，他还对道家、佛禅、兵学有相当精深的研究。

冈田武彦擅长结合《孙子》和王阳明的生平事迹，分析被誉为明代文臣统兵制胜第一人的王阳明的心路历程和军事行为，帮助读者了解和学习王阳明的兵学智慧。冈田武彦是国际阳明学大家和现当代日本研究《孙子》的代表性人物，其代表作《孙子兵法新解：王阳明兵学智慧的源头》吸收了山口春水、荻生徂徕、佐藤一斋等日本知名学者的《孙子》研究成果，可以说是集日本国内前辈注释研究《孙子》之大成。

冈田武彦对《孙子》的原文做了极其平易的翻译，并从全新角度对《孙子》做了跨越古今的解读。通过比较中日两国的《孙子》注释与研究，他认为，中国人与日本人在民族性上存在巨大差异，中国人重视"智"，而日本人更重视"勇"。

冈田武彦指出，商法与兵法从本质上说皆属于功利性的人性观和社会观，是建立在对立斗争原理之上的处世法则，而《孙子》在这一点上可谓表现得最为彻底。我们对冈田武彦的上述观点持保留态度。但是他正确地指出，若能很好地理解《孙子》的思想，不仅能帮助个体或团体较好地把握商业法则的精髓,而且对于一个国家的政治、经济、外交等也会有较大的帮助。

阿多俊介

阿多俊介,日本学者,生平不详。著有《孙子之新研究》《孙子之新研究著述之目的》《孙子之传记》和《论孙子之文章》等著作和论文,与日本著名译注家山田准合译有《孙子兵法》。

20 世纪 30 年代,山田准和阿多俊介评论说:"大凡世间事物,均有一定寿命,到时即逝;而伟大人物的大艺术品则可超越时间,《孙子》即属此类大艺术品,只要人类尚在,《孙子》必将与之共存而日益光辉喷发……"

阿多俊介精通汉语、英语,熟悉战争史和军事,因此论述《孙子》颇多独到之处。他花了近 10 年心血写成《孙子之新研究》,该书在1930 年 10 月至 1940 年 11 月间就再版 4 次,可见受欢迎程度之高。

此书主要特点是结合第一次世界大战史实,并对照德国戈尔茨的《全民皆兵》和克劳塞维茨的《战争论》来评议《孙子》,并对《孙子》的速胜、主动、行动快速的论述进行赞扬,对《孙子》的谍报思想进行了发挥。

阿多俊介在《孙子之新研究》中评价道:"孙子为富有天才之人。其书之在今日,无论任何人,莫不谓为万古不易之真理。又其头脑之甚有组织,思想之博大,读者不胜惊叹。……故学者复称孙子为兵圣,其书称为兵经,与六经之书并重,亦固其所。"阿多俊介谓《孙子》:"着想之奇,行文之妙,令人三叹。字字精练,句句照应,文势飞动,宛如作者率精兵屹立于堂堂中原之气概。"

北村佳逸

北村佳逸，日本学者、兵学理论研究者，生平不详。撰有《兵法孙子》《孙子解说》等研究专著。

他的《孙子解说》于日本昭和九年（1934年）由立命馆出版，该书从哲理上论述了孙子思想，对《孙子》的理论贡献与实际意义做了高度评价。

他在该书自序中说："孙子的战斗原理，不论何时，于人类也是无限地供应着力、热、生命和希望以及其他一切祈祷。汉民族自在黄河流域建筑了文化基础，春风秋雨五千年了，其间不知死生了多少人，用剑或有优于孙子者，用笔而贤于孙子者实无一人。彼是兵学家、哲学者，且是东方第一流大文豪。"他盛赞孙子所阐明的哲理有如"万古不灭的太阳"。

他还认为，《孙子》在军事领域之外还有很广的可应用范围，还有很深的应用潜力。他在《兵法孙子》中写道："如第三次世界大战（若有的话），以至围棋胜败，全球比赛，投机输赢，选举活动，甚至夫妇吵闹……若把握住《孙子》的神髓，我可断然保证其必胜。"

福本椿水

福本椿水，日本现代孙子研究学者。日本昭和十年（1935年）诚文堂新光社出版其《孙子评注之训注》，此书对吉田松阴所撰《孙子评注》加以训注。他在自序中说："仰诵观《孙子》，其文遒劲瑰丽，雁行老庄韩非诸子，至其局面之大，或出于诸子之上；尤其意图深远，谋化精细，术略的确；此孙子所以为兵家之神也。自古日本明君贤将多精读之……而树日本独特之兵派……盖《孙子》者,兵书而外交教书也,亦人事百般座右铭也。今更生于新时代,凭各人之职务而活用之,处世上有所裨益也必矣。"

佐藤坚司

佐藤坚司,日本著名兵法史学者、日本战后研究《孙子》的佼佼者。毕业于日本东京大学,19 岁时就撰写了有关吉备真备的文章。大学毕业后即专门从事日本武学史的研究,编纂了 30 卷本的《日本武学大系》,1942 年出版《日本武学史》。此后致力于研究孙子、吴子、俞大猷、戚继光等中国著名军事家的兵法著作。

1960 年,佐藤坚司凭借论文《孙子思想史的研究》,获日本驹泽大学博士学位,据说是世界上首位以研究《孙子》而获得博士学位的学者。

1962 年在博士论文基础上修改出版的《孙子思想史的研究》成为佐藤坚司的代表作。该书对《孙子》的科学体系进行了详细的研究,系统地介绍和评价了日本各个历史时期、各个武学流派研究《孙子》的情况及其成就,并附印了仙台藩士樱田迪家藏抄本《古文孙子》正文及樱田迪为之所作《略解》、北条氏长所撰《孙子外传》抄本,使它们重新为世人所知。这一做法将日本的孙子研究推向了更高的水平,产生了重大影响。

樱田本《孙子》由日本仙台藩士、长沼派武学学者樱田迪于1852 年将家藏抄本《古文孙子》加以标点而刊行于世,是《孙子》的重要传本。樱田本《孙子》源自中国唐代贞观时传抄本,属于曹注本系统。樱田本在刊印前,可能据施子美《武经七书讲义》、刘寅《武经七书直解》、赵本学《孙子书校解引类》而有所修改,与中国传世本有

280 多处异文，而北条氏长所撰《孙子外传》，则是对樱田本《古文孙子》的最早注解。

20 世纪 20 年代初，佐藤坚司发现了樱田本《孙子》（日本学界或径称之为《古文孙子》）。1942 年，佐藤坚司又在宫城县图书馆发现了北条氏长所撰《孙子外传》抄本。关于樱田本的成书时间，日本学者多认为它是"魏武（曹操）以前之书"，但中国学者却普遍认为它是"曹注《孙子》"到"宋本《孙子》"之间的一个过渡本，可能是唐初抄本，故而樱田本对于《孙子》传本校勘具有重要的参考价值。

据佐藤坚司研究，北条氏长的《孙子外传》与樱田本《古文孙子》正文为同文讲释，属于同一系统。他推断，"氏长秘藏的《古文孙子》，由于某种缘故，被传到了樱田家"。他还认为，日本的《孙子》研究自北条氏长起，"才算是真正步入正轨"。"他以孙子的兵法配之，创出通达事理的一个流派。"

佐藤坚司在所著《日本武学史》中指出，日本人研究《孙子》尤其重视孙子的"用间"思想。他在《孙子思想史的研究》一书中对日本在"二战"中的种种错误做了反思。尽管《孙子》传入日本并被研究已有很久的历史，可是日本"在国力、战力、经济、外交等方面仍然显示了普遍的总体战特征"，"日本的战败以切身的体验证实了《孙子》的价值"。另外，佐藤坚司强调，"孙子主张采取一切措施，做到心中有数"，《孙子》的中心思想是"不战而屈人之兵"，是力求打速决战，这也间接批评了日本军国主义在第二次世界大战中的轻率思想，很有现实意义。

浅野裕一

浅野裕一，日本东北大学名誉教授、博士。研究主要聚焦于先秦时期的中国古代思想,著有《孙子》《读孙子兵法》等著作。

　　他在《读孙子兵法·序》中评价说,《孙子》是被人们读了两千三百多年的第一等的经典,与克劳塞维茨的《战争论》并称东西兵书双璧。《孙子》能保持其不灭的价值,在于它超过了时代和地域的局限,以引人入胜的笔法引起普遍性的思索。由于它的普适性,在试图借以解决我们现代人的思想困惑时,它也能成为最好的教科书之一。

守屋洋

　　守屋洋,1932 年出生于日本宫城县,毕业于东京都立大学中国文学科,日本 SBI 大学院大学教授,日本文艺家协会会员。

　　守屋洋经常举办演讲活动,多的时候甚至每月超过 20 次。他向日本企业家介绍最多的书要数《孙子》和《三国演义》。这两本书都是日本战后长盛不衰的畅销书。守屋洋高度赞扬《孙子》,认为它是当今世界绝无仅有的"旷世奇书","它不仅古老,而且在两千数百年后的今天,仍具有丰富的实用价值"。

　　守屋洋在《帝王学的智慧》一书中说,中国古典文籍的重大支柱之一是帝王学,也就是领导学,《孙子》也属于此学。他给日本企业家讲中国古代文学时,重点讲述了《孙子》与领导力的学问。

　　守屋洋认为,《孙子》的魅力在于,由于孙子对人类和人性的深刻洞察,其战略战术的效果总能得到证实,并且其战略战术在当下仍然富有应用的可能性。《孙子》并不是单纯讲战略战术的兵书,可以把它视作指导人际关系的书籍,或是有关经营战略的书籍。

服部千春

服部千春，生于日本昭和十三年（1937 年），日本东京都人，毕业于日本大学中国文学科，哲学博士，是日本现当代著名的《孙子》研究专家。

山东省临沂市银雀山汉墓竹简出土后，世界各国以《孙子兵法》和《孙膑兵法》竹简为翻译的主要底本，纠正了之前的许多理解和翻译的谬误，使这两部中国兵书的译本更为准确、更能传达原意，进一步提升了以《孙子》为代表的中国兵书在世界上的地位和影响力。

服部千春大学毕业提交的论文是《〈孙子〉十三篇之考证》。后来，他又花了许许多多时间研究银雀山汉墓竹简。1974 年，在中日邦交正常化后不久，服部千春将自己多年潜心研究《孙子》的成果——五卷本《新编〈孙子〉十三篇》，献呈中国领导人毛泽东。目前，这部著作被珍藏在北京故宫博物院。

1987 年，服部千春以中文撰写的《孙子兵法校解》，由中国的军事科学出版社出版。该书为首部外国学者在华出版、用中文写作的《孙子》研究专著。

1988 年，由服部千春校订、中国书法家李铎书写的《孙子兵法新校字帖》（八开本），由军事科学出版社出版。此书首启《孙子》字帖样式。

1996 年，服部千春凭借研究《孙子》的成果，获得南开大学文学博士学位。翌年，其博士论文《孙子兵法新校》由中国的白山出版社出版。除上述三种中文版《孙子》相关著述外，他还著有日文版《孙子圣典》。

服部千春在《孙子兵法校解》中写道:"《孙子兵法》在世界兵坛上被誉为'兵经'、'第一部战略学著作'。其中蕴含的深刻的军事思想、字字珠玑的修辞艺术,历来被人们称道。《孙子兵法》不是凭空产生的,它是从古中国的风土和历史中锤炼而成的。它当之无愧地成为珍贵的文化遗产,同时,它也是世界成就最高的兵书之一。所以,它也是全世界所共同拥有的宝贵文化遗产。"

2003 年,服部千春在日本成立了孙子兵法国际研究中心,并出任理事长。该研究中心在"成立宗旨"里宣称:"2 500 多年来,《孙子》被世界各国广为推崇,在于其超越了时代和地域的差异,道出了具有普遍意义的战争与和平哲学。"

当代法国对《孙子》的评注和研究

法国目前形成了一批层次高、专业程度高、翻译和研究水平比较高的孙子研究群体。近年来,《孙子》法文译本不断再版,法国正在兴起新一轮传播、研究和应用《孙子》的热潮。

法国有一批军事和战略研究者在从事孙子研究,如法国巴黎军事学院高等研究中心主任杜马将军、法国空军历史档案馆馆长德沙西将军、法国国防研究基金会研究部主任莫里斯·普雷斯泰将军、法国国防大学学者罗伯特·拉洛克、法国核军备研究专家蒂埃里·加森教授、法国战略研究基金会亚洲部主任瓦莱丽·妮凯、法国巴黎战略与冲突研究中心研究员龙乐恒等。

法国政治界、经济界、学术界也有一批热衷孙子研究的学者,如法国政治研究学会研究员梅珍、法国经济学博士费黎宗、法国著名孙子研究学者魏立德、法国著名汉学家及《易经》专家夏汉生、法国布列塔尼孔子学院法方院长白思杰等。

瓦莱丽·妮凯翻译出版的法文版《孙子》，填补了直接从《孙子》中文原著翻译成法文的一个空白，为法语读者提供了一个更严谨的《孙子》法文读本，引起法国政界、军界、商界和民间的高度关注。

妮凯评价说，法国对《孙子》的研究、传播和应用是积极的，这部中国古代经典在法国深受欢迎，其多次再版就是证明。可以说，不仅是法国军界、商界和学术界，就连普通法国民众也都很喜欢购买、阅读《孙子》相关书籍。

魏立德曾在中国深造过，是北京大学李零教授的学生，他深谙中国兵法，回到法国后成为孙子专家，出版过法文版《孙子》。

法国南锡经济管理学校开设了有关孙武的研修项目，除了系统讲授孙子兵学文化，还组织学生学习其他中国传统文化精髓。他们认为《孙子》的核心思想可以在现代企业中得到应用。南锡经济管理学校在孙武故里（山东滨州）开展培训，包括孙子理念体验、孙子文化展示、孙子学术讲座、《孙子》应用案例考察、《孙子》策略实战应用等。

据媒体披露，法国外交部危机中心也研究孙子。该危机中心是在法国时任总统萨科齐的倡议下于 2008 年 7 月 2 日成立的，负责处理在国外发生的人道主义危机或危及海外法国人生命安全的突发事件等。危机中心负责人称："我建议危机中心的工作人员多看看《孙子》，它是我个人非常喜欢的一本书，我知道在战术方面，领先的是中国人。"

法国布列塔尼孔子学院的法方院长白思杰，在《经济学人》杂志里看到有一篇题为《中国在海外：孙子和软实力的艺术》的文章，文章论述了中国的"软实力"。白思杰读完文章发现孙子很了不起，于是，他开始研读《孙子》，并在孔子学院传播孙子文化。

法国里昂有位文学爱好者名叫阿莱克西·热尼，他写了篇小说《法国兵法》，并获得了龚古尔文学奖。他在接受法国《快报》专访时说，《法国兵法》这个名字模仿了《孙子兵法》。

巴黎战略与冲突研究中心的龙乐恒（Laurent Long），1962 年生于法国巴黎，巴黎国立东方语言学院汉学博士。其著作有《武经七书今用考》《中世纪传入欧洲的中国古代印迹》等。

龙乐恒曾留学中国，能说一口相对流利的汉语。他从小就与东方文化有着不解之缘，具有深厚的中国国学功底，对中国古典兵学也颇有研究。龙乐恒认为，《孙子》最耐人寻味之处在于：这部大约在公元前 400 年撰写的论述战略的著作，对现代的政治和军事事业仍然是那样适用，那样切中肯綮。这一点已为大多数研究《孙子》的专家学者承认。

龙乐恒举例说，孙中山受《孙子》的影响是大多数政治理论家所承认的。就军事问题而言，孙中山想必研究过中国古代的军事论著，他的某些想法可以印证这一点。他强调，国家如要生存，关心军事事务非常有必要。这种想法是《孙子》和《司马法》所强调的。其关于民生和国防之基本关系的表述也源于中国传统兵学。所有中国军事经典都十分强调要保障全体民众的利益。

龙乐恒在《武经七书今用考》一书中阐述，所谓《武经七书》，是指《孙子》《司马法》《尉缭子》《六韬》《三略》《吴子》《李卫公问对》七部兵书，它们过去是，且今天依然是中国研究的常见课题。龙乐恒同时指出，中国的战略传统并不局限于《孙子》，《武经七书》中的其他著作也占有相当重要的地位，更不要说还有数百部别的军事和战略著作。中国对政治行动、军事行动、国家与军事机关、权谋、士气、优待俘虏的重视都源于《武经七书》。现在，它们仍是关于军事事务的基本教科书。

美国军界研究《孙子》的六次热潮

美国军界对《孙子》的学习和借鉴也是无法忽视的。他们将理论研究与当时的军事热点紧紧结合起来，先后出现过六次学习应用《孙子》的热潮。

第一次热潮发生在 20 世纪五六十年代，正是冷战高峰时期。美军试图了解中国军人的思维方式，恰逢美国准将塞缪尔·B. 格里菲思翻译的《孙子》出版。英国战略学家利德尔·哈特为此书作序说："鉴于中国在毛泽东领导下重新成为一个军事大国，出版这样一部《孙子》新译本就更为重要。"哈特的序言有力地促进了美军对学习与研究《孙子》的重视，格里菲思译本在美国海军学院、西点军校、武装力量参谋学院、美国军事学院等军队学术机构拥有很大的影响力。

第二次热潮发生在越战结束后，其主要成因是美国战略决策界运用《孙子》对越战失败原因进行分析。在尼克松、《大战略》作者约翰·柯林斯、侵越美军司令维斯特摩兰等分别引用《孙子》观点，总结越战教训，深入揭示美国失败的深层原因之后，美军的"孙子热"迅速升温，并在战略决策界掀起研究热潮。这一热潮获益颇丰，"孙子的核战略"的提出即为其成果之一。

第三次热潮发生在美国陆军 1982 年版《作战纲要》制定后，主要集中在作战理论研究界。美国人不仅在战略问题上求教于孙子，而且在常规战争理论上也以孙子思想为指导。在美军提出的"空地一体战"和《作战纲要》中，都赫然引用了《孙子》的名言。

第四次热潮发生在 1987 年后，纽约斯特林出版公司出版了中国将军陶汉章所著《孙子兵法概论》的英译本，该书成为 20 世纪 80 年代最为畅销的军事理论书籍之一。1988 年，美国海军陆战队司令艾弗瑞·戈雷下令，重新编写海军陆战队的作战手册，要求以《孙子》提出的快速机动为作战指导，把《孙子》纳入海军陆战队的谋划韬略之中。戈雷还于 1989 年发布训令，将《孙子》列为 1990 年海军陆战队军官首本必读军事书。此后，在美军的作战条令和国防部重要文件中均引用《孙子》格言。

第五次热潮发生在"9·11"事件后，美军研究的重点转向了信息战领域。五角大楼专门成立"战略信息办公室"。美国军校不仅把《孙子》作为教科书，而且在推进军事变革的过程中，美国国防大学还开办了"孙子兵法与信息战"论坛，要求全军和地方学者就该主题发表文章，进行广泛讨论。

据说，在美国的好几所军事类及相关院校中，凡开设了战略学、军事学课程的，都把《孙子》列入必修课的教学大纲和阅读参考书目。美国西点陆军学院、印第安纳波利斯海军学院、科罗拉多空军学院、国防指挥参谋学院等著名军事院校所开设的必修课程，都把《孙子》列入了课程内容大纲。美军国防大学更是将《孙子》列为军官主修战略学的第一课，位于克劳塞维茨《战争论》之前。

进入新世纪，美军又掀起第六次《孙子》研究热潮。这一时期，西方世界日益关注中国文化，尤其是对中华古典文化的解读、研究与应用不断发展。《孙子》的基本原则与精辟哲理被西方各国广泛参考或采用。由美国《国家评论》杂志主办的"2 000 年来世界十大军事名著"推选揭晓，中国《孙子》名列第一。

美国商界精英评价《孙子》

据悉，美国管理学家乔治在《管理思想史》中曾颂扬《孙子》道："今日，虽然战车已经过时，武器已经改变，但是，运用《孙子》思想，就不会战败。今日的军事指挥者和现代经理们，仔细研究这本名著，仍会发现它很有价值。""你想成为管理人才吗？必须去读《孙子》！"

在"孙子兵法全球行"系列采访报道登陆美国后，笔者渐渐发现，像乔治这样颂扬《孙子》的，还有营销大师、经济学家、市场研究者、企业巨头和投资顾问等一大批与美国商界相关的人士。美国是一个典型的由精英阶层和大企业主导的国家，这些商界精英说的话，对美国社会影响力很大。

1979 年，美国学者胡伦在其《管理思想的发展》一书中，推崇《孙子》所蕴含的经济管理思想。他评价说，"中国的孙武写出了最古老而闻名的军事著作"，而《孙子》中"多算胜，少算不胜"等许多观点都可以为当代的经济决策和企业管理带来启发。他还举例说，孙子谈到率领军队要分层次，军官要分等级，并用锣、旗、焰火来传递消息，这说明孙子已经意识到有必要处理好直线领导与参谋的关系，从孙子的理论中可以辨析出现代化企业管理所追求的组织理论。

美国兰德公司的著名学者波拉克曾撰文说，孙子和孔子一样有永恒的智慧，这种智慧属于全世界，没有哪个国家可以垄断。孙子是军事史上最负威名的思想家之一。他的思想不但在中国，而且对中国之外的许多国家，都有很大的影响。《孙子》是名副其实的兵学经典，人们总能从中获得教益。

美国著名经济学家霍吉兹也指出，《孙子》所"揭示的许多原理原则，迄今犹属颠扑不破，仍有其运用价值"。

美国著名经营战略学家哈默在他的文章中多次引用《孙子》。他说："仅估计已知竞争者的当前战略优势无助于了解潜在竞争者的决心、持久力与创造力。孙子，一位中国军事战略家，3 000 年前就曾论证道：'出其不意、攻其不备'。"

美国营销大师菲利浦·科特勒也曾在其《营销管理》一书中，探讨了兵法在营销中的应用。美国军事学家和市场学家法兰克·哈伍德博士认为，《孙子》中许多古老原则实际上已经在 21 世纪的商战和兵战中得到广泛应用。

美国通用汽车公司董事会主席罗夫·史密斯自称他的经营之道来自两千多年前中国的《孙子》，他还说他运用《孙子》中的理论对公司进行了一场大刀阔斧的改革。

来华讲授经济学的美国学者约翰·阿利将"swot"分析法与《孙子·虚实篇》联系在一起。他指出："《孙子》的虚实之分及其倡导的以实击虚的效果，与现代 swot 分析法的效果如出一辙。swot 分析法是营销中颇为流行的策略性方法。这种方法给出公司强弱的领域，给出市场的机会与风险。发挥实力去追寻和把握机遇的观点，可以说是《孙子》观点的再版。这完全是换一种说法，说出了我们计划要做的事情。"

约翰·阿利还专门撰写了一篇文章，题目是《孙子七字谋略——营销经理如何应用孙子兵法》。他在文中写道："《孙子》虽然古老，却可能成为未来的蓝图。"

美国福坦莫大学商学院副院长、北京大学国际 MBA 美方院长杨壮说："《孙子》是战略理论领域的传世之作，是世界兵法史上的经典之作，是探讨一本企业制胜之道的巨著。"

哈佛教授研究《孙子》及
中国传统战略思想

"'居安思危，有备无患'这种忧患意识是中国传统战略文化的中心思想之一，这正好印证了'先戒'原则和'先知'原则一样，在兵家思想中具有核心地位。"美国哈佛大学教授阿拉斯泰尔·约翰斯顿如是说道。他对《孙子》等中国典籍很有研究。

阿拉斯泰尔·约翰斯顿，加拿大人，中文名字为江忆恩，加拿大多伦多大学国际关系和历史学学士，美国哈佛大学东亚研究硕士，美国密歇根大学政治学博士。现为美国哈佛大学政府系教授，被誉为"当今美国新生代中最出色的中国问题专家"。

1995 年，江忆恩担任哈佛大学助理教授时完成了对中国战略文化问题的研究，其博士论文《中国传统战略文化与大战略》由普林斯顿大学出版社出版。这本书出版后反响很大，被认为是近来研究中国文化难得的一流之作。

该书以《武经七书》为楔子，从明朝永乐至万历年间对外用兵的有关奏折里，对"主战"和"主和"问题进行量化统计，总结在中国的战略文化中，什么是最重要的，什么是次重要的。江忆恩认为，战略文化是一套宏观战略观念，其基本内容被国家决策者认同，决策者据此建立起一个国家长期的战略。

江忆恩选择包括《孙子》在内的《武书七经》作为分析框架，因为这些兵书糅合了儒家、法家、道家和兵家的治国之道，可谓是中国古代哲学思想的正统；又因为明太祖提倡"军官子孙，讲读武书"，使《武经七书》成为必读书目。

江忆恩表示，西方人一直有个印象，中国重视战略防御，崇尚克制战争、有限战争。鉴于华夏文明的延续性，中国是论证是否存在战略文化和它对国家行为之效应的最佳案例。为了保证战略文化的延续性，江忆恩认为在研究所截选的时间段里，决策者应当受到中国传统哲学经典和历史经验的潜移默化的熏陶，唯有如此他们的战略选择才能体现中国的战略文化。元、清两朝因为是外族统治，不适合用来研究；再考虑一下所截选的时间段是否有丰富的文献资料，最终他决定以明朝为中心进行研究。

有意思的是，江忆恩用西方现实政治学中的一个拉丁文名词"Parabellum"（"要和平就得准备战争"）来对应翻译中国成语"居安思危"或"有备无患"。他还把这些汉字作为该书的内容设计元素衬底，颇具有中西合璧的意味。

在 1990 年 10 月第二届"孙子兵法国际研讨会"上，江忆恩发表了题为《浅谈西方对中国传统战略思想的解释》的论文。他指出，西方著作对中国传统战略思想认识不足，他还提出了与一些主流著作不同的见解。其论文开宗明义地声称，论述中国传统战略思想的西方著作普遍认为，中国古代军事思想均具有某些中国文化特征：偏重战略防御，崇尚有限战争或有节制地使用武力，低估了'纯暴力'在解决安全问题中的作用。谈及中国古代兵书上所说的"义战"和"权变"，江忆恩认为，"义战"消除了"有限战争"观念强加在战争目的上某些制约因素，而"权变"本质上是一种战术灵活性的体现。"权变"也是一种决策规划，在面临某一特定战略形势之时，它不受任何道义上或政治上或其他方面的条件的制约，而是放手让人作出适当的选择。"权变"特别适用于"义战"学说，因为它促使决策者更加执着地找出和运用一切必要的手段去摧毁不义之敌。

江忆恩指出，"不战而屈人之兵"的名言在中国古代兵书中被当作理想化的战略。中国古代兵书对运用"纯暴力"并非完全反对，如《司马法》所说的"马车坚、甲兵利"，《尉缭子》所谓的"武"和"力"，《吴子》所强调的先发制人等，不是为了攻城略地，就是为了克敌制胜，稳固江山。关于中国兵法偏重诡道、谋略之说，江忆恩以为，《孙子·始计篇》在列出 12 种诡道之后，接着说的是两种明显的战略，即"攻其无备，出其不意"。

值得一提的是，1991 年，江忆恩根据对《武经七书》的进一步研究，向中国孙子兵法研究会呈交了上述论文的修改稿，充实和丰富了原论文的观点、证据和结论。

银雀山出土汉简引发新的孙子研究热潮

1972 年，山东临沂银雀山汉墓竹简兵书的出土，揭开了孙武其人其书的千古之谜,结束了孙武与孙膑是同一人还是两个人、《孙子兵法》与《孙膑兵法》著作权归属于谁的千古之争,成为震惊世界的考古重大发现。这也震撼全球出版界,为更新《孙子》译文提供了珍贵的一手研究材料。

自 20 世纪 70 年代初至今,全世界《孙子》翻译出版高潮频现,掀起了一股又一股"孙子出版热"。

银雀山汉墓竹简兵书出土后,世界各国以《孙子兵法》和《孙膑兵法》竹简为翻译的主要底本,纠正了许多谬误,使这两部中国兵书更为准确,使译文更符合原意,极大地提升了以《孙子》为代表的中国兵书在全世界的地位和影响。

1972 年起,日本著名孙子兵法研究专家服部千春用了整整两年时间研究银雀山汉墓竹简兵书,研究成果融入了他的新著《新编孙子十三篇》。目前,这部著作被珍藏在北京故宫博物院。

1975 年,在文物出版社公开出版《银雀山汉墓竹简》后,中国台湾学者纷纷投入对竹简兵书的研究。翌年,徐培根和魏汝霖合著的《孙膑兵法注释》,由台湾黎明文化事业公司率先出版。

1976 年,日本著名汉学家、孙子研究学者村山孚和金谷治整理出版了《银雀山汉墓竹简——孙膑兵法》。

1982 年,马来西亚"帛书"研究兼孙子研究专家郑良树教授撰写的《竹简帛书论文集·〈孙子〉续补》《竹简帛书论文集·论〈孙子〉的作成时代》《竹简帛书论文集·论银雀山出土〈孙子〉佚文》,由台湾中华书局出版。

同年,日本防卫大学前任教授河野收所著《竹简孙子入门》,由大学教育社结集出版,具有较高的学术价值。该书对竹简本做了比较详细的解说，对《孙子》原文的各种不同点校注释做了参互通校，斟酌异同，颇多精到之见，取得了不俗的成就。银雀山汉墓竹简的研究，带动了一批《孙子》相关新著的出版，从而使日本的孙子研究上了一个新的台阶。

1993年，美国夏威夷大学教授、汉学家罗杰·埃姆斯（中文名安乐哲）出版了《孙子兵法：首部含有新发现的银雀山汉墓竹简文本的新英译本》（纽约巴兰坦出版社）。该译本将利用银雀山汉墓竹简进行再校勘的十三篇《孙子》原文译成英文，同时简要介绍了汉简出土情况，并辑录《孙子》佚文，在一些核心范畴和重点问题上花费了很多功夫，力图对西方传统的翻译进行纠偏和重释，使该英译本更符合《孙子》原意。1996年，他翻译了《孙膑兵法》，之后又出版了《孙膑兵法概论》。

1993年，美国奎尔公司出版了 J. H. 黄的《孙子兵法新译》，这个译本收录了银雀山汉墓出土的《孙子》佚文。

1994年，在美国出版了拉尔夫·索耶从《武经七书》析出重编的《孙子》单行本，由西部视点出版公司出版。该译本充分利用汉墓竹简《孙子》残本，补正"武经本"的《孙子》，使英译文更加忠实于原作。1995年，美国西部视点出版公司还出版了拉尔夫·索耶译的《孙膑兵法》。

1999年，美国清桥出版公司出版了加里·加格葛里亚蒂的译作《兵法：孙子之言》。加里在翻译中以银雀山汉墓竹简作为蓝本，该书于2003年获得"独立出版商多元文化非小说类图书奖"，此后多次再版。

澳大利亚国立大学教授闵福德很高兴能将《孙子》介绍给西方

读者,他在翻译《孙子》时,参阅了银雀山汉简。闵福德表示,在他个人翻译过的作品中《孙子》最受欢迎。

2005 年,苏州孙武子研究会收录纂辑银雀山西汉《孙子》竹简本的《孙子兵法传世典藏本》,被联合国教科文组织收藏。该组织总干事松浦晃一郎写信给予高度评价:"我非常高兴能够细读你们编辑的《孙子兵法传世典藏本》……它的的确确属于整个世界也属于所有时代。"

第四编 《孙子》与内政外交

《孙子》是新加坡的"胜之兵法"

有研究者指出,在一定意义上,《孙子》作为"外交手册",被创造性地成功运用在新加坡的"小国大外交"上,是众所周知的;《孙子》作为哲学经典,被创造性地成功运用在新加坡的治国理政上,是无可厚非的;《孙子》作为商业圣经,被创造性地成功运用在新加坡的经济腾飞上,是有目共睹的;《孙子》作为兵学圣典,被创造性地成功运用在新加坡的军事防御和国家安全上,是毋庸置疑的。

《孙子》其实是"胜之兵法",讲的是道胜、知胜、先胜、全胜、出奇制胜、变中求胜、胜于易胜、不战而胜、上下同欲者胜,是教人如何立于不败之地。

胜即赢。新加坡赢得了生存,赢得了发展,赢得了开埠 50 多年的和平环境;从殖民地变成发达国家,实现了政治独立、外交活跃、经济腾飞、科技发达、文化多元、教育领先、医疗先进、社会优雅等。没有兵法,如何能胜?

有人说,新加坡的"兵法"是李光耀创造的。也有媒体评论,李光耀数十年来不断塑造自己的思维,综合了英国的实用主义、中国的《孙子》和百分百的新加坡国家主义,这是《孙子》创造性运用于一个国家的内政外交的成功案例。

固然,新加坡的成功有诸多原因,从不同的角度解读新加坡,想必会得出不同的结论。然而,新加坡和李光耀的成功给出了某种印证:一个杰出的政治家,不能不懂《孙子》;李光耀没有打过仗,但是当他把《孙子》用在治国理政和对外交往上,照样得心应手。新加坡和李光耀的成功也印证了,《孙子》这一古代中国的智慧之书,完全可以走进新时代,创造新奇迹;《孙子》已远远超出了军事范畴,可以广泛应用于经济发展和社会生活的各个领域。

最早提出"不读《孙子兵法》不可以当新加坡总理"的是新加坡已故副总理吴庆瑞博士。吴庆瑞是运用《孙子》的高手,他多次在国家的危急关头力挽狂澜,他也是李光耀得力的辅佐者,为新加坡的发展殚精竭虑。而李光耀的政治智慧体现在积极吸收《孙子》所倡导的"伐谋""伐交""静以幽,正以治",在外交上左右逢源,平衡东西方之力量,谋取新加坡的生存空间,在治国理政上沉着冷静而幽深莫测,在管理国家上公正严明而有条不紊。

在新加坡研究和教授《孙子》的南洋理工大学教授黄昭虎认为,新加坡的政治家是悄悄学、悄悄用《孙子》,不多声张,不露声色,这是真正学兵法、懂兵法、用兵法的人,与喜欢夸张和高调行事的西方人不一样。

"衢地则合交"与新加坡的地缘政治

李光耀曾坦言新加坡独立的无奈以及国家生存的极度艰难。然而,今天的新加坡却成为了东南亚的发达国家,所谓的"新加坡奇迹"究竟有何玄机? 地缘政治无疑是解读这一奇特现象的"钥匙"。

李光耀认为中美关系是21世纪地缘政治中最重要的话题,新加坡则在大国间寻求地缘政治的平衡模式。尽管"地缘政治"这个概念的基础可以追溯到德国地理学家弗里德里希·拉采尔在1897年提出的"国家有机体"论和"生存空间"概念,"地缘政治"作为名词形式出现,则源自瑞典学者鲁道夫·契伦的《论国家》,但实际上早在2500多年前,中国古代军事家、战略家孙武可以说就有了一套地缘政治思想。

《孙子·九地篇》所谈的不是一般的地形,而是战略地理。孙武根据地理位置对整个战略态势的影响,归纳出九种不同的类型,并提出了基本的战略行动原则。《九地篇》中的许多思想可以古为今用,不仅反映了现代地缘政治的实际,而且对当今地缘政治理论的发展具有巨大的指导意义。

无论大国还是小国,其发展战略都离不开独特的地理位置。新加坡恰好处在战略价值非凡的地理位置之上,地缘政治十分特殊。历史上,新加坡就是由于其得天独厚的地理优势被英国人窥视后收入囊中。

新加坡位于马来半岛南端,马六甲海峡的出入口。北隔柔佛海峡与马来西亚为邻,南隔新加坡海峡与印度尼西亚相望,毗邻马六甲海峡南口,扼守着亚洲最重要的海上交通线路,是太平洋与印度洋的连接纽带,又是亚洲、非洲、大洋洲、欧洲各沿海国家贸易往来的关键海上通道,还是中国南海、爪哇海与马六甲海峡间的咽喉。

全球经马六甲海峡的航线有数百条,据称它控制着全球三分之一的货运以及半数的石油运输,东亚国家所需之石油和战略物资都要途经此地。中国进口石油的八成、日本进口石油的九成都从这里经过。如果不考虑各方正在筹建的几条大陆运输管线与通道,十几年后作为世界"经济发动机"的亚洲的三分之二能源供给,都要依赖与霍尔木兹海峡一起被誉为"海上生命线"的马六甲海峡。

孙子认为,按照用兵的原则,地理条件有散地、轻地、争地、交地、衢地、重地、圮地、围地、死地等多种不同情况。与其他诸侯国毗邻、先到就可以先获得其他诸侯国支持的地区,孙子称之为"衢地"。孙子告诫,"衢地则合交",即处于"衢地"者应该结交诸侯。他强调在结交时,对他国要慎重,还要"通九变之利"。这种观念对新加坡充分认识其地缘政治的重要性提供了启示。

李光耀十分明白,地理位置赋予了小国特定的战略价值,是小国国际地位的关键标尺,而战略价值意味着大国的战略关注。当代世界,无论从哪个角度看,地理因素对地缘政治都具有举足轻重的影响。在大国视角下,位处全球战略要冲的小国往往具有更重要的战略价值。这样的地理位置一方面构成了经济发展的重要支撑,另一方面也是对外交往的重要砝码。

没有地缘政治优势的小国,往往容易成为被大国遗忘的角落。新加坡的地缘战略价值不言而喻,是关乎其生存和发展的重要筹码。由于大国普遍认同新加坡的战略地位的重要性,这就给了新加坡许多其他小国所没有的机会。

李光耀曾说:"芬兰如果被邻国苏联或瑞典侵略,列强可不必理会,因为这跟列强之间的势力均衡没有关系……可是如果没有了新加坡,那就对它们非常麻烦了。我们必须好好照顾这一点;我们的地方虽小,可是几乎全世界都公认这个小岛具有极大的战略重要性。"

然而,地缘政治是把"双刃剑"。毗邻大国的小国往往会身不由己地介入大国博弈之中,它们如何选择外交战略就显得格外重要,在应对地区挑战以及处理与大国的关系时必须格外小心谨慎。李光耀遵循孙子"衢地则合交"的战略思想，充分利用新加坡位处世界政经战略枢纽的地缘条件来影响大国，成为国际关系的"支点"，既能吸引众多大国的战略关注，引来大国的经济资源，同时也有助于其对外战略的制定和实施。

新加坡的地理位置使其成为国际海运贸易的战略枢纽，也是理想的海洋商业中心。这种地缘条件喜忧参半，对新加坡的社会发展、经济繁荣显然有巨大的推动作用，但对国家的安全和经济的可持续发展来说也是一个挠头的难题。

首先，作为一个小岛国家，新加坡面对外部侵略时缺乏有效的战略防御纵深。这很快让人想起1942年2月日本帝国主义军队是如何迅速击破这个小岛的防御的。一旦海上交通线受到破坏，新加坡的经济就会陷入瘫痪状态，造成灾难性的社会经济后果，进而影响到本国的繁荣与安全。其次，新加坡独特的地缘政治，又表现在它非常依赖印度尼西亚和马来西亚，这个海岛城市国家同马来西亚、印尼有着复杂的渊源关系。

因此，新加坡坚持"衢地则合交"，奉行结盟外交政策，广泛结交大国，"鼓励世界上的主要强国知道它的存在"，并理解新加坡所具有的战略意义，在大国交织的利益网络和战略关注中凸显自身的价值，从而谋划大国之间的平衡策略。

《孙子》与新加坡的生存之道

孙武在《始计篇》中开宗明义："兵者，国之大事，死生之地，存亡之道,不可不察也。"李光耀知道,国家的生存与发展也需要相应的"兵道"。

新加坡的原始基础极其差,称得上是块"死地"或"亡地",资源贫乏,一度黑帮猖獗,毒品泛滥,民族分化,教育落后,万人失业,甚至无家可归,可谓沉疴难治,积弊难除,积重难返。数字可以说明一切:1960 年,这个 600 多平方公里的小国(严格来说当时还是一个自治邦)的人均名义 GDP 为 428 美元,是个不折不扣的"穷光蛋",失业率高达 12%。

《李光耀:新加坡赖以生存的硬道理》一书披露,李光耀曾直言不讳地将新加坡所取得的发展成就比喻为一座"基于泥沼之上的八十层大厦",意在说明其岌岌可危。对他而言,新加坡是个无比脆弱的国家,这是无法回避的事实。这种脆弱来源于国家面积的狭小,自然资源的匮乏,以及危机四伏的地理位置。李光耀坦言,新加坡没有腹地,世界就是腹地。如何让新加坡对世界"有用",这就是新加坡的生存之道。

新加坡独立后,李光耀的首要目标,就是让新加坡这样的小国在大国争霸中生存下来并得到发展。《孙子·谋攻篇》说:"故上兵伐谋,其次伐交,其次伐兵,其下攻城。"孙武主张"伐谋"而不是"硬干",特别是在面对强大阵营、双方实力悬殊的情况下,靠的是"智"搏而不是"力"搏。有评论说,"以小博大"也许是最适合概括李光耀政治生涯的成语。然而,要在地缘政治的夹缝里"以小博大",没有智慧和谋略是不可能的。

的确,李光耀是一位足智多谋的政治家。面对西方,他善讲新加坡的法治与民主;在东盟内部,他把新加坡定位成东南亚传统价值观的守护者；与中国领导人会面，他大谈华人身份和儒家思想。他努力让各方都能接受新加坡，有评论认为，李光耀是融合东西方的政治家。

在短短几十年里，李光耀让新加坡在狭小的地理空间里，创造出了足够大的生存空间。新加坡只用了一代人的时间，就从"第三世界"国家跻身"第一世界"行列。新加坡国立大学东亚研究所原所长郑永年教授评价说，自从被马来西亚赶出来，被迫独立之后，新加坡只用了一代人的时间就发展起来了，世界上可能再也找不到这样的地方。要知道世界上小国很多，有几个发展成这样的？北欧那些小国，也是用了一百多年才发展起来。

《孙子·九地篇》说："将军之事，静以幽，正以治。"意思是说统率军队者，头脑要沉着冷静、幽深莫测，管理要公正严明。

李光耀在国家治理上达到了孙子所说的"静以幽"境界。不少人对李光耀都看不懂、看不透。他把英国的实用主义用得很溜，愿意直面问题，不会拘泥于某一种治理理论，什么是最佳的解决问题之道，怎样才能为尽量多的新加坡人创造最大的幸福和福利，就采取什么样的理论和政策。这就是他奉行的高度的实用主义。

同时，李光耀也把中国的《孙子》用得很溜。比如在决策上"国之大事，不可不察"，在战略上"知彼知己，百战不殆"，在施政上"灵活善变，刚柔相济"，在外交上"上兵伐谋，其次伐交"，在军事上"兵形似水，趋高避下"，在思维上"智者之虑，杂于利害"，在行事风格上"静如处子，动如脱兔"，等等。这些都是他从中国传统兵家文化那里学来的。

李光耀冷静地思考：新加坡历史上是一个英国统治下的华人社会，现代新加坡也是以受英式教育的华人为主体的国家，同时又是一个多族群的，内部文化差异很大、意识形态多样化的国家。在这样的背景下，新加坡既不能照抄照搬西方的政治体制、意识形态，走全盘西化的道路，也不能原封不动地保留和传承本土的东方文化，而不得不兼收并蓄，形成一整套东西融合、传统与现代结合的发展理念。

外界一直认为李光耀是一个亲西方的人物，但实际上他并非如外界认为的那般，从某种角度来看，他甚至是一个反对西方化的人物（至少是反对全盘西化），他曾表示绝对不能让新加坡变成一个西方社会。他很清楚，儒家的哲学观念认为，如果想要一个社会实现良性运作，就必须考虑大部分人的利益。这是与美国文化的主要差别所在，美国文化把个人利益放在首位。李光耀最担心的是，过度西方化会使得新加坡人重视个人利益，甚至将个人利益凌驾于集体利益之上，这会让新加坡变成西方民族，失去本民族的特性。

李光耀认为，新加坡要坚持"技术上依附西方，精神上固守东方"，力求融会贯通东西方文化精髓，"一切服从生存与发展的现实需要"，这才是新加坡国家治理体系和能力建设的突出特点。

李光耀是儒家伦理的推崇者，曾任国际儒学联合会名誉理事长。由于他祖辈是客家人，故他本人亦被视为客家族裔的杰出代表之一，被新加坡最大的客属团体（组织）——新加坡茶阳（大埔）会馆授予永远荣誉主席一职。他努力学习华语和客家话方言，会唱客家山歌，喜欢背诵中国人的四字成语。他还特意加强了传统儒家文化的教育与传播，不仅请人将儒家经典翻译成英文，还将中文作为学校的主要课程，这一系列措施就是为了防止新加坡社会过度西方化。

李光耀主张，要以东方文化和儒家思想为背景，对西方理念进行修正。有评论认为，李光耀的治理体系和核心价值观，是西方体系和中国儒家体系的成功融合。哈佛大学肯尼迪政府管理学院创始院长格拉汉姆·阿里森在《李光耀论中国与世界》中认为，李光耀是个不寻常的结合体，将儒家的集体主义价值观与英国绅士作风所强调的道德品质相中和，并且重视法治。

除了"静以幽"，李光耀也十分重视孙武所说的"正以治"。公平公正、唯才是举、廉洁高效、社会和谐、依法治国、讲求务实、与时并进等理念贯穿于新加坡整体治国方略之中。当然在这方面，李光耀也在尝试融合东西。

李光耀认为"西方民主不一定是经济发展的先决条件，不要迎合政治潮流，要奉行务实主义"，走适合于新加坡的发展道路。他觉得，挑选出最优秀的人治理国家是建立"好政府"的关键，但优秀人才在"以选票论英雄"的制度下难以脱颖而出。李光耀强调：人口比民主重要，秩序比自由优先；受过教育与训练、有创业精神、富于合作精神与工作伦理的人口，对于一个国家的发展来说，远远比民主制度来得重要。

李光耀崇尚英国的法治传统。他在新加坡建立了一套立法严密、执法严正、惩罚严厉的法治体系。他也看重道德的作用，把法律的规范性力量与道德的培育性力量结合起来，他将"忠、孝、仁、爱、礼、义、廉、耻"八德作为治国之纲，将依法治国与以德治国相结合。

懂《孙子》和懂中国的李光耀

自古以来,政治家大都是备受争议的人物。而现当代世界政治家"朋友圈"里,李光耀的点赞量是极高的。许多大国政治家都乐意与这位蜚声世界的"小国大政治家"交往,与他讨论治国理政之道。就连世界级的政治家基辛格也称赞说:"对我启发最大的是新加坡首任总理、精神导师李光耀。"

李光耀这颗政治明星缘何"光耀"全球?因为他懂《孙子》。正如媒体评论的,数十年来,李光耀不断塑造自己的思维,其中就综合了英国实用主义、中国《孙子》和百分百的新加坡国家主义,他就像一枚新加坡制造的瑞士钟表,永不停摆。由李光耀和新加坡可以印证,一个杰出的政治家,不能不懂《孙子》。

作为新加坡华人的李光耀具有浓厚的中国情结。他的曾祖父李沐文从广东大埔远涉重洋来到新加坡,以说评书《三国演义》《水浒传》为谋生手段,祖父李云龙、父亲李进坤都是学儒家文化的。中国的儒家思想和兵家文化为李光耀这颗政治明星奠定了东方智慧的根基。

李光耀自己讲述,朝鲜战争前他在欧洲旅行,人们常对华人持歧视态度。可是中华人民共和国出兵朝鲜并接连获胜后,西欧海关人员一见华人都肃然起敬。"中国能打出国门,让我这个华人也感到自豪。"从此,李光耀开始认真学习学习中文与中华文化。

李光耀讲述,中国和周边的一些国家和地区,基本上都属于大中华文化圈,这个地区受中国的传统文化影响很大很深。他认为新加坡的高速发展,离不开中国的传统文化。

世界各国政治家大都推崇孙武,李光耀更胜一筹。他曾宣称,不懂《孙子》,就当不好新加坡总理。

在新加坡研究和传授《孙子》的南洋理工大学教授黄昭虎讲述,纵观新加坡的发展轨迹,一直在遵循孙武的教诲。李光耀把《孙子》运用得好,用在国家管理上,炉火纯青,但是只学不说,秘而不宣。新加坡的政治家是悄悄学、悄悄用《孙子》,不多声张,不露声色,这是真正懂兵法,是学用兵法的高手,他们与西方人喜欢夸张不一样。

李光耀的华文老师、新加坡孔子学院原院长许福吉对此也有同感,据他讲,《孙子》在新加坡影响很大,以李光耀为代表的新加坡政治家兵儒交融,应用自如。中国的兵家智慧给新加坡插上了腾飞的翅膀,孙子的经典传到南洋,形成了南洋特色。新加坡政治家不仅学孙子,还学毛泽东,把他当作实践孙子思想的典范。

曾写了37本和孙子有关的书籍并经常在新加坡发表演讲的马来西亚知名作家邱庆河讲述说,新加坡政府也深入学习应用《孙子》,应对各种挑战。从公域至私人领域,都将《孙子》的哲学融入国家治理和企业管理之中。

邱庆河在一本名为《新加坡:透视孙子》的书中,展示了李光耀和他的团队如何运用《孙子》把新加坡建设成今天大家所知道的模样。书中讲述道,1965 年 8 月 9 日,新加坡退出与马来西亚的伙伴关系。虽然这个新诞生的国家没有自然资源,但新加坡人民愿意与优秀的领导人一起建设一个强大的国家。

"当我第一次在商业会议上听到新加坡首任总理李光耀的演讲时,我就知道他精通《孙子》。在那次会议上,他敦促新加坡商人把目光投向当时正在开放市场的中国。在告诉他们这些好处之后,李光耀说,他们不应该只是相信他的话,还应该和当地导游到处去看看。一听到'导游'这两个字,我就坐了起来,因为《孙子》上说,不了解山川、森林、高地、危险地带、污秽沼泽情况的人,无法指挥军队前进。那些不使用当地导游的人不能受益于当地的优势。后来,我决定研究新加坡从诞生之日起的成长。我发现了许多被西方誉为'战争的艺术'的《孙子》的应用。"

例如,李光耀知道他必须得到本国人民的支持。他遵循孙子提出的"上下同欲者胜","使人民与他们的统治者完全一致,这样他们无论生死都将追随他,无所畏惧"。

李光耀也注意到孙子的告诫,"如果我们不能理解邻国的意图,我们就不能提前结盟"。他在必要时向英国及其盟友寻求帮助,以训练羽翼未丰的新加坡武装部队。

在战略上,李光耀知道新加坡的年轻人将成为国家未来的领导人。因此,他使用了"战争的艺术","根据他们的才能来选择任命,并利用他们来利用形势"。为此,他精心挑选大臣,重视教育,强调精英制度。

新加坡著名外交官许通美评价说,李光耀在世的时候不仅是新加坡外交的总建筑师,他本人就是新加坡的"首席外交官"。

新加坡国立大学亚洲法律研究中心副主任王江雨讲述说,长期以来,新加坡奉行"和为贵"的外交原则。新加坡不只和西方来往,只要有可能,就想和任何国家保持友好关系,也使得很少有国家不愿和新加坡友好合作。

2000 年 12 月 7 日,香港中文大学为李光耀颁发了荣誉博士学位,称其是近百年内最杰出的政治家之一,并称赞他"注重和平而避免冲突""协调种族而拘除仇视""带领新加坡走向富强之路"等。

新加坡前国会议员吴俊刚讲述说,正所谓世事如棋局局新,下棋的人必须遵守既定规则,但是面对难以捉摸的对手和棋局的变化,要如何取胜,避免棋差一着全盘皆输,考验的是棋手临场的本事和机智,而高谈棋艺、纸上谈兵是无济于事的。理论毕竟只是理论,实战则是实战。

搞外交的政治人物,以及站在外交前线的外交官员,其实就如棋手。李光耀令人佩服的地方也许在于,他不仅对国内的棋局了如指掌,常常能够掌握先机,走在他的政治对手前面好几步,对整个世界这盘大棋也是洞如观火,能见人所不能见,因此成了其他国家(包括一些大国)的政治领袖惺惺相惜的对象。吴俊刚如是说。

李光耀深刻地意识到治理国家"将帅之道"的重要性,他认为,新加坡是一个资源匮乏的小国,要想在世界上立于不败之地,就必须由一个精英领导层来治理新加坡,这是新加坡生存和发展的保证。新加坡外交部长兼律政部长尚穆根对此有切身感受,他跟大多数新加坡人一样,是李光耀治国之道的受惠者。李光耀政府任人唯贤、人人享有平等发展机会,行政部门清廉又有效率,让所有人民接受良好教育。

马来西亚孙子兵法学会创会会长吕罗拔讲述,纵观新加坡的发展轨迹,一直在遵循孙子所说的"随机应变"。20 世纪 60 年代的新加坡,既无自然资源又无技术力量,经济落后破败。新加坡努力用鲜花、绿草、蓝天、碧水,最后居然把一个四处沼泽的岛国变成花园国家,变为亚洲"四小龙"之一。正如孙子所云,帅精通"九变"的具体运用，就是真懂得用兵了。

从李光耀和新加坡可以印证，《孙子》已远远超越军事范畴，能够广泛应用于各个领域。没有打过仗的李光耀，把《孙子》用在治国理政和对外交往上，照样得心应手，甚至有人觉得是出神入化。从李光耀和新加坡可以印证，《孙子》这一中国古代智慧，完全可以走进新时代，创造新奇迹。新加坡这个小小的岛国，从开阜到如今，从经济发展到社会生活，都闪烁着中华传统兵家智慧的光芒。

《孙子》与李光耀的管控之术

世人谈起新加坡的崛起时，多将之归功于李光耀超凡的洞察力和强大的控制力。李光耀在担任新加坡总理的数十年间，对内力排政敌，牢牢掌控政权；对外自强不息，对西方的批评置之不理。在其领导下，新加坡实现了政治独立和经济繁荣，他把一个资源匮乏的城市国家变成了一个全球贸易和金融中心。

李光耀曾在某次集会上宣称："任何治理新加坡的人都必须强硬如铁，否则只好放弃。这不是玩纸牌游戏，而是你和我的生死存亡。"他把新加坡的秩序看得很重。大到政治体制、经济政策、商业往来、公民权利和义务，小到公共卫生、旅店管理、停车规则，乃至公共场合说话的音量、走路的仪态、抽烟喝酒吐痰等问题，总之居民的言谈举止、衣食住行皆有章可循，有法可依。

李光耀的经验是，要成功地转变一个社会，必须满足三个基本条件：第一，坚强的领导；第二，高效的政府；第三，社会法纪。这三个基本条件，说到底就是两个字：控制。

其实，《孙子》从头到尾讲的也都是控制，比如如何控制战争发生，控制战争危害，控制战争成本，控制战争时间，控制将军士兵，控制进攻防守，乃至控制情绪、控制间谍等。

结合《孙子》的智慧，李光耀做出了一系列设计和尝试。

比如，他设计了选举系统。这套系统的好处，一方面在于政府能够控制选区的选择；另一方面，哪怕是反对派也认为它引入了足够多的竞争机制以使政府更加诚信。李光耀称，他不赞成美国或英国的竞选模式，如果照搬美国那一套，新加坡早完了。他相信，一个国家如果要发展自己，更需要纪律，而不是民主。民主过于兴旺，就会催生无纪律、无秩序的环境，这是不利于发展的。

他认为在英美的竞选模式下，"最优秀的人才不会选择从政，参选得冒很大风险，竞选活动会变得非常不文明，甚至卑鄙恶毒"。他还举例说，菲律宾采用的是美式宪法，但在重大问题上常常会陷入僵局。

再比如，他对经济进行干预和管控。李光耀所奉行的并不是完全意义上的市场经济。从宏观政策、产业布局，到微观运行、企业发展，无不印证着新加坡模式的本质。新加坡政府所拥有或控制的企业在国民经济中所占的份额达到 60% 以上，涵盖制造业、金融、贸易、造船、能源、电信等诸多领域。全球驰名的淡马锡，实质上是新加坡的国资委兼国家投资银行。

作为世界金融中心之一，新加坡管理着巨额的全球财富，与纽约、苏黎世、伦敦、中国香港相颉颃。新加坡是世界上最早启动金融监管的国家之一，监管机制已相当完备，其金融监管主体名为金融监管局，拥有极高的独立性和权威性，能够有效对新加坡的金融行业和金融风险进行监管和防范。

此外,新加坡 1995 年正式实施本国专利法,由此踏上了独立建设知识产权法律体系的征程,逐渐形成了集合《专利法》《商标法》《版权法》《注册外观设计法》《地理标志法》《集成电路布图设计法》等在内的知识产权法律体系。正是由于对知识产权卓有成效的管控,才让新加坡在几十年间便成为颇受国际认可的知识产权保护强国。新加坡知识产权局(IPOS)曾被全球权威媒体《世界商标评论》评为"世界最创新知识产权局"第二名。

又比如,通过立法控制舆论导向。1977 年新加坡通过立法,禁止任何人或受其任命者持有报刊超过 3%的普通股权。如此一来,新加坡的报纸没有任何人可以说了算,也没有任何资本可以掌控它。除此之外,还设立了特别股票"管理股",部长有权决定哪些股东可以获得管理股。那么,谁获得了管理股呢?精明的李光耀把它们分给了本地的四大银行,这些纯粹利益驱动的第三方,才没有兴趣理会所谓的"西方新闻自由",让他们当股东,和让政府当股东区别不大。这样,就牢牢控制了新加坡的舆论导向。

李光耀认为,"报刊自由和新闻媒体的自由必须服从新加坡的首要需求,也必须服从民选政府的首要职责"。新加坡专门设立了管理传媒业的机构,由专人负责阅读每天的消息,如果发现有违反政府指示或国家利益的报道和言论,轻则提醒有关报刊的负责人,重则向有关负责人发出警告。

又比如,成立廉政公署,惩治官员腐败。李光耀告诫道,"新加坡的生存,全赖部长和高级官员的廉洁和效率","廉洁的政治环境,是我国最宝贵的资产"。李光耀曾向非洲客人介绍新加坡的七个

"治国目标"，其中排名第一的是廉洁的政府、有效的民事服务。李光耀竭力让新加坡不同于邻国："如果它们的体制不清廉，我们要清廉；它们的法治一塌糊涂，我们要厉行法治。一旦我们达成一份协议或做出一个决定，我们就要坚守下去。我们要给投资者创造一个可靠、可信的形象。"

为此，新加坡制定了详细的法则来控制公务员的经济行为和获取报酬的方式。比如政府官员借钱给别人时，不能收取利息；官员收受的礼品要一律上交，若要留作纪念，可由专人估价后自己出钱买下；收受红包或礼品超过 80 新币就属违法；一旦发现生活享受与收入不成比例，又不能够说明收入来源的，那么就认定所得是贪污，如此等等。

因为有了这些"控制"，数十年来，新加坡一直享有全世界最整洁、最安全的花园城市国家之美誉，以法纪昌明、政府廉洁、社会运转良好高效而闻名。

非常重视《孙子》的吴庆瑞

新加坡已故副总理吴庆瑞的夫人潘瑞良与儿媳陈淑珊婆媳俩共同讲述，吴庆瑞是《孙子》的崇拜者和积极推崇儒家思想的政治人物。

吴夫人记得，20 世纪 80 年代初吴庆瑞博士邀请了外国著名大学的儒家学者，如杜维明教授和余英时教授等，到新加坡电台讲述儒家思想；他同爱好儒学的中国国务院前副总理谷牧经常一起出席相关的学术大会。她还记得，吴博士曾斩钉截铁地指出，要当新加坡总理的人选必须阅读过《孙子》一书。

吴庆瑞祖籍中国福建,生于马来西亚的马六甲。从新加坡独立开始,吴庆瑞就辅助李光耀,在国家危急关头力挽狂澜,彰显出政治家的卓越风采。

吴夫人讲述,吴博士在新加坡脱离马来西亚之前的几个小时,在生死攸关的时刻单枪匹马、冷静果断地做出了历史性的决定,努力争取和捍卫新加坡的权益。

吴夫人深情地讲述说,吴博士内心似乎相信"没有永远的敌人"这一道理。他做到了以宽宏胸襟来对待被击倒后的对手和以理智来处理彼此间的未来关系。"我觉察到在占有绝对优势的情况下,他采取化敌为友之策略,此为政治手腕的高招。"

吴博士知人识人的能力特强,爱惜有作为之国人,眼光也远大、精确。例如对在 20 世纪 60 年代被击败的部分左翼领导,吴庆瑞曾极力尝试说服他们归队,共同携手参与国家未来的建设,或为政府提供意见和建议。

20 世纪 80 年代中期虽已淡出政治圈子,其豪爽性格丝毫未变,他以非凡的胆识和十足的信心安排前马来亚共产党最高领导余柱业(也是吴庆瑞在莱佛士书院的校友和好友)来新加坡居住并参与学术研究工作,请后者从另一角度提供意见和看法,以促进两国关系的发展。

深受《孙子》熏陶的吴博士,以胜利者的不骄横待人态度赢得了不少政治对手的尊敬,化解了他们原先的敌对立场或仇视心态。

吴庆瑞的雄才伟略,源于他对中国兵家文化的热衷和研究,他对中国晚清的曾国藩、左宗棠和李鸿章尤为敬佩。他认为,这些治国治军的精英都受到中国传统文化的熏陶，一个好的官员必须具备智慧和正气。

这位天才政治家，为了新加坡他愿意服侍左右，听从调遣，辅弼李光耀在治国理政、经济建设方面取得了杰出的成就，使新加坡在短短的20多年时间内变成亚洲一条"小龙"，成为东南亚的一颗璀璨明珠。

1959年，当新加坡遇到严重的经济困难的关键时刻，吴庆瑞受命于危难之际，出任财政部部长，负责全面规划新加坡经济。他形容新加坡当时的经济情况是"悲惨"的，那时新加坡的失业率达14%。

吴庆瑞下定决心，要让新加坡插上腾飞的翅膀。他的政治理想是"让沼泽岛屿蜕变成生气勃勃之都"。在他的领导下成立了经济发展局，负责引进跨国企业前来投资。他策划推进新加坡工业化，通过经济奖励及说服力，成功争取到许多跨国公司到裕廊设立工厂。

他提出建设以出口为导向的制造业，通过引进欧美日等外商投资，制造就业机会，使得大部分年长国民有了就业保障，首批公务员获得13个月薪水，有效地减缓了当时极严重的双位数失业率问题。

他坚持扩大新加坡出口贸易，当保护主义在20世纪60至70年代抬头时，他仍认为新加坡应该发展出口导向型经济，通过国际贸易带动经济增长。他说服李光耀降低关税，把新加坡设定为自由港，在英国远东殖民地政府经营了上百年的区域货物集散港口奠下了符合现代化目标的软、硬件基础设施。

他推动成立金融管理局，指导制定新加坡一系列货币政策，落实银行及证券管理系统，用兑换率而不是利率来调控货币政策，在建立稳健金融体系方面扮演关键角色，还大力引进外国银行，使新加坡成为国际金融中心之一。

他提议设立新加坡政府投资公司，管理国家储备金，并用储备金进行长远投资。他是淡马锡控股有限公司和新加坡政府投资公司的创办人。

他大力发展旅游业，倡议兴建飞禽公园和动物园。圣淘沙的保留和开发，更体现他的长远目光。新马分家后，跨国石油公司埃索（ESSO）希望在岛上建立炼油厂，吴庆瑞却坚决认为应该用来发展现代康乐及旅游业。在他的坚持下，这个小岛得以保留下来。1968年政府宣布将其发展为旅游胜地，并根据公众建议，将"绝后岛"改名"圣淘沙"（马来语指"安宁"）。目前圣淘沙是新加坡最大的旅游景点之一，每年吸引超过 600 万名游客。

他对新加坡经济发展作出很大的贡献，被誉为"新加坡首席经济大师""新加坡的经济奇迹设计师""新加坡经济发展之父""新加坡经济塑造者"。

陈淑珊讲述，新加坡独立后，吴庆瑞意识到必须建立防卫体系，守护国度。1965 年，吴庆瑞成为新加坡首位国防部长，一手建立了新加坡武装部队，为当时岌岌可危的国家生存奠定了重要基础。

作为新加坡开国元勋之一，政治元老吴庆瑞据说"酷爱读书，特别是军事史和军事装备方面的书籍，喜欢在演讲时引用《孙子》"。新加坡弹丸之地，以和为贵，经不起任何战争的折腾。酷爱军事史的吴庆瑞，在这方面显示了政治家的智慧。

李显龙在悼文中讲述："当新加坡独立时，我们迫切需要建立起自身的国防实力，以在危险的大环境中保障国家利益。尽管吴博士最初对军事的认识不深，他却肩负起重大责任，成为我们的第一任国防部长，当时称为内政及国防部长，从零开始组建新加坡武装部队。"

"吴博士关注武装部队的所有事情，绝不错过任何小细节。有一次，我陪同他去巡视工兵国防演习。我们看到士兵正在挖掘一个很大的战壕，所有士兵都在埋头挖掘。这样的情形逃不过吴博士尖锐的眼睛，表示士兵应该分班工作，三分之一的人工作，三分之一休息，另外三分之一站岗。他们不应所有的人同时工作，尤其只是为了让部长留下好印象。"

吴博士知道，对武装部队来说至关重要的是实力与人才。武装部队需要有领导才能、才智和专业能力的指挥官和军官，以建立起一支现代化、高科技的国防队伍。他制定和亲自监督 Wrangler 人才管理计划，以确保武装部队能有系统地挑选人才，督促和栽培他们，并委以重要的指挥与参谋任务。他还创立了武装部队奖学金，把优秀人才引进武装部队。

"不过，他也没忘记那些参与把武装部队建立起来的较年长军官。他们大多数是非大学毕业生。吴博士于是推出新的计划，让值得表扬者到美国杜克大学修读军事历史及战略硕士课程。这就是武装部队今日拥有一群具备实力并且忠诚的将领军官的原因。他们了解国防科技，理解战略背景，无论在战场内外都能作出明智的决定，以确保新加坡的安全。没有这样的团队，我们不可能建立或经营第三代武装部队，即专业而且可靠，并深受新加坡人、伙伴和亚洲及世界各地武装部队尊重的军队。"李显龙如是说。

吴庆瑞曾说:"建立武装部队的前三四五年可说是个混乱时期,几乎天天都要进行危机处理。由于需要在极短时间内完成这个巨大任务,紧急计划可说是一个接一个地推行。"

新加坡实行的强制性国民服役制度也归功于这位首任国防部长。现在每名新加坡男性必须接受国民服役,可以说是由吴庆瑞一手推行而成的。

吴庆瑞起初只是计划在 1966 年至 1969 年训练出 12 个营的全职军人,但后来考虑必须加强全民国防,有必要动员大部分的国人参与,于是便推行国民服役。

第一批服役的是 1949 年出世的男公民,大约 900 人在 1967 年 9 月入伍。这个制度延续至今,新加坡每个男性公民都必须服兵役,已家喻户晓,老少皆知。

1979 年,吴庆瑞又兼任教育部长,他曾形容,这是他度过的"最黯淡"时光。尽管如此,他也在教育部推动了大刀阔斧的改革,并重组了教育体系。吴庆瑞在新加坡所领导的教育改革,取得了巨大成绩,对新加坡的现代化进程起到了至关重要的作用,因为教育是立国之根,人才是立国之本。

吴庆瑞担任新加坡副总理的后期,重点是辅助李光耀发展与中国的关系。1978 年 11 月,邓小平访问新加坡,裕廊工业区的发展引起了邓小平的浓厚兴趣,他希望工业园区的创始人、主管新加坡经济的副总理吴庆瑞访华,并希望他卸任后接受邀请,担任中国国务院的经济顾问。吴庆瑞博士最终于 1985 年至 1990 年间担任中国沿海开发区经济顾问兼旅游业顾问。

1984 年,吴庆瑞博士卸下新加坡内阁职务,同年退出政坛。他还曾担任新加坡金融管理局主席、货币局主席与政府投资公司副主席等职。

纵观吴庆瑞的政治生涯，他是李光耀最得力的左膀右臂，也是新加坡最难得的辅政功臣。不管是新加坡武装部队、裕廊飞禽公园、动物园，还是新加坡交响乐团、女子风笛队、文工团，吴庆瑞都参与其中。

吴庆瑞亲手设计的新加坡政府组屋政策、公积金制度、医疗保障制度、国民服役制度、教育制度、主权基金等，都具有里程碑意义，有益于狮城继往开来，造福于星洲子孙后代。

吴庆瑞从第一副总理位置上主动退休后，新加坡时任总理李光耀称赞他说："没有任何颂词足以表扬你的贡献。"吴庆瑞逝世后，新加坡时任总理李显龙在发给其遗孀潘瑞良博士的唁文中说："没有他，新加坡的故事会有很大的不同。"

吴庆瑞是善用《孙子》处理危机的高手，新加坡受惠于他卓越且极富战略性的思想。新加坡纳丹总统曾评价说，碰上危机时，吴庆瑞是最适合合作的人。不管是飞机遭劫，还是同其他国家面临严重的双边问题，只要吴博士相信某个人能胜任克服危机的任务，就会几乎放手让这个人在不受干扰的情况下去处理危机。

《孙子·谋攻篇》说："夫将者，国之辅也。辅周则国必强，复隙着国必弱。"意思是，将帅是国家的辅弼，辅助得周密，国家就会强盛；辅助得不周密，国家就要衰弱。吴庆瑞博士喜欢读《孙子》，他是"辅周则国必强"的典范。他曾出任新加坡首任财政部部长、国防部部长、教育部部长，新加坡最需要他辅弼的时候，他都当仁不让，从不退却。

同样懂《孙子》和懂中国的李显龙

新加坡第三任总理、李光耀的儿子李显龙在给吴庆瑞致悼词时讲述:"我是第一届武装部队奖学金得主。吴博士尤其关注我们,在我们出国留学前还特地与我们会面。他送了每人两部经典军事书籍,一部是2500年前的《孙子》,一部是利德尔·哈特介绍现代军事战略的《战略:间接路线》。他特地订购这两本书给我们这批年轻人,在书上写下'祝你军事事业成功'。"

利德尔·哈特是用《孙子》对西方现代军事理论进行反思的第一人。他的《战略:间接路线》深受孙武影响,堪称现代西方版的《孙子》。吴庆瑞把《孙子》与《战略:间接路线》这两部经典军事书籍一起赠予李显龙等新加坡第一届武装部队奖学金得主,别有一番深意。"吴博士这么做显示他对战略和军事课题的掌握,以及他栽培武装部队人才的积极意愿。"李显龙说。

吴庆瑞博士倡导从《孙子》和《三国演义》中学习战略管理。他担任过李光耀大学时期的经济课导师,曾对李光耀说,不读《孙子》则当不好新加坡总理。那么,作为新加坡总理的李显龙懂《孙子》吗?

李显龙属龙,某种程度上可以说与中国人同为华夏子孙。他祖籍是广东省梅州市大埔县,祖母蔡认娘是福建娘惹,父亲李光耀是汉族客家人,母亲祖籍为中国福建省厦门市同安区。在他的骨子里"显"示出中华文化的情结,在他身躯中也是流淌着"龙"的血脉。

李显龙从南洋幼稚园、南洋小学直至高二,一直在学华语,虽然后来赴英国读大学,但华语已深植在他脑海里。当了新加坡总理后的李显龙认为,讲华语运动仍有继续推广的价值,不能放弃。他明确表明,政府在带领新加坡社会向前迈进时,一定会保留华语和华族文化在新加坡的地位。

李显龙在为新加坡华族文化中心主持开幕仪式谈及身份认同时说,首先肯定自己是新加坡人,同时是新加坡华人,这也是"我们"在世界舞台上的身份。

李显龙懂孙子的"合和"思想。中国传统文化"合和"思想贯穿于《孙子》,形成了"合和"的军事思想,为和平发展提供战略指导。

李显龙非常重视跟中国的合作,曾经多次访华,签订了两国合作协议,还让新加坡引进支付宝,种种举措体现了孙子的"合和"思想。

李显龙在与中国国家主席习近平交谈时表示,共建"一带一路"倡议是中国发挥应有国际作用的体现,相信这一倡议不仅能够造福中国,也能造福世界,有助于更加密切中国同国际社会的联系。新加坡很早就支持和参与"一带一路"合作,愿继续在"一带一路"框架内同中国深化合作,共同努力促进区域经济一体化和东盟—中国关系发展。

李显龙懂孙子的"忧患"思想。他虽没有像他父亲李光耀生于忧患,但长于忧患,任于忧患。他从上任后一直到卸任前,不断谈到新加坡的危机,也不断进行危机管控。他多次论述小国的脆弱性。

"面对国际上暗流汹涌的社会撕裂力量,新加坡并不具备先天免疫力,因为新加坡更小更脆弱。我们也感受到同样的压力,所以必须比这些社会更有抗衡这些力量的能力。如果(乌克兰冲突)发生在我们这里,我们会面对同样的困境,甚至更为糟糕——因为我们比它还脆弱。到了那时,治理新加坡将变得力不从心。无论是做出或执行任何困难的决定,还是规划国家未来,都将变成不可能。大家对于新加坡的信心将被彻底摧毁,我想,新加坡肯定完蛋。"说这番话时,李显龙流露出明显的忧虑表情。

在中国春秋末期,各个诸侯国为了扩展自己的势力开始了南征北战,以强攻弱,大国兼并小国。那些小国为了从这些战争中生存下来,不得不开始了紧张的备战。就是在这种情况之下,《孙子》呼之欲出。

《孙子》教会了新加坡如何面对大国强国,"好战必亡,忘战必危";也教会了新加坡如何发展壮大自己的实力,"不战而屈人之兵";还教会了新加坡"智者之虑,必杂于利害",小国千万不能不自量力,挟大国自重,搅和大国事务,否则可能成为大国博弈的牺牲品。

2015 年,李显龙在阐述新加坡外交政策时曾说,新加坡不愿接受"小国无外交"的命运。

2018 年 11 月,在太平洋岛国论坛上,李显龙再提小国合作的重要性,他呼吁小国合作自保,有其独到的外交眼光,符合《孙子》"自保而全胜"的思想。

2019 年 9 月 26 日,李显龙在新加坡驻联合国常任代表处主持小国论坛晚会并发表演讲。他声称,相较于有能力承受多重打击的大国,小国能够犯错的空间更小,若不谨慎处理对外关系,即使名义上保有主权独立,但主宰自身命运的自由将严重受限。李显龙因此呼吁小国论坛成员国继续维护联合国,提倡以规则为基础的国际体系。早在冷战刚结束不久的 1992 年,新加坡已经未雨绸缪,在联合国发起设立小国论坛(FOSS),倡导小国的集体利益。

李显龙指出,小国论坛多年来不断壮大,是因为小国的根本现实和脆弱性并未改变。他说："我们的经济规模较小，更易受到全球经济波动的影响。更重要的是，我们能够犯错的空间，相较于有能力承受多重打击的大国，要狭窄得多。"

李显龙举例，若发生战争，小国缺乏捍卫自身的战略深度，气候变化和海平面上升对小国的生存也构成了威胁，这些都凸显了小国的脆弱性。纵观历史，很少有小国能够像瑞士和历史上的威尼斯共和国那样，屹立不倒近一千年。

2022年8月9日新加坡国庆日，李显龙发布的讲话充满了忧患意识。

他指出，新加坡国内上下必须团结一致，才能从容应对世界动荡所带来的挑战。必须重视全民防卫，确保武装部队和内政团队强大和可靠。这是应对在一个愈加动荡世界所面临的挑战的唯一方法。新加坡也要做好心理准备，未来几十年本区域未必会继续保持和平稳定。

"小国与国际体系的运转之间，不存在与生俱来的关联。与更强大的国家不同，小国无法制定议程或主导趋势。倘若新加坡明天消失，世界大概能如常运转。"李显龙阐述说。

新加坡会让自己对于大国有"价值"，但绝不"选边站"。因为新加坡时时提醒自己，小国没有犯错的空间。新加坡近年来掀起有关"小国外交"的论战，引起了多方注意。

《孙子》与新加坡的外交策略

新加坡外交官许通美曾评价道，李光耀在世的时候不仅是新加坡外交的总设计师，他本人就是新加坡的"首席外交官"。这是因为，李光耀有一种以小博大，"小国大棋局"，"小国大外交"的战略思维。用《孙子》来诠释，就是"不谋全局者不足以谋一域，不谋万世者不足以谋一时"。

从李光耀时代到李显龙时代，新加坡在国际舞台上一直比较活跃，成为了多个多边合作平台的倡导者和推动者，这强化了其在国际社会的存在感和话语权，从而建构起"小国大外交"的形象。已故的伦敦政治经济学院东南亚问题专家迈克尔·利弗曾说，新加坡在国际上"享有一种与其微小幅员和有限人口极不相称的影响力"。

《联合早报》专栏作家许振义认为，李光耀外交思想的核心就是实用主义。他对他国经验"信手拿来"，从英国拿，从美国拿，从日本拿，更从中华文化的智慧宝库中拿，然后为新加坡所用。然而，李光耀的实用主义绝不是功利主义甚或急功近利，他受过严格的英式法律思维和实证思维训练，善于用自己独特的眼光融会贯通。

比如，李光耀把英国的"均势外交"拿到新加坡。"均势外交"是在16世纪欧洲民族国家争夺欧陆和海上霸权的基础上逐渐形成的，最早推行这种政策的是英国。当大国力量均衡被打破、均势受到威胁时，它就扶弱抑强，维持均势。历史上，"均势外交"也是大国谋求霸权的一种手段，而李光耀拿来"均势外交"，是要让新加坡上升为区域甚至更大范围内的外交调停者与外交走势操盘手，这是由新加坡的国情限定的。"均势外交"对于强大的国家而言是争霸工具，对于弱小国家而言，就是维护国家安全和独立、维护和平的手段。

此外，"小国大棋局"的战略思维无疑受到中国儒家"中庸"和兵家"合和"思想的影响。如果说李光耀从英国拿来的是"均势外交"

的话，那么，他从中国拿来的便是"和平外交"。新加坡国立大学亚洲法律研究中心副主任王江雨说，只要有可能，新加坡想和任何国家保持友好关系，让尽可能多的国家愿意和新加坡友好合作。

小国在夹缝中求生存不易，在地缘政治的复杂格局中谋发展更难。李光耀一直怀有危机感和忧患意识，有人说这种危机感和忧患意识源于《孙子》。于是，新加坡的"经济外交"呼之欲出。对于新加坡来说，由于国土面积、地理位置、资源条件、人口构成等方面的限制，经济外交是其政治安全和政治外交之源，有了强大的经济实力，才能服务于国家生存与安全。新加坡讲究务实合作的经济外交，正是巧妙地利用了全球化与世界市场的力量。

不管是实用主义式的"拿来主义"，还是"均势外交"、和平外交、经济外交，都是小国谋生存求发展的途径。李光耀能读懂《孙子》的智慧，所谓"智者之虑，必杂于利害，杂于利而务可信也，杂于害而患可解也"，所谓"将有五危"，"知胜有五"。新加坡面对大国博弈总是小心谨慎，会让自己对于大国有"价值"，但绝不刻意"选边站"。因为新加坡时时提醒自己，小国没有多少犯错的空间。李显龙也指出："作为一个小国，我们力求和所有国家，不论大小，维持良好关系。我们不选边站，而是根据一直秉持的原则和长期的国家利益，规划自己的前程。"

熟读《孙子》的新加坡外交官
如何看待中国崛起

被称为"李光耀的重要智囊"的马凯硕是新加坡著名的国际关

系学者、资深外交官，是新加坡国立大学亚洲研究院的杰出研究员。他担任过新加坡国立大学李光耀公共政策学院院长、新加坡常驻联合国代表、联合国安理会轮值主席。

马凯硕对《孙子》的理解颇深。他认为，中国始终在避免无谓的战争和冲突。在五个联合国安理会常任理事国中，中国是唯一一个在过去三十年里从未对他国进行过军事打击的国家。反观美国，即便在所谓的"和平总统"奥巴马任内的最后一年，美国还是向 7 个国家投下 2.6 万枚炸弹。显而易见，中国更懂得战略克制的艺术，而这正是《孙子》的精髓所在。比如孙子说："是故百战百胜，非善之善者也；不战而屈人之兵，善之善者也。"又说："凡用兵之法，全国为上，破国次之；全军为上，破军次之。"

马凯硕赞扬，中国创造了一个奇迹，在没有制造任何冲突和对抗的情况下，从经济的第二梯队走到了最前沿。美国的地理环境得天独厚，两个邻居加拿大和墨西哥总的来说都温和无害。而中国则不同，中国与周边不少国家之间存在着紧张关系，比如印度、日本、韩国和越南。因此，中国的和平崛起是一个令人惊讶的，也值得赞扬的奇迹。

马凯硕曾在新加坡《联合早报》发文阐述说，中国创造了大国崛起而世界体系保持稳定的地缘政治奇迹，和平崛起的理念非常成功。"如果中国和平发展，整个亚洲都是乐观的。我经常旅游，我去欧洲、去北美洲、去拉美，也去非洲。最乐观的地方是东亚，可能就是因为中国正在和平地崛起。新加坡从中国的崛起中也会获益，我会很高兴看到中国的崛起。"

马凯硕认为，亚洲迎来了它最佳的时刻。"100 年前，印度是殖民地,东南亚是殖民地,中国是半殖民地。现在我们看到的是最好的前景,我们不应该失去这样一个好时刻,就像我提到的,和平崛起是非同寻常的事。"

2019 年,马凯硕在多伦多举行的芒克辩论会上说,人们所熟悉的世界正在走向终结。中国的 GDP 在 1980 年时仅为美国的十分之一,但按购买力平价计算,中国的 GDP 在 2014 年已超过美国。中国从一穷二白崛起为世界第二大经济体,而西方的影响力正在减弱。马凯硕还说,"正处于历史拐点的世界不要害怕,因为中国人根本不想接管世界",至于西方国家普遍认为"中国崛起对现代秩序形成威胁",马凯硕指出,"中国的影响力肯定还会增长,但越来越强大的中国,自然希望得到更多的尊重"。他直言包括加拿大在内的很多国家没有理由担心中国。

马凯硕指出,美国是唯一可能对中国崛起构成阻碍的国家,这也是中国在处理周边事务时高度谨慎又高度务实的关键原因。对美国来说,中国周边的每场区域性争端都是美国搅浑水的机会,这在南海问题上体现得十分明显。在南海问题上,马凯硕特别给予了美国犀利的忠告:美国需要做的只是"给自己积点德,留点后路",以身作则,遵循国际规则。因为中国取代美国成为世界第一,只是时间问题。

马凯硕相信,如果中国做"老大",和美国的方式会截然不同。他表示,在中国的历史长河里,没有殖民海外的纪录。郑和带去的是欢声笑语而不是殖民剥削。中华民族骨子里没有对外侵略的基因,中国历史上从没有对外发动过侵略战争,也从未在海外占领过殖民地。

"汉江奇迹"与《孙子》智慧

曾有韩国孙子研究专家指出,韩国曾创造的"汉江奇迹",与韩国时任总统朴正熙遵循了孙子"胜兵先胜而后求战,败兵先战而后求胜"的智慧不无关系。

"汉江奇迹"指的是 1953 年至 1996 年间首尔经济的迅速发展。因汉江贯穿了首尔的中心,将首尔分为江南和江北,故以汉江为名。

20 世纪 70 年代,朴正熙下达命令,重印韩文版《孙子兵法》。韩国企业掀起学中国兵法的热潮,把市场竞争当作军事战争,彼时彼刻的韩国,智慧而勇敢地应用了孙子"化危机为机会"的逆向思维方式。朴正熙在位 18 年,亲手缔造了"汉江奇迹",亲手把首尔从穷乡僻壤变成世界繁华的大都市。有一组数据显示:韩国在第三个五年计划期间(1972—1976 年),年均经济增长率为 11%。

到了 20 世纪 90 年代,韩国遵循"选择和集中"的原则,选择方向,集中优势兵力,同时振兴造船、电子、机械、钢铁、汽车、石化、原子能等技术集约型核心产业,大力实施经济战略,催生了现代、三星、LG 等一批国际品牌企业。

韩国的孙子研究学者朴在熙讲述说,《孙子》进入了韩国各商学院的课堂,韩国许多企业家把孙子提出的"智信仁勇严"五德当成自己的道德信条。在韩国创造的"汉江奇迹"中,浦项制铁是应用《孙子》获得巨大成功的典型案例。朴在熙说,1973 年 7 月 3 日,韩国重工业的象征、年产 103 万吨的浦项钢厂,经三年建设得以竣工。

曾任韩国孙子兵法研究院院长的宋震九讲述,韩国能从贫困的恶性循环中走出来，仅用了不到 20 年的时间，就一跃而成为新兴工业化国家，这与韩国企业把《孙子》成功应用于企业经营管理是分不开的。

韩国企业学习《孙子》的"变中求胜"，懂得在现代企业管理中，机遇与挑战同在，风险与利润并存，唯有因事、因地、因时而变，合于利而动，不合于利而止，管理才能成功，竞争才能取胜。这在管理学中被称为"管理权变"的思想，源于《孙子》中"因变制变"的思想。

韩国企业家明白，经济周期是常态，低谷总会到来，必须未雨绸缪，提前做好结构调整，否则会受到致命打击。他们既坚强又充满灵活和弹性，又善于抓住时机发展自己。

在上一轮金融危机后，韩国在困境中"独辟蹊径"，大力实施文化战略，打造民族品牌，推进产业结构的调整，声称要再次打造"汉江奇迹"。

韩国在经济发展上所取得的成就在当初朝鲜战争结束时是不可想象的。首尔的基础设施在朝鲜战争中已被摧毁，百万计的韩国人当时在贫困和失业之中挣扎。1961 年，朴正熙发动军事政变时韩国的人均国内生产总值仅为 100 美元/年，在随后朴正熙掌权的 18 年里，韩国的农业和工业得到快速的发展，首尔从一片废墟发展成为一个大城市。

珍视《孙子》智慧的马哈迪

马来西亚孙子兵法学会会长吕罗拔讲述，大马总理马哈迪一生都十分重视《孙子》。吕罗拔回忆，马哈迪在新加坡国立大学攻读医科时经常去图书馆借阅《孙子》。许多年后，笔者在新加坡图书馆借了一本英文版的《孙子》，它已经皱皱巴巴了，旁边的许多涂鸦和笔记都已模糊不清，但笔者愿意相信那便是马哈迪医生钻研并翻烂了的兵书。

马哈迪 1981 年至 2003 年担任总理，是马来西亚任职时间最长的总理。他致力于经济建设，至今仍得到许多马来西亚人的尊敬，被认为是马来西亚现代化的工程师，当前社会格局的奠基者，"亚洲价值观"的推动者。

马哈迪将《孙子》运用于经济战略，他对《孙子·九地篇》颇有研究，一直是东南亚地缘政治的重要见证者和主要参与者之一，也是最早提出"东南亚经济圈"构想的人之一。

二十世纪八九十年代，作为马来西亚掌舵者的马哈迪提出了"宏愿 2020"，试图将马来西亚打造成一个经济、科技、教育、社会等方面都达到发达国家水平的国家。

1982 年初，马哈迪宣布"向东学习"政策，即向日本和韩国学习。日韩不仅在现代化方面成了马来西亚的学习对象，在吸收和应用《孙子》上这两个国家也是马哈迪所愿意学习的。他应用《孙子》"因粮于敌""借势造势"的智慧谋略，借日本起飞的东风，趁势而上，吸引了大量高水平的日资工厂落地马来西亚，实现"大马"经济第一次起飞。

在马哈迪的领导下，马来西亚从一个普通的发展中国家转变成一个新兴的工业化国家。1997 年金融危机前，马来西亚在全球经济竞争力排名表上跃居第 21 位，人均年收入从 1986 年的 1 830 美元增加到 1996 年的 3627 美元，国民富裕程度在整个东南亚地区仅次于新加坡和文莱,是泰国的 2 倍和印尼的 5 倍。

1997 年,亚洲金融危机发生之初,马哈迪第一个站出来指责这是西方投机集团所为,并谴责这是富人掠夺穷人的强盗行径。他提醒世界,不受管制的资本主义未必适合所有国家。马哈迪因此被《时代》周刊选为 1998 年的亚洲新闻人物。

马哈迪遵循孙子"危中寻机"的教诲,领导马来西亚逐步走出金融危机的阴影。1999 年,马来西亚的经济增长率就接近危机前的水平,经济重新步入稳步增长的轨道。

最让中国人印象深刻的是,马哈迪是第一个敢站出来推翻西方国家渲染的"中国威胁论"的亚洲领袖。他曾说:"中国人到东南亚是开着商船,西方人是开着战船,怎能让我们相信'中国威胁论'?"

2018 年 8 月 19 日,马哈迪在北京国贸大酒店出席了由马来西亚汉文化中心、马来西亚国家语文局、马来西亚翻译与书籍局主办的"中国古典文学四大名著暨文化读本马文译本发布会"。马哈迪表示,一个国家、一个民族成功与否,须仰赖文化,而文化有两点非常重要:价值观以及教育。他表示,向东方学习、向中国学习的态度,是一批有识之士所共有的。

马哈迪非常珍视《孙子》,带动了中华传统文化在马来西亚的传播和应用。马来文《孙子》早在马哈迪来任总理时的 1986 年出版。马来西亚孙子兵法学会也是在马哈迪任总理时的 1991 年成立的。在马来西亚不仅有帛书研究兼孙子研究专家郑良树,而且还有像吕罗拔那样兼涉商业研究的孙子学者,还有研读《孙子》的翻译家邱庆河。

《孙子》与布热津斯基的地缘战略

布热津斯基十分懂中国，也十分懂棋局，他是一位战略大师。

布热津斯基的著作包括《运筹帷幄——指导美苏争夺的地缘战争构想》《战略远见：美国与全球权力危机》《美国的抉择——是王道还是霸道》《大国政治——全球战略大思考》《大棋局：美国的首要地位及其地缘战略》《大抉择：全球统治或全球领导》《大博弈：全球政治觉醒对美国的挑战》等，这些著作的内容几乎涵盖了冷战以来国际关系中的所有重大事件。

布热津斯基是和基辛格并列的美国重量级智囊之一。他于1961年任肯尼迪总统的外交政策顾问，1966年至1968年担任林登·约翰逊总统的顾问，1977年至1981年任卡特总统的国家安全顾问。

在他任内，促成了几件影响世界格局的大事。除了促进中美关系正常化以外，还协助埃及与以色列领导人缩小分歧，双方最终于1978年9月签订了《戴维营协议》；在他的斡旋下，美苏于1979年6月签署了《第二阶段限制战略武器条约》。

布热津斯基十分反对美国发动伊拉克战争。他在回顾二战后美国介入的几场战争时毫不掩饰自己的观点：不管是在朝鲜、越南、阿富汗还是伊拉克，美国没有真正打赢过任何一场战争。

在布热津斯基设计的整个世界大棋局中，中国具有举足轻重的地位。他反对对中国采取遏制政策，主张和中国建立良好的合作关系。对于中美建交做出重大贡献的美国人，除了基辛格，就是布热津斯基。当基辛格博士秘密访华，敲开中美关系正常化大门后，布热津斯基为中美建交缝合了历史的种种误会。

1981年7月，布热津斯基应邀访华，并接受邓小平的建议，和家人一起走中国工农红军长征路。他在美国《生活》杂志上发表了一篇文章，称赞长征是伟大的史诗，又"绝不只是一部无可匹敌的英雄主义的史诗，它的意义要深刻得多，它是国家统一精神的提示，也是克服落后事物的必要因素"。

布热津斯基不仅敬佩红军长征，也喜读《孙子》。1986年他出版的《运筹帷幄》一书，堪称冷战时期的西方地缘战略学代表作。

布热津斯基多年从事学术、政治和外交活动，积累了丰富的经验。《运筹帷幄》从地缘政治学和地缘战略学角度，论述了美苏争夺的历史性质，指出苏联的军事力量是其全球大国地位的唯一基础，争夺的重点是欧亚大陆，薄弱地区是中美洲和东欧，还为美国对付苏联提供了一套广泛的建议。

有读者认为，布热津斯基对美苏关系、地缘政治的研究，受到了《孙子》"衢地"思想的影响。从更广义的角度看，"衢地"可以指世界范围内任一举足轻重的"关键性地区"。布热津斯基在《运筹帷幄》中译本序言中写了这么一段话："我在本书的最后一章，引用了孙子的一段话。中国的地缘战略位置令人注意到孙子的另一段话。孙子在《九地篇》中说：'诸侯之地三属，先至而得天下之众者，为衢地。'运用孙子的这段话，从更广的范围讨论美国的战略和美中关系的重要性，我认为那是最合适不过了。"

在全书最后一章的首段和末段，他都引用了孙子的谋略思想。

布热津斯基还总结道："孙子说'上兵伐谋'。应对持久的历史冲突，情况亦然。"他提出，随着核时代的到来，应以"上兵伐谋""不战而屈人之兵"作为竞争战略的总方针，谋求不战而胜。

1993年，布热津斯基在苏联解体后撰写了《大失控与大混乱》一书，书中预言了21世纪中国崛起，并预言中国将成功采用非西方的模式崛起，从而给西方模式带来很大的震撼。同时，中国可能自动地或被动地成为一大群国家的领袖，这些国家都将中国看成自己的楷模与未来；最终中国将面对多选题，去选择如何塑造世界，然而不论如何选择，都意味着中国拥有主动权。

基辛格谈中国人的战略思维

美国休斯敦某书店的工作人员告诉笔者，基辛格的力作《论中国》在他88岁生日这一天在美国各大书店正式上市，迅速进入亚马逊排行榜前十位，该书店曾出现过供不应求的局面。

基辛格是多次到访中国的资深外交家，有着"最了解中国的美国人"之称。有人认为，他对《孙子》研究得很深。

基辛格博士在《论中国》中记录了他与几代中国领导人的交往。作为历史的亲历者，他用厚达600多页的大部头试图揭示新中国成立以来，中国外交战略的制定和决策机制。书中还有对中美的外交政策、抗美援朝、中美建交、三次台海危机等重大问题或重大事件的深度解读。他用世界视角、国际眼光告诉世人，当今平衡全球力量中最重要的两个大国应该如何相处，美国又应该做出哪些改变。

基辛格表示，中国人是实力政策的出色实践者，其战略思想与西方流行的战略与外交政策截然不同。面对冲突时，中国绝少会孤注一掷，西方传统推崇决战决胜，而中国的理念强调巧用计谋及迂回策略，耐心累积相对优势。

在基辛格看来，古代的中国高深莫测，中国独具一格的军事理论也与西方截然不同。基辛格阐述说，它产生于中国的春秋战国时期，当时诸侯混战，百姓涂炭。面对残酷的战争（同样为了赢得战争），中国的思想家提出了一种战略思想，强调取胜以攻心为上，避免无节制的直接交战。

代表这一传统的著名人物之一是孙武。通过对中西方战略思维的审视，基辛格认为，孙子与西方战略学家的根本区别在于，孙子强调心理和政治因素，而不是只谈军事；西方战略家思考如何在关键点上集结优势兵力，而孙子研究如何在政治和心理上取得优势地位，从而确保胜利；西方战略家通过打仗检验自己的理论，孙子则通过不战而胜检验自己的理论。

基辛格在书中引用了才华横溢的汉学典籍翻译家闵福德对孙子名言的翻译。他在书中还大量引用孙子警句，如"上兵伐谋，其次伐交，其次伐兵，其下攻城。攻城之法，为不得已"，又如"夫未战而庙算胜者，得算多也；未战而庙算不胜者，得算少也"。

基辛格提示，《孙子》冷静地指出："兵者，国之大事，死生之地，存亡之道，不可不察也。"由于战争后果严重，慎重乃第一要义；主不可以怒而兴师，将不可以愠而攻战。政治家在什么事情上应该谨慎行事呢？孙子认为，胜利不能只看军队有没有打胜仗，而是要看是否实现发动战争时设定的目标。

"软实力"与《孙子》

约瑟夫·奈曾出任美国卡特政府助理国务卿、克林顿政府国家情报委员会主席和助理国防部长。他最早明确提出并阐述了"软实力"概念,随即成为冷战后使用频率极高的一个专有名词。

2005 年,约瑟夫·奈在《华尔街日报》撰文描述中国软实力的崛起。他指出,一个国家的综合国力既包括由经济、科技、军事实力等表现出来的"硬实力",也包括以文化和意识形态吸引力体现出来的"软实力"。一个国家的崛起,从根本上说,在于它的综合国力的全面提升。软实力作为国家综合国力的重要组成部分,是指一个国家依靠政治制度的吸引力、文化价值的感召力和国民形象的亲和力等释放出来的无形影响力,它深刻地影响了人们对国际关系的看法。

有媒体和观众将"软实力"概念和《孙子》关联起来。

在 1987 年的经典电影《华尔街》中,由迈克尔·道格拉斯扮演的华尔街大亨戈登·盖柯,引用了《孙子》中的一句话,并说"去读读《孙子》,不战而屈人之兵"。随后,美国的商学院学生便纷纷去阅读《孙子》。由好莱坞这个美国软实力的象征来传播中国的《孙子》,甚至连美国娱乐明星帕里斯·希尔顿都被拍到在阅读《孙子》,西方媒体评论说,这不知道算不算中国软实力最早的"植入广告"?

美国媒体对"软实力与《孙子》"作了精彩的描述。

2002 年,《洛杉矶时报》称,《孙子》在政界、商界、体坛都拥有许多读者,各种版本的《孙子》及其阐释著作的长销不衰。在美国,甚至有互联网"发烧友"对《孙子》中的各种攻防策略逐字推敲。

2009 年 4 月 10 日，美国 UPRESS.COM 网站发表文章说，中国古代的战略与认为应该完全摧毁敌方城市的西方战略不同。中国古代伟大的军事战略家孙子建议人们广泛地使用心理战和非暴力作战方法。中国无可置疑地正在和平崛起，而且中国的崛起方式总是不免让人想起孙武这位古代思想家。

西方学者也在思考，一个以兵法著称的中国古代人物，怎么会成为中国软实力的象征之一，在全世界传播中华文明？中国提出要和平崛起、和平发展，与之相对，美国在阿富汗、伊拉克等国家引发旷日持久的战争，这样看来，指出"善用兵者，屈人之兵而非战"的孙子，不是更具有和平感召力和软实力吗？

第五编 《孙子》与经营管理的艺术

日 本

《孙子》在日本成为商业圣经

据日本研究专家徐静波透露,明治末期到大正时代,恰好也是《孙子》在日本民间尤其是商界的影响日益扩展的时期。从通俗版的《孙子》中,日本商人读出了经营之道,直白地说,就是做生意的智慧和诀窍。比如说,1909 年出版的《株式期稻米行情经济学》中,就有一章讲"行情与兵法"。同一年出版的山田风云子的《成功极意行情明星》中,有一章讲"商战中的兵法应用"。1912 年出版的早坂丰藏的《最新株式的研究》中,有一章的题目是"株式应用孙子译注"。"孙子"逐渐演绎成了"必胜""秘法"的代名词。1913 年,原田祐三出版了《商业孙子》。1919 年,白圭渔史甚至出版了一本《选举孙子》,"孙子"几乎成了"计谋""策略"的代名词。对此,平田昌司教授指出:"20 世纪初期出现的将《孙子》转用于民生领域的现象,是中国兵书日本化的情形之一。"

20 世纪 60 年代,随着日本经济的发展,《孙子》重新受到重视,这时人们更多地用它指导商业活动。日本有各种各样的孙子研究会、私塾等,参加者绝大部分是商人。

走进日本企业,可以发现不少老总的办公室都有一本《孙子》。

不少企业将《孙子》规定为管理人员必读书，有的企业家甚至能背诵《孙子》原文。日本的企业管理者大都认为，商场中的竞争和形势千变万化，大企业为了争夺市场，若不具备高超的战略和战术，是很难立足的。

日本著名孙子研究专家服部千春在接受笔者访问时说，日本的世界500强企业几乎没有不研究孙子的，日本企业家擅于把孙子的谋略思想运用于现今的企业管理与商场竞争。

战后的日本经济萧条。然而，在短短的几十年当中，它的经济却突飞猛进地发展，在20世纪70年代中期，一跃成为世界的第二经济强国，发展速度之快，震惊了整个世界。

针对日本经济飞速发展的奇特现象，此前有人把原因归结为日本形成了"东亚文化＋西方技术"的模式。最有代表性的是日本学者村山孚，他认为日本企业的生存和发展有两大支柱，一个是欧美的现代管理制度，另一个就是包括《孙子》在内的东方谋略智慧。

大桥武夫

20世纪50年代，日本出现了一个"兵法经营管理学派"，影响了20世纪50年代日本的企业经营管理，其开创者是大桥武夫。

大桥武夫（1906—1987），战前是日军陆军中佐参谋军官，后任东洋精密工业株式会社社长。从1951年就开始兵法经营探索，对以《孙子》为代表的中国兵书进行过深入研究，一生撰写了55部有关兵法经营的书。1959年大桥武夫出版了《用兵法经营》，宣扬如何用兵法经商。大桥武夫说："这种经营方式比美国的企业经营更合理，更有效"。

大桥武夫运用《孙子》作为企业经营之道,靠着"上下同欲者胜"的信念,引导全体职工度过了最艰苦的创业时期,企业效率大大提高,业务飞跃式发展。他和同仁把一个濒临破产的工厂,重建为生机勃勃的东洋精密工业企业,成为《孙子》成功用于商界的典型。

此后,大桥武夫创立了将兵法与经营理论融为一体的"兵法经营论",于1980年创办了"兵法经营塾",并担任塾长。他做演讲、发表著作、进行企业培训等,举办的活动吸引和聚集了许多经济界人士。他成了日本"兵法经营管理学派"的领军人物,获得了日本昭和时代政界和财界活跃分子的广泛支持。

受大桥武夫的影响,在日本有些人奉《孙子》为"最佳的经营教科书",并到处演讲,出版了一批类似大桥武夫《用兵法经营》的著作,在企业界和经济管理研究领域掀起了一股"孙子热"。

索尼

有人认为,索尼公司的经营之道与《孙子》的"奇正"思想有暗合之处。

索尼之所以能够打破"日本制造"在欧美市场不受待见的局面,赢得全球市场,究其原因不外乎始终坚持"守正""用奇"的品牌策略。它拒绝成为其他品牌的附属品牌;将对品牌的任何伤害都看作对整个企业的伤害;明确强调一个生产领域——电子;拥有将创新产品迅速市场化的特殊技巧;形成了一个自由思考的环境,以利于创新;及早重视国际市场。其中,前两者为"守正",后四者为"用奇"。

索尼初入欧美市场时,有家叫宝路华的公司一下子就订了10

万台索尼生产的小型晶体管收音机，作为附加条件，要求索尼把产品品牌全部换为宝路华牌子。索尼创始人盛田昭夫把公司的名字视为企业的生命，断然拒绝了这桩大生意。他从"正""奇"两面坚持自己的品牌战略，使索尼产品迅速走俏市场，也使"索尼"品牌誉满全球。

"坚守正"。索尼在 20 世纪 90 年代初用 56 亿美元收购美国哥伦比亚电影公司和唱片公司，开始进军好莱坞。这笔交易给索尼公司带来一举多得的效应：研制的 8 毫米一体化摄影设备，包括便携式的录像机和放映机，成功进入美国和欧洲市场；获得了大量的影片、音乐版权后，给公司进入电缆电视和卫星传播设施这两个新兴领域创造了良好的条件；2002 年因推出超级卖座影片《蜘蛛侠》创下北美票房收入总额 15.7 亿美元的纪录。

"善出奇"。在世界各国将收音机由电子管向半导体升级的过程中，索尼首先从国外购进集成电路专利，用于收音机生产，从而以微型化、性能可靠、经久耐用、携带方便的"奇"异优势占领了广大市场，还在产品的功能、式样、质地、造型等方面不断翻新花样，赢得消费者的青睐，胜过竞争的对手。

索尼曾向外界公布了一个秘密，过去，该公司在研发上投入很大，将新产品推出之后，却常常为他人作嫁衣裳。为此，索尼公司改变了策略，待别人推出新产品打开市场后，立马研究其不足，通过进一步的技术创新，开发并迅速推出其第二代产品，在性能、价格、设计等方面都优于对方的第一代，"出奇制胜"，取得了技术创新和市场竞争的优势。

比如，索尼曾推出的一种只有 5 英寸的微型电视，让电视迷们随处可看电视。而同期的美国制造者们正挖空心思发展超大屏幕的电视,索尼推出的手提式电视着实令他们吃了一惊,于是索尼狠赚了一笔,这是索尼"出奇"的典型案例。

本田

　　1948 年创立的本田株式会社,是世界上最大的摩托车生产厂家之一,汽车产量也长年位居世界前十。在竞争激烈和危机频发的日本社会,本田公司总是能逢凶化吉,绝地逢生,是不是全靠运气?本田说:"我们的运气就是本田式的危机管理。"

　　数十年来,各种危机先后向本田袭来。20 世纪 70 年代,本田公司发生著名的"缺陷车事件",造成上百起人身伤亡事故,本田岌岌可危;2009 年,以美国为首的主要汽车市场萎缩以及日元升值导致出口收益减少,使本田面临重重危机;2010 年 3 月,客户投诉刹车系统过"软",本田又掀"召回门"风波……

　　据说,本田创始人本田宗一郎谙熟"智者之虑,必杂于利害""杂于害而患可解也"的《孙子》哲理,他要求企业员工时刻树立有备无患的危机意识,在有利的情况下考虑到不利的因素,未雨绸缪,防患于未然。

　　本田公司居安思危、有备无患的理念包括"创造顾客就是创造需要""要懂得登山,也要懂得下山""信赖是不用橡皮擦的生活日记""超过千人的技能,不如一人的创意""信用和金钱,是人生的杠杆""信用像滚雪球般会越滚越大""转败为胜,在于能否追究失败原因""经营者要具备智、仁、勇"等,其中不少都透出与《孙子》十三篇相似的智慧。

上世纪 70 年代初,本田牌摩托车在美国市场上走红,当时摩托车销售激烈角逐的主战场是欧美市场。本田宗一郎却突然提出了"东南亚经营战略",倡议开发东南亚市场,公司总部的大部分人对他的倡议迷惑不解。本田宗一郎拿出一份详尽的调查报告称,美国经济即将进入新一轮衰退,只有未雨绸缪,才能处乱不惊。

一年半以后,美国经济果然急转直下,许多企业的大量产品滞销,几十万辆本田摩托车也压在库里。然而东南亚市场上摩托车却开始走俏,本田立即对库存产品进行改装,然后销往东南亚。这一年,和许多亏损企业相比,本田公司非但未损失分毫,而且创造了销售量的最高纪录,在众多竞争者中脱颖而出。

从此,本田公司巩固了居安思危、有备无患的经营策略,每当一种产品创下佳绩或一个市场趋向饱和,他们就开始着手研究开发新一代产品和开拓新市场,从而使本田公司在危机来临时总有新的出路。

"缺陷车事件"后,本田通过新闻媒介公开向社会认错,总经理道歉之后引咎辞职,公司宣布收回所有缺陷车,向顾客赔偿全部损失。2009 年出现危机后,本田公司宣布,该公司在日本国内和派驻海外的 4 800 名经理减薪,工资降低 5%,公司董事和高管的薪水下调 10%,以应对公司销量下降。2010 年 3 月,刹车系统出现问题,本田宣布在美国召回 41 万辆汽车,最终转危为安。

冈田屋

笔者于 2011 年 5 月来到东京品川永旺集团最大的超市,这里共有四个楼面,每个楼面一万多平方米,各种物品应有尽有。永旺集团从"冈田屋"发展成"零售大鳄",当年已是一家年销售额 5 万亿日元,拥有 36 万名员工、142 家国内外企业的大型跨国零售集团。

"兵无常势,水无常形"被冈田屋演绎得有声有色。在 200 多年的历史中,冈田屋一次又一次化"危"为"机",都离不开"变中求胜"。

早在 1758 年,冈田家族的祖先在日本三重县四日市创办了"冈田屋",贩卖棉花、布料、化妆品等日用百货,其销售方式类似用扁担挑着货品沿街叫卖的"货郎"。到了第 5 代,冈田屋开始采用"定价销售",改变了之前流行的讨价还价的方式,这对当时日本的零售行业是一个具有里程碑意义的转变。第 6 代适逢"一战"后,日本经济陷入一片萧条,各家商店在战争中囤积的物资价格暴跌,冈田屋库存大量积压、资金无法回笼。冈田屋顺势应变,"涨价不赚钱、跌价要赚钱",顺利渡过了一战后的危机。到了第 7 代,冈田屋从个人经营转变为冈田屋吴服店株式会社,专门销售和服。到了第 8 代传人冈田卓也,当时的公司只有 5 个人、20 平方米的经营场地,他却把走街串巷送货上门的小店发展为世界 500 强企业。

孙子云:"能因敌变化而取胜者,谓之神。"1997 年 9 月,由于亚洲金融风暴等因素的影响,日本知名零售企业八佰伴申请破产,其负债高达 1 610 亿日元,冈田卓也毅然决定接手重组八佰伴,进军中国市场。该企业已连续两年亏损,唯有在中国市场还保持着 10% 的年收入增长率。

冈田卓也居然把企业的名称也纳入"变中求胜"之列。2001 年,他做出了一个让人吃惊的决定:将沿用了 30 年、已具有颇高知名度的集团名称"佳世客"改为"永旺"。冈田卓也认为,一家企业的寿命一般只有 30 年;30 年之后,企业变大了,要进行创新和改革就会非常困难，而对一家新企业来说，改变要容易得多。"所以我从改名字入手，在佳世客成立 30 周年的时候，果断地更改集团名字，希望它有一个脱胎换骨的机会。"

冈田卓也"变中求胜"的法宝是"给顶梁柱装上轮子"，有人认为此理念源于《孙子》："善战人之势，如转圆石于千仞之山者。"也就是说，指挥部众作战，就如同转动木石一样，放在安稳平坦之处就会静止，而放在高峻险陡之地就会滚动；方的就会静止，圆的就会滚动。要不断适应社会变化，灵活制定建店战略，不断变革调整企业布局，才能不断地发展企业。

面对经济危机，冈田卓也说："变化中蕴藏着机遇，关键是你怎么去看待、发掘这个机会。经济环境好的时候企业要获得更多的收益，经济环境不好的时候，投资成本较低，所以经济不是特别良好的情况下反而可以加大投资。"心怀"变化中蕴藏机遇"的理念，开发层出不穷的"变招"，才能在以变制变的激烈竞争中立于不败之地。

卡西欧

日本的卡西欧公司一度是精工手表的竞争对手，但卡西欧公司明白，如果只是尾随精工公司，难有出头之日。《孙子》云："胜兵先胜而后求战，败兵先战而后求胜。"于是卡西欧对市场进行调研和分析，把目光瞄准酷爱休闲运动、风格时尚前卫的人士，从而掌握市场主动权。

卡西欧知道如何避其锋芒，寻找自己的蓝海市场，一年四季会因应季节的变化推出当季的特色产品，比如适合极限运动的极限腕表,还有各种纪念版手表。公司推出的适合登山的太阳能手表、具有复杂指针的商务手表以及情侣对表,成为年轻一代的新宠。

在石英表面世、部分取代机械表后,电波表又成为钟表革命的新产品。卡西欧公司 1995 年发售了第一只电波表,至 2007 年累计销售电波表超过 1 000 万只,当时占据世界电波表市场的 40% 份额。

任天堂

任天堂作为全球最大的电玩游戏机制造商,始终坚持"创造有趣的东西"。截至 2017 年,开发了 7 代电视游戏机,推出了超过 250 款游戏,缔造了多名游戏史上著名人物,创造了游戏史上最为经典的游戏和世界上销量最好的掌上游戏机系列。

任天堂还推出以《孙子》为题材的战略学习型 NDS 游戏,游戏以《孙子》十三篇为内容,以现代日语著写,加入语音辅助,收录了中国的赤壁之战和日本战国时期的著名战役,并加入了使用《孙子》的战略解说,可以边听边读,边走边玩,十分有趣。

有趣的是,任天堂不仅推出 NDS 游戏《孙子》,有人说该公司的发展也运用了《孙子》的战法。该公司原是一家生产扑克牌的小公司,1980 年另辟蹊径开发出普及型家庭游戏机,打开日本市场;1986 年推出适合美国家庭的游戏机,又开辟了美国市场。这个小小的日本株式会社,员工一度不足千人,却硬是把人们熟知的松下、日立、东芝、索尼等国际驰名大企业甩在后面。有人说任天堂突围而出是因为正确运用了孙子的"避实击虚"这一思想。

日本企业对商业情报的搜集和利用

"消费情报站""时尚情报站""手机情报站""动漫情报站""留学情报站""触角商店"……日本企业非常重视市场信息的收集，发明了一系列情报站。在触角商店，通过组织展销新产品、新技术，征询顾客意见获取重要信息，将之作为企业研制产品和开发技术的重要依据，这成了日本企业的"市场传感器"。

有媒体认为日本企业把《孙子》的"用间"用到了登峰造极、无以复加的地步。尤其是日本的经济情报活动在世界上名声赫赫，甚至令一些西方经济界人士既怕又服，望洋兴叹。

《孙子》的"知己知彼，百战不殆"被日本企业应用得炉火纯青。日本企业界有句名言："人是设备，情报是金钱。"据悉，截至 2011 年，仅日本的大型企业，在世界 187 个城市就有超过 800 家的分支机构。日本政府与此有着密切的联系，据透露，这一情报网的顶端就是通商产业省。

有专家称，日本企业重视对情报的搜集、分析和开发，情报已经成为其决策和生产的重要基础。战后日本经济的复兴和繁荣，在很大程度上可归功于日本拥有一支庞大的企业情报队伍并建立了颇有效率的全球经济情报网。日本在海外的近万家企业中，大都设有情报机构，每天传递的情报信息量非常惊人。

比如，有消息称日本电器企业的情报工作主要瞄准美国。索尼公司和松下电器进入美国市场前，派遣了由设计人员和工程师等组成的专业小组到美国进行调查，研究如何设计出符合美国消费者偏好的产品。

日本汽车企业也非常重视对情报的整理和分析工作。美国福特一度是世界汽车生产的标杆，为考证日本汽车能否进入美国的市场，日本派了许多调查员去美国调查、搜集情报，然后再制造汽车。有专家认为，日本的汽车、摩托车、电器、手表等产品能进入并占领欧美市场，首先要归功于得力的情报工作。

日本许多中小型企业也愿意在市场调查、情报搜集上下功夫。比如，爱知县的一个公司经理 1979 年曾先后 5 次花了 60 天时间亲自到海外收集情报。1980 年，该公司又先后派遣 20 人赴海外调查市场动态，根据情报制订生产、销售计划，结果利润比前一年上升了 3 倍。

日本电子信息技术产业协会、日本通信网络产业协会、日本电脑软件协会不遗余力地推进电子情报。有媒体称，日本软银公司将孙子的情报思想应用到软银的一次次投资并购中，做到了真正的"不战而胜"。该公司投资数亿日元打造通信网络，创办了网络情报大学院，建立起自己的"情报帝国"。

作为野村证券公司的调查部前身的野村综合研究所，是日本规模最大、研究人员最多的思想库之一，建有自己的"信息银行"。该所专门收集日本经济、产业方面的情报资料，大到人类共同面临和关心的全球性问题，小到超级市场、化妆品、出租汽车等，从宏观到微观，应有尽有。

像野村综合研究所这样的民间商社情报机构，在日本不在少数。5 至 60 秒钟获得世界各地金融市场行情，1 至 3 分钟获得日本与世界各地进出口贸易资料，3 至 5 分钟查出国内外一万多个重点公司的各年度生产情况，速度惊人。

日本很早就提出了"情报立国"的发展思路。早在 20 世纪 50

年代日本就组建了以海外为重点的专门的经济情报机构——日本贸易振兴会。该机构有近百个驻世界各地的事务所，建立了巨大的海外情报网，拥有大批情报人员和许多先进的通信设备，平均每月收集情报达数十万件。

日本九大商社都把经济情报当作自己的命根子。2012 年前后，三菱商社在全球有 200 多个办公室，每天搜集商业信息超过 3 万条。"三井全球通信网"设有 40 万公里的专线电信网，可绕地球 10 圈。

日本各商社培训情报人员煞费苦心，招聘来的工作人员都要接受为期三年的包括情报技能在内的岗位培训，这让每个职员都成了企业的情报员。野村综合研究所在培养和提高情报人员的素质方面下了极大的工夫，新来的人一报到就要求他们迈开双脚"拣情报"、整理材料，每个人都必须经过严格考核，从而培养出一批精通业务的高级商业情报人员。

日本 SBL 大学院大学事务局长石川对笔者说，除了民间综合商社，日本的网络、信息、传媒等企业也纷纷加入收集、分析、运营情报的行列。

日本商业精英活用《孙子》

大前研一，日本麦肯齐公司董事长。他曾说："经过长时间的思索和调查，我终于找到了一本教科书，这就是《孙子》。"大前研一在《孙子对日本企业经营管理产生的影响》一文中指出，日本企业之所以能在一些领域战胜欧美企业，原因就在于日本"采用中国兵法指导企业经营管理"，比欧美的企业经营管理更合理有效。他在《战略家头脑》一书中大量引证《孙子》的内容，宣称《孙子》是日本企业的"最高经营教科书"。

三轮善兵卫，Mitsuwa石碱株式会社的创始人。他结合自己的创业体会撰写了《孙子与商战》。

伊丹敬之，日本当代著名经营学家，管理学集大成者。他曾解读《孙子》中所蕴含的经营管理要义，撰写了《跟孙子兵法学领导力》一书。书中认为，《孙子》虽最早是为王侯将相而写，但对经营企业、带领团队而言也极具参考价值，因为这一切都关乎领导力。比如，要把士兵、下属、员工看成爱子，但又不能把他们培养为那种娇惯、骄纵的纨绔子弟。

韩　　国

万道的"泡菜兵法"

韩国孙子兵法研究院院长宋震九在收视率颇高的韩国电视台开设"孙子兵法大讲堂"，做了450场电视讲座，观众不计其数，其中韩国大妈是主力军。宋震九笑称，开设"孙子兵法大讲堂"后，他几乎成为韩国主妇心目中的"偶像"。

宋震九介绍说，韩国有家叫万道的公司，就是发明泡菜冰箱的企业。万道融合应用孙子"胜兵先胜而后求战，败兵先战而后求胜"的思想，敢于与大企业竞争，制造了世界上绝无仅有的泡菜冰箱，迅速占领市场，从而一举成名。

韩国有冬天腌制泡菜的风俗，家家腌制，少不了用冰箱储藏。冷藏后的泡菜会更脆，味道更正，而不冷藏的会继续快速发酵，最终腐败。万道公司为发明适合韩国人储藏泡菜的冰箱，特意去学习法国的葡萄酒冰箱和日本的寿司冰箱，做到"知己知彼"。

然后，万道公司又进行市场调查。调查发现，泡菜冰箱市场潜力巨大，大约有10亿美元的市场。接着，万道公司把韩国大妈作为主要"情报来源"。万道公司选择2 000名韩国大妈作为调查对象，设立了两个选项：一个是给韩国大妈免费试用泡菜冰箱三个月，然后把冰箱还给公司；另一个是使用三个月后，半价购买冰箱。结果让万道公司喜出望外，2 000名韩国大妈都购买了冰箱，没有一个归还。

于是，万道公司开始大规模生产泡菜冰箱，产品进入千家万户，这家企业的品牌也就家喻户晓。宋震九说，韩国制定的冰箱市场准入标准，其中有一条，在韩国销售的冰箱里必须有一个韩国泡菜坛子，因为韩国人都喜欢吃泡菜。而泡菜坛子是有专利标准的，专利掌握在万道公司的手中。

宋震九还介绍说，不仅泡菜冰箱的发明充满了兵法的妙趣，而且在泡菜冰箱的使用中也同样充满了兵法的魅力。由于诞生了泡菜冰箱，以韩国大妈为主力军的泡菜店如雨后春笋，在韩国遍地开花。于是，韩国大妈的"冰箱·泡菜"兵法就应运而生了。据介绍，在韩国的许多传统家庭中，一坛泡菜的原味卤汁甚至可以传承好几代人，由曾祖母传给祖母，祖母传给母亲，再由母亲传给儿媳，然后接着往下传。韩国大妈开的泡菜店，成为韩国的一道道风景线，十分惹人注目，生意也很红火。

三星

三星创始人李秉喆把三星的成功归结为一句话："因为可以适

应时代的变化。"三星新一代高层管理者同样提出："除了夫人和孩子不变，一切都要变。"

《孙子·九变篇》集中阐明了一个中心思想：随机应变，灵活用兵。军战需要随机应变，商战同样也需要随机应变。当代商战是在世界范围内进行的，竞争对手不止一方，而是多方；竞争又大都是以高科技为武器，而高科技发展非常迅速。因此，当代商战的复杂性和变幻莫测远远超过军战。若能"通九变之利，知九变之术"，就能处变不惊，变弊为利。

2011 年，三星已经成为韩国最大的企业，它的产值已经是韩国国民经济总产值的四分之一。三星的成功原因，被韩国业界普遍认为是能适应环境变化，即《孙子兵法》中的"因变制变"。

三星在上世纪 60 年代搞轻工，比如纤维；70 年代转型重工，比如造船；80 年代进军 IT，比如半导体；它把握住了每一次产业升级的机会。

三星曾经拿世界上的 78 种产品与三星同类电子产品逐一进行比较，从而使三星人切实地认识到其电子产品在世界上所处的位置。三星不甘心自己落后于日本和美国的企业，于 1993 年开始了波澜壮阔的变革，被人称之为"三星新经营"。

1993 年 6 月至 7 月，三星最高层与 1 800 多名集团员工进行了坦诚的对话，敦促自身的变革。某高层说："变革是为了转变观念、习俗、制度和惯例。我将不惜我个人的名誉和生命，在自身变革和集团变革中身先士卒，率领大家奋斗。我清醒地认识到，这种变革绝不是容易的事情。但我相信，三星大家庭的诸位成员都是非常优秀的，只要大家集中全力朝着'同一方向'前进，就能够战胜世界上的任何一个企业。"

上世纪90年代初,三星面临的最大挑战是中国家电企业。三星判断,如果跟中国家电企业拼制造业,一定会失败,因为中国的生产成本和资源价格相对更低。于是,三星改变自己的定位,走当时的高端市场。

企业不可能在所有的领域都取得世界第一位,三星"变中求胜",以人性化设计为理念,选择手机、数码电视、掌上电脑、超薄液晶显示器、笔记本全线产品作为重点发展的产品;以敏锐的时尚嗅觉和尖端的技术而闻名世界;选择最佳的时机,借助奥运会、足球杯赛为品牌造势。

"三星新经营"理念是:变化是无止境的,关键是如何面对变化;现代企业管理中,企业变化也是层出不穷的,想坐守旧法而使企业发达,那是不可能的;特别是面对危机时,更要让自己因环境不同而富于变化,以变求生存,以变求发展。就连韩国公司作息时间"7-4"制,三星也改变,给员工更多的业余时间去充电学习。

最值得一提的是,三星大胆变革企业管理模式,大力将公司建成网络化、扁平式企业,实现内部管理的科学化。在三星公司,决策和实施过程公开、透明,各种信息由下而上,通过网络广泛传递,管理层和被管理者均积极参与,最基层员工都可以直接通过电子邮件向总裁提建议。当金融危机来临时,三星公司一开始也陷入了混乱之中,但企业和员工适应能力显然强于韩国其他企业。

三星刚站上世界半导体舞台不久,利润就由1995年的32亿美元锐减到1996年的1.9亿。1997年,形势再一次急转直下,亚洲金融危机爆发,韩国大型财阀纷纷破产倒闭,三星集团也处在破产边缘,负债率超过 200％。然而,三星却奇迹般地活过来了。

韩国知名孙子研究学者朴在熙博士认为,这个奇迹是三星"庙算"的结果,绝处逢生,靠的不是运气,而是"庙算"。

"庙算"是《孙子》"始计篇"中提出的战略概念:"夫未战而庙算胜者,得算多也;未战而庙算不胜者,得算少也。多算胜,少算不胜,而况于无算呼!"韩国兵法专家诠释,"庙算"就是"谋定而动",只要比对手有更充分的准备、更周密的计划、更多应变的方法,即使遇到突发情况也能化险为夷,达到"未战而庙算胜"。

韩国孙子兵法研究院院长宋震九认为,三星不仅发现了从危机中复苏的道路,也发现了在中国成功的关键。早在 1992 年三星就开始进军中国。三星预计未来中国的电子产品市场将成长为全球最大市场。

于是,三星迅速到中国京、津、沪三地考察,在上海召开了一个社长团战略会议,明确了三星当时在中国的主导战略:以高端产品为主进入中国,将中国作为生产基地,成为三星"最主要的海外业务与品牌拓展市场"。一年后(1993 年),三星开始在中国大规模开工建厂,并实现了第一轮的井喷。

"如果不能在中国市场获得成功,就不能在世界上获得成功","未来 5 年,谁赢得中国,谁就能够赢得世界",这是时任三星中国总裁朴根熙的"庙算"。他的根据是,在全球主要区域中,中国将是三星业绩表现最为出色的地方,全球的制造资源都集中在中国,中国将成为除美国之外第二个完全竞争市场,中国已经完全有能力孕育"第二个三星"。

果然,截至 2008 年末三星累计投资 72 亿美元,中国市场销售额已经占三星海外市场的 23.2％,拥有可以与北美、欧洲相提并论的市场地位。截至 2011 年末,三星 90％ 的产品已经在中国生产,中国市场已成为三星在全球的第二大市场,并正在逐步成为其整个国际市场的核心。

"我们在中国建立了'第二个三星'","21 世纪企业的生存取决于在中国的胜败"。三星集团副会长兼三星大中华区总裁姜皓文在上任伊始由衷地说。有媒体称,副会长是韩国企业内仅次于会长的最高层,姜皓文成为三星集团全球最高级别的海外 CEO,是因为他们看好中国市场前景。

截至 2011 年,三星在中国已建立了 24 家关系企业,36 家生产法人,44 家销售法人,7 个研究所,24 个研究中心,73 个代表处,共160 家分支机构,在中国的三星员工有 9 万多。2010 年大中华区销售额达到 514 亿美元。

三星高层清醒地认识到,20 世纪末的巨大变化,使得危机有可能成为新的飞跃的契机,但也有可能成为走向终结的开始。为此,三星高层经常彻夜难眠,有时会为璀璨的远景和希望激动不已,有时却因为沉重的责任感而身冒冷汗。

然而,更令三星高层担忧的是,三星当中有危机感的、想要挑战新的变革的人,一开始并不多。20 世纪末的环境变化,是一场无形的经济战争。冷战虽已结束,但比冷战还要激烈的经济战争正在全面展开。这场经济战争究竟有多么激烈和残酷,不少三星人还不懂得。

于是,孙子哲理、危机意识的教育,提上三星的议事日程。在别人不断发展的时候,三星要解决人才危机、环境危机、变革危机。如果没有危机意识,无疑三星将会沦为二流甚至三流企业。

　　三星高层举了半导体的例子。人们的心理通常以 10 年、100 年为一个周期,在一个周期即将结束的时候,会有一种特别的危机意识。近代 100 年的变化比过去 5 000 年的变化还要巨大,而今后 5 年、10 年的变化可能要比过去 100 年的变化还要巨大,谁也无法预测半导体和电脑以及光导纤维的结合,会使人类文明如何发展。经济战争是一场没有硝烟的战争,参与者甚至在没有意识到自己已经置身于战争的时候已经落败了。就连设计半导体芯片的工程师也没有预料到这种巨大的变化。没有人会帮助这场战争的战败一方。因此,三星必须时刻确立危机意识。

　　孙子的危机哲学时刻提醒三星,要未雨绸缪,提升应对和处理现代公共危机的能力和水平,降低公共危机可能带来的负面影响,要善于转“危”为“机”,变“害”为“利”,把危机转化为企业发展的契机。

韩国现代

　　笔者在首尔看到,公路上行驶的车辆,从轿车到大巴,从卡车到工程车,大都是现代汽车;在首尔的高楼大厦顶部随处可见韩国现代企业的形象标志。韩国现代汽车的迅速崛起,让韩国人引以为豪。

　　正在韩国现代企业考察的中日韩经济发展协会副会长张海勇说,现代汽车创立时间并不长,从建立工厂到能够独立自主开发车型仅用了 18 年,从“小弟弟”一跃成为全球汽车公司 20 强。他还表示,现代的发展历程透露出《孙子》谋略学的意味。

竞争要讲"信",没有"信"哪来"誉"? 现代企业的"信誉"是用巨大的经济代价换来的。据介绍,现代企业在开创之初,承建了釜山洛东江逾龄桥梁的修建工程,施工不过两年,便遇到战后物价波动的严重影响,企业几乎到了破产的边缘。现代企业创始人郑周永毅然决定,即使赔进老本,也不偷工减料。

竞争要"出奇制胜"。韩国现代汽车公司最早是与美国福特的英国分公司合作的,技术都由该公司授权许可。到了上世纪 70 年代早期,现代公司的管理层做出了一个至关重要的决定,不再依赖外国车型,要开发现代自主拥有所有权的轿车车型。于是,1974 年开发出第一款自行研发的车型 Pony,且在韩国国内市场获得巨大成功,并于 1976 年成功打开海外市场。

竞争要"独辟蹊径"。韩国现代企业的全球化志向是,在全球得到信任并成为永远受欢迎的世界一流汽车企业;经营理念是,以富有创意的挑战精神为基础,创造丰富多彩的汽车生活;企业文化是,创造以人为本的汽车文化。

竞争要"避实击虚"。韩国现代善于避竞争对手长处之"实",击竞争对手短处之"虚"。从 1991 年到 2011 年,韩国现代的新型发动机、概念车型相继推出,令现代汽车进入了当时世界轿车市场的一个新领域。

德　　国

慕尼黑的"总部经济"

德国巴伐利亚州首府慕尼黑,是德国主要的经济中心、高科技产业中心，以及生物工程学、软件业及服务业的中心，拥有宝马、西门子、安联保险、慕尼黑再保险、英飞凌等大公司的总部，拥有卡车制造、飞机引擎制造、铸模机制造、照相机和照明设备等产业。此外，麦当劳、微软、思科、雅培等许多跨国公司的欧洲总部也设在慕尼黑。

"慕尼黑的总部经济很需要应用孙子谋略。"瑞士著名学者胜雅律教授说，《孙子》的当代意义和实用价值越来越凸显，德国企业家对《孙子》和胜雅律的著作《谋略》非常感兴趣。近几年，他经常应邀前往慕尼黑，为企业讲授《孙子》及其谋略智慧。

宝马。宝马的总部位于奥林匹克体育场旁边，宝马博物馆则设在总部的旁边。这里聚集了 100 多款代表不同年代宝马文化的车型，是宝马最富创意、最能将市场与企业文化巧妙结合的经典产品。宝马是德国一家闻名世界的高档汽车和摩托车制造商，业务遍及 120 多个国家。在全球经济不景气的情况下，宝马公司的销售量也仍然保持了增长势头。

据德国的孙子研究学者介绍，宝马的秘诀之一就是应用《孙子》，尤其是"九变篇"的思想。

宝马的企业战略的实施依不同的国家而有所变化，这就是所谓"品牌全球化—营销地方化"的战略。如在中国市场，华晨宝马扩建项目在更多本地化研发的支持下进行，并将根据市场发展引入适合中国客户的新产品。宝马因国而异，从而大大提高了品牌的认知度，加强了公司的竞争力。截至 2011 年，中国已是宝马集团的全球第三大市场。

华晨宝马前总裁兼首席执行官施润博非常喜欢中国文化，他喜欢读《孙子》和《毛泽东传》。《孙子》让他在当代商战中领略中国传统智慧的魅力；《毛泽东传》让他了解近现代中国社会发生的事情。而另一位华晨宝马前总裁兼首席执行官康思远，在中国工厂开业时，特意选了一条红色的领带，衬衫的袖扣则是中国京剧的脸谱图案，寓意华晨宝马具有中国文化特色。

西门子。德国美因茨大学翻译学院的孙子研究学者柯山认为，西门子能够获得成功，其中很重要的一个原因是应用孙子的"致人而不致于人"思想。在西门子的发明册上，可以看到一系列欧洲和世界第一：第一部电话自动交换机，第一部长途电话，第一部电动机，第一辆电力机车，第一台电子显微镜，第一部电传机……西门子总是在新技术产业中牢牢地占据主动地位。

孙子在"将"的选拔中，提出"智信仁勇严"的标准，并且把"智慧"排在"五德"之首。西门子之所以能发展成为世界电气界一颗璀璨的明星，离不开"高智"人才。西门子公司的创始一代规定，其子孙后代，必须是具有博士头衔的技术专家和经营管理专家，才能参与公司管理工作，"智"的评判一定要有硬指标。同时，西门子高薪网罗了大批优秀管理人才和科研专家。

负责在中国组建团队的吉田，在为西门子公司招聘数千名员工以前阅读了《孙子》，事实上，这本兵书他反复阅读了 13 年。西门子电子和电气工程公司中国中心便是他筹建的。他说："我对战争并不感兴趣，我只是想了解东方哲学。"吉田认为，孙子关于领导力的理论也适用于现代人力资源管理，孙子所说的"士气"与我们通常所说的"价值观"有着强有力的联系。价值观是公司和经理人管理和激励员工的基本要素。

《管理大师的孙子兵法》由长年担任北京西门子高管的维尔纳·史旺菲勒德尔撰写,在全球 20 多个国家有售。他自管理科学系毕业后,于 1976 年进入西门子。在一趟赴中国的商务之旅中,他接触到《孙子》,由此对《孙子》的伟大战略产生浓厚兴趣,他也由此成为管理经验丰富的顶尖经理人。

德国的孙子研究学者柯山说,《孙子》具有独特的商业价值,孙子的理念对中国的崛起很有帮助,对德国企业的发展同样很有帮助。1996 年以来,"孙子与商战"主题的书籍在德国多了起来,西门子出版的《管理者的孙子》被德国企业看好,而柯山本人的《兵法与工商》也受到德国企业家们的欢迎。

美　　国

有媒体称,美国是继日本后又一个将《孙子》普遍运用于企业经营管理的国家。《孙子》帮助许多美国企业家获得了巨大的商业成功。

通用汽车

美国通用汽车公司在 1984 年销售汽车 830 万辆,居世界首位。时任通用公司董事会主席的罗杰·史密斯成功的秘诀,按照《亚洲华尔街日报》说法,是因为他有"战略家的头脑,他能从 2 000 多年前中国一位战略家写的《孙子》一书中学到东西"。

这位叱咤风云的"汽车大王"称,《孙子》是最好的商战书。1980 年通用汽车公司发生了自上世纪 60 年代以来的首次年度亏损,亏损额达 76 亿美元。这一次"地震"的震源是日本丰田汽车的冲击，大量退货使通用公司陷入严重危机。

受命于危难之中的史密斯，汲取了 2 500 年前孙子的战略思想，运用"远交近攻"谋略。"远交"，是指直接从日本人手中购买汽车，同时又与丰田公司搞联营，既获得丰田汽车生产技术，又能得到廉价汽车；另一方面，把加强技术研发作为近攻之举。在史密斯的战略布局中，远交丰田是为了止住颓势，而强化近攻则是为了超越对手。

事实证明，史密斯的这种战略是极为正确的，他的远交近攻之策在短短 3 年内已立竿见影，使通用公司走出了亏损的低谷，取得了 50 亿美元的赢利。史密斯非常推崇《孙子》，其远交近攻之策有一种以较小代价折服对手的高明。

华尔街投资机构

1987 年好莱坞商战电影的经典之作《华尔街》上映，影片中所塑造的华尔街金融大鳄形象，在股神巴菲特身上可找到其影子。他创造了投资兵法"十六字方针"："主动撤退，避开强敌，寻找战机，以退为进。"他最善于以逸待劳，耐心地长期持有。股市中有两种对立的持股策略：长线与短线。巴菲特把长线视作"逸"，选对了一只股票后，只要公司情况良好就一直长期持有；他把短线视作"劳"，买了一只股票后，根据对行情走势的判断，高抛低吸，波段操作。

电影《华尔街》中，由迈克尔·道格拉斯扮演的华尔街大亨戈登·盖柯曾引用《孙子》，影片中大部分操纵股市的谋略也出自《孙子》。在《华尔街》的续集《华尔街：金钱永不眠》的描写中，金融大鳄们对《孙子》都十分熟悉。

华尔街是美国金融的心脏。华尔街市面上有不少把《孙子》与商业、金融、股票之类结合起来的书，如《富可敌国》《交易者的101堂心理课》《一个对冲基金经理的投资秘密》《华尔街幽灵》《营救华尔街》《华尔街智慧》《挑战华尔街》等。

《华尔街日报》曾刊登题为《看〈孙子兵法〉如何指导股市投资》的文章。不同类型的投资者，应该如何应对不同阶段不同环境的股市呢？文章说，中国兵法书籍《孙子》或能答疑解惑。

文章指出，《孙子》"五事"中的天和地，即天时地利。在股市中，可以理解为政策面、基本面、资金面和市场风格等。优秀的投资者，在把握市场机会方面应顺势而为。要了解自己是哪类投资者，以及这个市场是如何运行的，切忌对市场和自己过于理想化。

股市如战场，虚虚实实，变化无常。孙子的许多思想，如"兵者，诡道也""知彼知己，百战不殆""兵无常形，水无常势""兵贵胜，不贵久"等，对投资者有启发。

"见坏快闪，认赔出场求生存"是著名投资者乔治·索罗斯的投资策略中最重要的原则之一。索罗斯认为，金融市场天生就不稳定，国际金融市场更是如此。"见坏快闪"是求生存最重要的方式。这条原则，与孙子"合于利而动，不合于利而止"的哲学有契合之处。

曾任纽约证券交易所首席执行官的约翰·赛恩，靠谋略和胆略转化危机，成功使纽交所上市，成功地收购泛欧交易所，果断地决定采纳电子交易系统，在华尔街赢得了"救火队长"的雅号。他访问复旦大学时，赠送象征牛市压倒熊市的雕像，而复旦大学送给赛恩一卷《孙子》作为回礼。

在华尔街有多年对冲基金操盘经验的刘君，对《孙子》很是热爱。"华尔街有不少对冲基金经理是犹太人，他们对中国的《孙子》尤其感兴趣。"在刘君看来，《孙子》里的"奇正理论"和虚实观让他受益匪浅。孙子谋略思想的最高境界是"以正合，以奇胜"。用到投资上，就是既要遵守基本的价值投资规律，又要善于突破常人的思维局限，出奇制胜。刘君认为，在对冲基金里面，"正"就是股票，也就是"价值存储器"；"奇"就是各种金融衍生品，有可能给对冲基金带来巨额收益。

有美国孙子研究学者称，华尔街是世界名企荟萃、巨富云集之地。纽约证券交易所曾专门请了哥伦比亚大学教授，给投资者们讲授《孙子》，因为华尔街需要孙子的智慧与谋略。

比尔·盖茨

微软的联合创始人比尔·盖茨的传奇经历，可以说与中国传统文化有着千丝万缕的联系。据传，比尔·盖茨热衷中国文化与他的继母有关，他的继母向他介绍过中国经典《孙子》等。

比尔·盖茨的继母咪咪·盖茨，是美国汉学家傅汉思的弟子，中文名叫倪密，是一位中国艺术史专家，曾担任西雅图艺术博物馆馆长，她不仅热爱中国文化，几十年来还致力于中国文化的研究、保护和传播，获得了"中国政府友谊奖"。

当年，比尔·盖茨没有用四年的时间完成他的学业，而是毅然决然地从哈佛大学退学，他和几个朋友在别人废弃的车库里搞研究和开发，说不定就是受到《孙子》讲的"兵贵神速"的启发。

比尔·盖茨在一次主题为"思维与商务同速"的演讲中说，当下的商场如战场,很多人问他真正的发财之道是什么。他说他可以明确地讲,他是受了《孙子》的深刻影响。《孙子》的一句话影响了他的一生,这句话就是"兵贵神速",这句话谁都会讲,但不一定会用。

经商做生意,能否最先把握商机很关键。善于在瞬息万变的竞争中审时度势、把握机遇,是微软成功的法宝,这当然与企业掌门人比尔·盖茨的高瞻远瞩、善于发现商机是分不开的。

人生的机会就像战场上的变化一样,失去了这个机会,可能将来再也不会得到。如果按照常规思维,念完四年大学,拿到文凭再参加工作,也许执掌微软的人就不是比尔·盖茨了。

孙子曰:"兵贵胜,不贵久。"对于企业来讲,竞争的核心问题之一同样是速度的竞争。比尔·盖茨在其《未来时速》一书中描述:"在未来的 10 年中,企业的变化会超过它在过去 50 年的总变化。如果说 20 世纪 80 年代是注重质量的年代,90 年代是注重再设计的年代,那么 21 世纪的头 10 年就是注重速度的年代,是企业本身迅速改造的年代,是信息渠道改变消费者的生活方式和企业期望的年代。"

洛克菲勒家族

漫步纽约街头,可以体味洛克菲勒家族过往的辉煌:摩根大通银行、洛克菲勒中心、洛克菲勒基金会、现代艺术博物馆、洛克菲勒大学。笔者来到坐落在纽约第五大道的洛克菲勒中心,该中心由 19 栋商业大楼组成,是全世界最大的私人所有建筑群之一,超级雄伟,蔚为壮观。

有美国的孙子研究学者介绍说,洛克菲勒曾导演了一场惊天地泣鬼神的石油大战，从中可以窥见《孙子》谋略的影子。洛克菲勒创立了标准石油，谋划了举世震惊的石油大联盟，在全盛期垄断了全美90％的石油市场，成为美国第一位十亿富豪，一度是全球首富。

美国爆发南北战争之前，时局动荡不安，商人们笼罩在战争的阴影中惶惶不可终日。唯有洛克菲勒预估到战争将使交通中断，造成物资和能源的紧缺。当时洛克菲勒经纪公司资金才4 000美元，他从一家银行筹到一大笔资金，购进南方的棉花、密歇根的铁矿石、宾州的煤，还有盐、火腿、谷物等，准备囤积居奇，大干一场。

仅仅过了两星期，南北战争就爆发了。洛克菲勒所囤积的物资顿时成了抢手货，利润成倍上翻。等到美国南北战争结束时，洛克菲勒从不起眼的经纪人，摇身一变成为腰缠万贯的富翁。接着，洛克菲勒又以独特的方式涉足石油领域。按常规，既然要在石油领域奋战，当然首先就要发起正面进攻，竭尽全力开采石油。但是洛克菲勒偏不这样，他知彼知己，善于妙算，以迂为直，出奇制胜。

洛克菲勒对产油区进行了一次详细的实地考察。当他看到无数投资者蜂拥而至，油井的数目和产油量都在以疯狂的迅速增加，就预计到油价必然有下跌的一天。因此，洛克菲勒果断地投入几乎全部资金，在宾州建造了自己的石油精炼厂。不久以后，油价果然由于无计划的过度开采而大幅下降。洛克菲勒立即以极低廉的价格购买原油，经过自己的石油精炼厂加工后再高价卖出，很快垄断了宾州的石油产出，并在铁路等行业建立了垄断地位。

"择人任势"，是洛克菲勒的看家本领，也是洛克菲勒家族飞黄腾达的重要秘诀。他的得力助手就是其兄弟，在美国各地长途跋涉，出色地完成了在纽约建立洛克菲勒公司、在码头附近建仓库、开办各种各样的工厂、与华尔街的金融机构取得密切联系等重大业务,最后又奔走于世界各地开展业务。

洛克菲勒创建美孚石油公司时,炼油工业区(克利夫兰)的其他石油公司多如牛毛。为了垄断当地的炼油生产,他的"伐交"手段非常高超,与控制石油运输的铁路公司秘密结盟,先后吞并了 20 多家中小企业;继而又一举取得了美国东岸地区的石油运输控制权,然后再进军产油区,将其纳入自己的势力范围。1879 年后,洛克菲勒掌握了美国石油工业垄断组织的大权,遂成全球石油霸主。

1879 年 6 月,在洛克菲勒的豪华别墅里,美国主要的石油大亨们云集一处,酝酿一个史无前例的战略大联盟。酝酿的结果是,成立世界上第一个"托拉斯"石油工业集团。这是一种最高级的垄断集团,它由各个主要的石油企业合并而成,旨在垄断销售市场、争夺原料产地、划分投资范围,以获取高额垄断利润。

洛克菲勒先后说服了三位伙伴,并以极优厚的条件暗中进行股票交换,使美孚石油公司成为大联盟的实际主人。他先后吞并了近百家中小炼油企业,全面垄断了美国的炼油企业和石油销售。洛克菲勒善待竞争对手,合理地补偿与他在正当竞争落败的对手,被传为佳话。

1945 年,美、英等国发起成立联合国,并决定将总部设在纽约。洛克菲勒得知此事后,慷慨地拿出 800 万美元在纽约买下一块地,又以一美元的价格卖给联合国,供建联合国大楼所用。面对别人不理解的目光,洛克菲勒笑而不语。然而很快,人们就明白了洛克菲勒捐赠的目的。原来,他事先在联合国大楼建造地周围买下了大片土地,随着世界各国的机构搬进大楼,周边土地的价格暴涨了 20

倍，洛克菲勒一下子赚了几十亿美元。

可口可乐

笔者在位于美国亚特兰大的可口可乐总部获悉，二战以来，截至 2011 年，可口可乐公司只提供了其全世界产品总量原料的 0.31%，仅此一项，每年就获得利润 1.5 亿美元。

《孙子·作战篇》提出"因粮于敌"的策略，即部队在外作战，其粮食的供应可以从敌方那里取得。孙武指出："善用兵者，役不再籍，粮不三载。取用于国，因粮于敌，故军食可足也。"如果军队攻击远方的敌对目标，而部队所需的粮食要从国内长途运输而来，这样必然会劳民伤财，大大增加国家的负担。故孙子指出，"国之贫于师者远输，远输则百姓贫"，进而主张"智将务食于敌"。

据介绍，可口可乐是早在第二次世界大战以前就已问世的一种味美价适的软饮料，一直雄踞全球饮料市场，几乎没有软饮料产品可以与之抗衡。

可口可乐公司第二任董事长罗伯特·伍德鲁夫提出了一个宏伟的目标：要让全世界的人都能喝上可口可乐。当时适逢第二次世界大战，美国几乎出兵世界各地，伍德鲁夫听说在国外作战的美军又热又渴，居然异想天开地敲响国防部大门推销产品，又邀请军人家属、国会议员、社会名流和记者赴宴。席间，他大讲美军在菲律宾丛林作战是如何热、如何渴一类的话，把可口可乐的作用与枪炮弹药相提并论。

消息不胫而走，最终竟迫使美国国防部同意将可口可乐列入军需物资。随后，伍德鲁夫下令以 5 美分一瓶的价格向服役军人兜售可乐,美国大兵带上国产的可口可乐奔赴世界各地。可口可乐公司还印刷了名为《完成最艰苦的战斗任务与休息的重要性》的小册子,宣称:由于在战场上出生入死的战士们的需要,可口可乐对他们已不再是休闲饮料,而是生活的必需品了,与枪炮弹药同等重要。没用多久,世界各国都知道了可口可乐的品牌。

为了让可口可乐享受军事船运的优先权,伍德鲁夫仿照美军配备脱水食物的方式,把可口可乐制成浓缩液,并在驻区建立装瓶厂,共派遣了248人随军前往国外。这批人随军辗转,从新几内亚丛林到法国里维拉那的军官俱乐部,一共卖了100亿瓶可口可乐。除了南北极以外,可口可乐在战时建立了64家装瓶厂。可口可乐的装瓶工厂随着美国军队推向全世界,这一举措使可口可乐在欧洲和亚洲国家获得了占绝对优势的市场份额。

战后,可口可乐销量急剧下降,伍德鲁夫又采取了向海外转让一定的技术、出售制造权、搞联合企业等战略。像饮料这样的一般消费品,转让技术和出卖制造权,在当时是没有先例的。

伍德鲁夫的对策是,在当地设工厂,在当地招募工人,在当地筹措资金。除了可口可乐的秘密配方外,所有制造生产销售可口可乐的机器、厂房、人员都在当地解决,可口可乐总公司只派一名全权代表主持有关工作。可口可乐公司允许他们利用可口可乐的商标做广告。

有美国的孙子研究学者表示,可口可乐在海外目的地布局生产线、装配线,及调配人力的做法,让人不由想到孙子"因粮于敌"的策略,这一招使可口可乐的生产成本大大降低,在市场竞争中更扩大了优势。可口可乐畅销206个国家和地区,从海外获取的利润占其总利润的 60％以上。据说，全球每天有 17 亿人次的消费者在畅饮可口可乐公司的产品，全世界大约每一秒钟就有 10 450 人在喝可口可乐。

其　　他

不少西方人把《孙子》视为商界"圣经"

欧洲一些企业家，甚至是财富 500 强的老总们，惊喜地发现《孙子》是赢得当今激烈商战的强大武器。了解这部兵书的人说，《孙子》能够在商业和金融等现代生活领域得到应用，孙子的东方智慧与谋略可以与当代西方的理念相结合。

有欧洲学者评论说，西方世界把《孙子》视为商战中的"圣经"，因为它用东方文化全面阐释了当代西方的企业管理、战略投资、资本运作、商务谈判、市场营销等诸多理念和实践。

在英国，与孙子和商战相关的书籍包括《孙子兵法之经理人：50 条战略法则》《策略和技巧：孙子兵法在投资和风险管理中的应用》等。在英国购书网站上，可以找到十几种不同版本的《孙子》以及相关的解读书籍。

法国作者让·弗朗索瓦·费黎宗创作的《思维的战争游戏——从〈孙子兵法〉到〈三十六计〉》，从新颖的视角切入，对《孙子》作了独到的解释。他以一个西方企业高层决策者的体验与眼光来评述《孙子》，来观察古老的中国文化遗产如何在现代社会的实践中得到验证，及其在与西方文化的交流中如何相互融会。他提出，真正的战争不是发生在战场上，而是在决策者的头脑中，只有在智慧的对决中战胜对手，才能在较量中所向披靡。

费黎宗是法国某大型工业集团的一名财务主管，后来升任副总经理。他对世界上那些战略战术理论家进行过深入研究。他说，从孙子到克劳塞维茨，他们之中给他印象最深的，毋庸置疑就是孙子这位生活在春秋时期的中国战略家。"我数十次反复阅读他写的一本薄薄的名为《孙子》的书，我甚至还出版了一个加上自己注解评论的新译本。"

出生在奥地利的弗雷德蒙德·马利克，曾就读于奥地利的因斯布鲁克大学和瑞士的圣加仑大学，获商业管理博士学位。他是欧洲管理学重镇圣加仑大学的教授，也是维也纳经济大学的客座教授。他还是多家大公司的董事会、监事会成员，是许多知名公司的战略和管理顾问，培训过数千名管理人员。他提出，《孙子》的内涵胜过普通管理学院的一般课程。

英国学者、中国香港特区政府知识产权署前署长谢肃方认为，《孙子》在全世界很有知名度，它的运用领域早已超越军事，被广泛运用于社会生活各个方面。做企业不懂战略不行，要懂战略就要学孙子，保护知识产权也要学孙子，这是在世界市场竞争中谋胜的必备"武器"。

俄罗斯《中国》杂志社社长兼总编魏德汉认为，把孙子研究用于经济方面，对提升人们的思维方式有很大的作用。

德国美因茨大学翻译学院汉柯山的博士论文《兵法与工商》，以中国、日本和美国为例，阐述了《孙子》对各国工商界的贡献，还有德国对于《孙子》的翻译、传播和应用。他的论文出版后受到德国工商界的关注，有书评称《兵法与工商》一书"用以孙子兵法为核心的企业管理来阐释东西方跨文化交融"。

德国科隆大学汉学家吕福克表示，孙子在欧洲很有名，德国人还是很喜欢孙子的，《孙子》有相当数量的读者群，也有相当数量的应用者。孙子的思想不仅对军事、商战，而且对现代社会有很大的影响，具有不可低估的现代意义。

印尼各界人士运用《孙子》获得商业成功

印尼《国际日报》总编辑李卓辉对笔者说，可以说，九成经商获得成功的印尼华人多多少少都懂点《孙子》。做人讲正，做事讲奇，无正不胜，无奇也不胜，只有奇正相生，才能无往不胜。

笔者在雅加达采访，看到印尼知名地产实业家汤锡林投资建造的高楼大厦有好几处，他过世后由下一代继续经营管理。广东梅州籍的印尼华商吴国豪告诉笔者，在印尼上层社会人士当中，提起安顿·哈里曼来，几乎无人不晓，这是汤锡林的印尼名字。

李卓辉说，不少印尼商人用《孙子》的谋略成就大业。如汤锡林就表示自己得益于《孙子》的谋略。汤锡林用中国人的谋略从事房地产业，成为侨居国信誉卓著的实业家和慈善家，为印尼的经济繁荣作出了积极的贡献。

提起李文正，东南亚的华人几乎是人人皆知，他被人们誉为"印尼钱王"。他创业打天下时手中仅有 2 000 美元，如今拥有十几亿美元。有媒体称，他成功的关键在于运用了《孙子》的谋略，抓住机遇，果敢决断。当基麦克默朗银行濒临倒闭时，他筹集 20 万美元拯救了这家银行，并最终坐上第一把交椅。

李文正信奉《孙子》的"智"与"信"。他说："银行业不是一种买卖货币的事业，而是买卖信用。由某人某处获得信用之后，再授予其他人。"他说到做到，从不拖延，哪怕是借债也要给客户如期兑现，从而渐渐建立起基麦克默朗银行的信誉，影响也越来越大。经过 3 年的奋斗，这家银行终于扭亏为盈，走上了蒸蒸日上的大道。

哥伦比亚集团是印度尼西亚发展最早、规模最大的 4C 家电自营连锁零售公司，拥有 700 多家 4C 电器零售连锁店，遍布全印尼各个大中小城市，集团拥有 20 家子公司。据说，该集团把《孙子》的谋略应用到员工管理上，遵循孙子的"道天地将法"五事，而最核心是一个"道"字，确立"上下同欲"的"道"的追求。

前任总裁刘正昌为谋企业发展大局，遵循孙子"视卒如婴儿"的教诲，善待 3 万多名员工和 800 多万顾客，定期发"奖学金"给员工和全印尼顾客，对 2 000 多名经验丰富的维修工给予优厚条件；以分期付款的经营方式让现代化产品早日走进寻常百姓之家；本着促进印尼各民族融合的美好愿望，大量吸收、培训印尼友族员工，为印尼华商企业中友族员工比例最高企业。由此，得到了印尼政府和印尼国家银行的嘉奖和支持，使集团不断发展壮大，成为当之无愧的家电连锁之王。

知名侨领、印尼《国际日报》董事长熊德龙从兵家谋略中学会了"巧借外力""借船出海"，善于借助海内外的力量。《国际日报》能发行到印尼 92 个城市，发行量一度飙升至占有全印尼华文报纸市场的 70％，国际日报社一跃成为印尼最大的华媒集团。

第六编 杂编

日本围棋与孙子智慧

围棋何时传入日本，迄今仍无公认的准确答案。在日本民间曾流行一种说法，认为应归功于日本古代著名学者吉备真备，他在唐留学二十年后，于公元735年首次将围棋带至东瀛，从而开拓出日本围棋文化的源与流。

1727年，日本围棋四大家认为："围棋创自尧舜，由吉备公传来。"（《新编增补坐隐谈丛》）现藏于美国波士顿美术博物馆的《吉备大臣入唐绘卷》（围棋对局部分），画面居中着黑袍者为吉备真备。

据日本《每日新闻》报道，围棋传至日本后，平安时代（794年—1192年）盛行于贵族阶层，到了江户时代（1603年—1868年），一般民众也开始接触围棋。

还有一种说法，在奈良时代（710年—794年），也就是《孙子》在日本皇室秘藏时期，围棋在日本宫廷盛行起来，专门保存古物的奈良正仓院就存有圣武天皇（724年—749年在位）使用过的棋枰，日本史书《续日本纪》也有记载。在这个时期，日本已出现职业棋师，并出入宫中。在随后的数百年间，日本围棋在规制上基本遵循中国传统下法，并融合中国兵家文化，中国的《玄玄棋经》与《孙子兵法》一直是日本棋手必读的两部著作。

围棋与兵法的关系十分密切，自古至今，以兵论棋或以棋论兵者不乏其人。根据酷爱《孙子》的赖山阳所著《日本外史》统计，日本战国时代武将中有 30%—50% 为围棋爱好者，三大枭雄织田信长、丰臣秀吉、德川家康都推崇"围棋兵法"。

日本战国时期围棋第一高手日海让五子与织田信长对弈获胜，织田信长称誉日海为"名人"，这便是围棋名人的起源。

织田信长死后，日本实际上的统治者丰臣秀吉酷爱围棋，认为围棋和兵法有相通之处，大力提倡贵族和武士学下围棋。秀吉还为日海设立了个"棋所"，这是嘉奖第一国手的荣誉，在"棋所"位置上的棋手即被称为"名人"。在秀吉的协助下，日海扩建改造了寂光寺，日海改号为本因坊，改名为算砂。丰臣秀吉曾举行棋会，赐予日海每年二百石的俸禄。

丰臣秀吉死后，德川家康继起执政，他不仅对《孙子》的研学与传播贡献很大，而且对日本围棋功劳甚大。如棋所制度的改善，升段之鉴定，名人之产生，以及棋士俸米的保荐等，都是足以称道的事实。彼时，日本围棋已有段位之分。九段为最高段位，却只能有一人，即为"名人"。德川家康召日海去江户，任命后者为初代名人棋所。棋所的职责是总理围棋事务，指导将军弈棋，垄断围棋等级证书的颁发权等。

在当时战乱中的日本，统治者认识到棋枰如战场，因而酷好围棋并对棋手大加扶植。这样，围棋不但没有因战乱而衰落，反而出现了日海这样名垂后世的大师和四大门派争先的围棋盛世。

1644 年幕府建立了"御城棋"制度，出战者有"棋所四家"和其他的六段棋手，名门望族也可破格参加。参加"御城棋"被看作与武士们在将军面前比武同等高尚。不久，各家围绕"棋所"头衔展开反复激烈的争夺战。这一时期在日本围棋史上十分重要。

据文献记载，1841年在日本有七段以上棋手8人，六段6人，五段10人，五段以下257人。弘化（1844年—1848年）时期见于记载的棋手共有431人。1945年5月，日本棋院被美军炸毁。第二次世界大战后，随着日本经济的复兴，围棋人口不断增加，新闻棋（由报社举办的棋赛）也得到了恢复，逐渐迎来了日本围棋的鼎盛时期。据日本《新世纪百科辞典》和《大日本百科事典》统计，二战后日本围棋人口有600万人，其中职业棋手400人，业余棋手有段位者在100 000人以上，堪称"围棋大国"。

中国是围棋的发源地，因此也被称作围棋的"生母"。围棋传入日本后，通过四大家以及后来的方圆社争斗、合纵连横，围棋一直作为日本"国技"而存在。直至20世纪20年代，本因坊战等系列新闻棋赛事问世，现代围棋发展体系逐步形成，独树一帜，影响深远，沿袭至今，为围棋的存续做出了不可替代的贡献。因此，日本又被称作围棋的"养母"，如果没有日本，也许围棋的血脉很可能断绝。

日本国足用《孙子》备战奥运会

《孙子》在日本的知名度非常高，被广泛应用在社会生活和文化体育的各个方面。日本足球队在这方面就作了有益的尝试，《日本新华侨报》总编辑蒋丰向笔者介绍说。

日本"U－21"足球队在确定参加北京奥运会的队员名单后进入了集训阶段，集训项目除日常训练之外，最引人注目的当数孙子兵法培训讲座了。该队特意在紧张的训练中拿出了一天时间，请来了日本著名《孙子》研究专家、庆应大学教授国分良成为队员们讲解《孙子》。

与国分良成颇熟悉的蒋丰告诉笔者，这是一场有关中国历史文化等内容的讲座，教练、队员和球队服务人员全部参加。讲课目的非常明确，为了备战 2008 年北京奥运会，球员们有必要了解举办国的相关情况。

如何深入敌阵仍能取胜？当然要"知己知彼"，不单要明白中国队的踢法，也要理解主办国家的风土人情；"知己知彼"，其实不一定为了战胜对方，也可以是为了战胜自己⋯⋯

小会议室里挤满了人，国分良成的讲课深深吸引了球员们，大家都认真地拿着笔在本子上记着。彼时刚荣升日本足协理事会常务理事的田岛幸三表示，要"从技术和头脑两方面战胜对手，就必须了解中国的《孙子》，必须学习中国的传统文化精髓"。彼时刚由巴西加入日本国籍的前锋球员罗伯特-卡伦，还有日本国足前卫本田圭佑，在听完讲座后兴奋地说："讲座的内容非常有趣。"

讲座原定的时长是半小时，球员们聚精会神地听讲并不时提出有趣的问题，在球员们要求下讲座又延长到两个小时。

日本足球协会的常务理事长对此评价说："我们必须让队员们了解他们的对手，让他们明白孙子所说的'知己知彼，百战不殆'的道理。我很高兴看到队员们都很认真，相信队员们在听了讲座之后，分析问题会比以前有条理很多。"

日本队的反町康治教练也表示，中国有一句老话叫作"先发制人"，"如果我们的队员充分理解《孙子》，认真研究对手，那么将来的比赛会越来越好踢。"

事实证明，反町教练的判断是对的。日本足球队虽然在 2008 年北京奥运会上战败，但"胜败乃兵家常事"。在之后的竞争舞台上，日本足球队则出尽了风头：2010 年广州亚运会日本男女足包揽冠军奖牌，南非世界杯再度打进 16 强，2011 年再获亚洲杯，成为"四冠王"。

葡萄牙国足用《孙子》提升战绩

《葡华报》有一位女记者，因与葡萄牙足球界交往颇多，自己也爱好足球，成了小有名气的业余足球家。她告诉笔者，在葡萄牙，不仅足球队善用《孙子》，当地的主流媒体也对《孙子》感兴趣。

葡萄牙媒体记者在看完一场球赛，或采访完教练和球员后，总是对《孙子》与足球津津乐道。打仗讲求兵法，踢球讲究阵形；打仗的最高境界是全胜，踢球的最高境界是完胜。

谈到葡萄牙的 4－3－3 阵形，葡萄牙媒体记者引以为豪。古人打仗喜欢阵地战，你先摆一个阵，什么时候摆好了，我们就开战，足球呢也是按照一定的阵形进行战斗。根据实力对比而作攻守之择，谓之常胜之法。

葡萄牙在足球上应用《孙子》，让球迷眼睛为之一亮。有媒体称，看葡萄牙和英格兰大战，处处可见《孙子》的"风林火山"之法，"疾如风""徐如林""侵掠如火""不动如山"，也就是行动如风般迅速、静止时如林木严整、攻击时如烈火燎原、防守时如山岳不可动摇。同时也可见"攻其不备，出其不意"等要诀。

葡萄牙《球报》曾刊发题为《斯科拉里的领军秘诀》的文章,称这位先后率领巴西队和葡萄牙队在世界杯赛上创造十连胜的著名教练身边一直带着《孙子》。

该报说,在备战、管理、塑造团队精神等诸多方面,斯科拉里都从《孙子》那里得到了启示。正如巴里·哈顿所说:"无论是在商业、政治还是体育竞技领域,《孙子》都有其值得借鉴之处。正是因为熟读这本古老但不失现代感的巨著,斯科拉里才能在世界杯中取得这样的成绩。"

葡萄牙《纪录报》称,斯科拉里率领葡萄牙队再度创造了奇迹,2004 年的欧洲杯上,他就带领葡萄牙队首度打入决赛,后来这位巴西名帅延续了奇迹。斯科拉里成功的秘诀是什么?原来中国古代兵书《孙子》是斯科拉里的制胜法宝。

葡萄牙主流媒体还报道,《孙子》是斯科拉里的最爱之一。早在 2002 年韩日世界杯上,《孙子》就帮助斯科拉里率领巴西队勇夺世界冠军;4 年后,同样是在这部巨著的指引下,斯科拉里又指挥葡萄牙队一举杀入半决赛,这是该国 40 年来在世界杯中的最佳战绩。

"足球比赛只有融入兵法艺术,才能成为一场美丽的赛事。"在中国足球留洋青少年训练基地,葡萄牙青训主教练卡洛斯在接受笔者访问时说,足球世界大战将越演越烈,《孙子》也将越来越受到足球界的重视。

卡洛斯介绍说,葡萄牙队一直沿用 4-3-3 阵形,攻守平衡,变化多端,出其不意,防不胜防,正如孙子讲究攻守一体。孙子之攻守,攻必取,守必固。在谈到 4-3-3 阵形时,卡洛斯又说,这个阵形最适合球场上的平衡短传,对球场上的每个方位都能顾及,攻防结合，控制场面，这是葡萄牙最常用的阵形，而这个阵形与兵法有着密切的关系。进攻与防守要保持平衡，对方进攻，我方防守，区域防守、阵形防守；对方防守，我方进攻，两翼进攻、突围包抄，这些均与兵法有关。

《孙子》云："攻而必得者，攻其所不守也，守而必固者，守其所不攻也。"意思就是进攻之所以能成功，是因为进攻的方向、时间等是敌人所不注意、不在意或有所大意的地方，而防守之所以成功，是因为防守的方法和重点目标是敌人意想不到的。这里孙子所说进攻和防守的方法，就是虚实原则和奇正原则的搭配应用。

卡洛斯说，葡萄牙用4-3-3的打法，主要是为了把整个球场的场面控制住，如果你把球控制住的话，整个球场的主动权就控制在你的手里了。4-3-3也是相对对方的阵形来讲的，对方有可能在中场作调整，也有可能作防守型调整，球队的战术一定要根据对方的阵形来变换阵形，做到"知己知彼，百战不殆"。

按照孙子的攻守原则，攻守之势可变也，故善战者，不可为攻而攻，不可为守而守，宜攻则不守，宜守则不攻。在比赛中，最重要的一点就是发现对方的漏洞在哪里，如何把球传到前场，抓住瞬间战机，获得进球的机会。还有两翼的进攻也非常重要，在围追堵截中，捕捉战机，以求一击制胜。

卡洛斯举例说："我看了一场北京国安和青岛的比赛，他们的传球就跟我们的不一样。北京国安到了前场，青岛队组织了密集的防守，国安的球就打不进去，他们还没有掌握好攻守原则。"

葡萄牙足球不仅有着出众的青训体系，磨砺精英球员的能力也非同寻常。在这块兼有南美和欧洲风格的足球土壤上，有数十名中国少年正在汲取养分。卡洛斯表示,中国足球留洋青少年经过几个阶段的战术训练,不良的战术习惯得到了纠正,战术素养有了明显的提高。"这不是我个人的功劳,也要归功于中国的孙子。"卡洛斯如是说。

懂《孙子》的足球主教练米卢

有意大利媒体称,意大利队主教练里皮、国米主教练皮奥利、中国队主教练米卢都熟悉《孙子》。

老谋深算的米卢,率领中国国家足球队夺取世界杯决赛圈出线权,终于圆了中国男足 44 年的世界杯之梦。之前,他曾先后在几个足球弱国担任国家队主教练。从 1986 年以来,他连续率领 4 支国家队杀入世界杯决赛圈的第二轮,充满了传奇色彩,成为世界足球史上唯一一位连续四届率领不同的国家队进入世界杯 16 强的"神奇教练"。

有人说,米卢的神奇来自他的谋略,一个拥有谋略的米卢就等于一支球队胜利的一半。

米卢说他早期看过一本中国书,而且现在仍然记忆犹新,那就是《孙子》。"这不仅是一本关于谋略的书,我认为这是一本关于东方哲学的书,直到现在还有其现实意义。"米卢说。

米卢说,刚来中国时,他读了很多有关兵法和中国人哲学思想的书;刚执教中国队时,他又买了很多类似《孙子》的书。他认为《孙子》是东方思维的杰出体现。

有媒体称,米卢尽管没有写过兵法,但他的那部"米卢兵法"

早已在他的头脑中完成。孙子倡导"上下同欲者胜",米卢也特别看重团队意识。他认为,队里没有不可或缺的球星,没有主力队员和替补队员之分,球队是一个整体。他要求队员从头到尾在 90分钟的比赛内保持高度的思想统一,遵守战术纪律,互相配合,整体作战,无论在场上还是场下都要尊重和支持自己的队友。

孙子强调"将"的重要,米卢用人不拘一格。他具有独特的队伍整合能力,先后制订了中国队 17 次集训名单,全国 14 支甲 A 球队的半数主力入过米卢的"法眼"。米卢还根据自己的战术选人,在每个位置上都安排多名球员竞争,为漫长的征战做储备,随时征调来了就能完全领会其战术意图的球员。

孙子重视"攻守之道",米卢带领中国国家队球员演练多种战术打法,从进攻套路、防守阵形到定位球战术等。正是在米卢的精心调教与指挥下,这支曾不被看好的球队昂首迈进了世界杯决赛圈的大门。

孙子提出"善守者,藏于九地之下,动于九天之上",米卢率领中国足球队进军 2002 世界杯时,善于雪藏主力,干扰对手排兵布阵。通常在比赛之前,各个球队都要根据对手的主力阵容来排兵布阵、制订战术。比如刚到韩国时,后防大将范志毅和中场"发动机"祁宏均因"伤"未能入选主力阵容,其实这是米卢摆下的"藏兵阵"。

孙子教诲:"故善战者求之于势,不责于人,故能择人而任势。"米卢可说是深得孙子兵法之精要,他执教中国队后,善于抓心理状态。针对中国男足背负了 40 多年的心理重压,开始了与中国足球的碰撞,从球员、媒体、球迷到足协官员,在碰撞中充分展示了他非常倔强的一面。他将其新颖的快乐足球理念注入中国足球队队员的心中,逐渐树立了中国足球的信心。他还抓态度、抓团结,无非都是在为中国队造成一种"势"。米卢所造之"势"是一种实力、一种信心、一种阵势,这正是米卢的高明之处,有了这种势,球队才有争胜的底气。

2011年世界杯亚洲区预选赛10强赛B组,阿曼队主场迎战中国队。米卢为中国队设计了一个胜利方程式:避实击虚,中路发难。中国队不断在两路发起攻势,有时可能是佯攻,用来吸引对方的防守兵力,然后再突然急调中路,打对手一个措手不及。孙继海把球传到了阿曼队中路防守最薄弱的地带,无人防守的祁宏突然插上一脚,为中国队打开了胜利之门。精通《孙子》的米卢在战术上又打败了一个西亚对手,阿曼队败在了中国队的脚下。四轮驱动的"米卢战车"冲破了阿拉伯半岛闷热的迷霾,再次吹响了胜利的号角。

荷兰前国防部长:西方 军事家缺乏战略思维

"孙子的功绩在于他很早就将治国艺术与战争艺术联系起来。"荷兰前防长威廉·弗莱德里克·范安格伦评价说,孙武之后的很长时间里,无论是在东方还是西方,发动战争的人都明显缺乏战略思维。

范安格伦说了一件有趣的事。欧洲的马基雅维利强调战争的宏观方面,尤其是军事与政治的联系。1520年,他出版了《战争的艺术》一书,书名与《孙子》英译本的名称相同。难怪劳伦斯·弗里德曼在其《战略历史》一书中，将孙子和马基雅维利两人放在同一章。尽管在军事思想方面马基雅维利与孙子有许多不同点，但在伐交和避免战争方面却与孙子有不谋而合之处。

18世纪，德国诞生了欧洲最有影响力的战略家之一——克劳塞维茨。其《战争论》有句名言：战争是政治的延续。而《孙子》将战争视为一种罪恶，只要有可能都应尽量避免。孙子所处的战国时代，各国攻战不休。这种背景下应力求速战，以节省国力。"兵久而国利者，未之有也。"孙子主张"上兵伐谋"。"孙子的著作比克劳塞维茨的著述为我们提供了一种更具开阔性的路径。"范安格伦对比说。

范安格伦感叹，多数军事行动都会比最初估计的拖得更久。二战后，欧洲在"永远不再战争"的口号下凝聚起来，尤其是宿怨很深的法德两国也握手言和。

在欧洲，还有一位英国军事思想家利德尔·哈特，他一生著述颇丰，共写下了30多部军事著作和大量论文，其主要著作有《战略：间接路线》《第二次世界大战史》等。范安格伦说，利德尔·哈特吸收了孙子的"奇正"论述，要求军队在防线最薄弱处突击。哈特受到一战中死伤惨重的拉锯战的影响，提出：强攻坚固的防守阵地基本没用，要打败敌人，首先要扰乱其平衡，主攻开始前必须做到这一点。

范安格伦断言，如果双方都避免正面对抗，最后的胜利者一定是始终最能避战的一方。所以，《孙子》靠的是斗智而不是斗力。历史的发展极大地改变了战争的性质。范安格伦认为，无论怎样，《孙子》都值得研读，借助它的方法能分析我们当下的行为。

芬兰学者：从喜欢孙子到喜欢中国

"我从喜欢孙子进而喜欢上了中国文化，从而了解中国、认识中国、喜欢中国。"芬兰文版《孙子》译者马迪·诺约宁对笔者说，他的家族对中国的孙子及其他兵家人物很崇拜，家里收藏的《孙子》版本和中国兵书数量可观。

1967年出生的马迪，13岁起就读《孙子》英文版。为了能读懂《孙子》原文，他从1990年开始学习汉语，先后在中国广州的中山大学、芬兰的赫尔辛基大学和瑞典的斯德哥尔摩大学学习中文，并专门到上海的复旦大学进行深造。

自从喜欢上《孙子》，马迪对中国历史文化尤其是传统兵家文化产生了浓厚的兴趣，开始系统研读《吴子兵法》《六韬》《司马法》《三略》《尉缭子》《李卫公问对》。他认为，这些是中国古代兵家文化的璀璨瑰宝，如今也是世界人民共同的智慧财富。

马迪还花了大量时间系统阅读《孙膑兵法》《曹操兵法》《诸葛亮兵法》《鬼谷子》《三十六计》等中国兵书，从而认识到中国传统兵家思想博大精深，中国人的智慧博大深邃。

马迪称，他是中国著名学者李零的粉丝，经常读李零的书，后来他萌发了翻译《孙子》的念头。马迪有一个心愿：要让芬兰人以及其他北欧人学习和应用孙子智慧。他认为，《孙子》蕴涵着丰富的中国传统智慧，是中国文化走向世界的"杰出品牌"。

2001年起，马迪着手翻译《孙子》，他花了5年时间做准备，到中国的书店、图书馆阅读了大量与《孙子》有关的资料，重点参考了宋代的《十一家注孙子》等重要传本。马迪将《孙子》从中文直接翻译成芬兰文，2005 年在赫尔辛基出版发行。

在首发式上，马迪手捧芬兰文版《孙子》百感交集。他说："翻译《孙子》对我来说的确很难，遇到有些极难弄懂的古文需要查阅大量资料，从中寻找答案，还专门请教中国汉语老师。有时，就连中国人对《孙子》中某段论述的注释也不尽相同，我因此不得不绞尽脑汁，反复推敲琢磨，找到准确的解释。有的句子甚至花了两三个月时间才翻译出来。芬兰文版《孙子》面世，我感到无比欣慰。"

马迪说，芬兰文版《孙子》出版发行后，在芬兰卖得很火，芬兰的大公司、企业家、大学生都非常喜欢，该书多次再版。不少企业请他讲孙子与企业战略的话题。2007 年，马迪又出版了研究以孙子为代表的中国战略思想的《诡道》一书。

马迪评价说，西方书店里教人成功的书籍多如牛毛，但没有一本比得上《孙子》。孙子的深邃哲学智慧对西方人有用，西方人需要东方智慧。原来西方人喜欢看《战争论》者居多，现在喜欢看《孙子》的也很不少。马迪还认为，孙子思想与道家思想和《易经》有异曲同工之妙，要结合起来研读更能体悟其中奥妙。

加拿大皇家科学院华裔院士读《孙子》

"再先进的电脑，也离不开人脑。孙子最重视的是计算，故把《始计》作为开篇。"加拿大皇家科学院院士孙靖夷认为，作为华裔计算机专家，中国人的聪明才智绝不能丢。

笔者在蒙特利尔的康考迪亚（Concordia）大学见到了华裔科学

家孙靖夷,他温文尔雅,眉宇间飞扬着睿智的神采。1979 年,孙靖夷发明了一套新的汉语国音系统,在瑞士出版了一本关于计算机识别汉字的专著。为揭示汉字语音规律,1986 年他又出版了一部专著。

在孙靖夷的办公桌上放着三本《孙子》,一本是美国纽约出版的,一本是英国牛津大学出版的,还有一本是中国台湾出版的。谈到《孙子》,孙靖夷的脸上洋溢着自豪的神情。

"2013 年 5 月,我和夫人去过《孙子》诞生地苏州,祭拜了孙武墓,考察了兵学圣典的写作地穹窿山茅蓬坞,了却了几十年的夙愿。"孙靖夷对笔者说,作为孙武的后裔,他对这位 2 500 年前的老祖宗很崇拜。

出生于广东中山县(当时尚未成为地级市)的孙靖夷教授,其传奇人生也充满了孙子的"重智色彩"。他 6 岁去了中国香港,1968 年从香港大学电机电子工程系硕士毕业,1972 年获加拿大英属哥伦比亚大学博士学位。他担任过康考迪亚大学计算机科学系主任、工程与计算机科学研究院副院长,是人工智能和模式识别领域的全球领军学者。1986 年当选为国际电气与电子工程师协会(IEEE)会士,1994 年当选国际模式识别学会(IAPR)会士,1995 年当选加拿大皇家科学院院士。

孙教授陪同笔者参观了他的几个实验室,他指导的博士生来自世界各国,博士生论文摆满了整个柜子。来自伊朗和阿拉伯的两位女博士,正在接受他的指导,见到导师都毕恭毕敬。孙靖夷从助理教授做到终身教授(荣休教授),40 年多来培养和指导了硕士研究生 50 余名,博士生 30 名,访问学者 80 名,还有一大批本科生。孙

靖夷认为，要使他们成为计算机领域的成功者，首先要成为一个
"智者"。

孙靖夷还担任过康考迪亚大学模式识别和机器智能研究中心
主任、模式识别杂志社主编、国际模式识别学会顾问委员会委员、国
际模式识别大会（ICPR）咨询委员会委员和中国科学院模式识别实
验室咨询委员会委员等职务。他应邀赴多国科研机构和大学开讲
座、搞科研、任兼职教授；截至笔者采访时，发表文章 500 余篇，出版
著作 11 部，文献被引用 1 000 多次，是被引用率最高的科学家之一；
曾参与创建了"国际中文计算机学会"，组织召开了多次国际学术
会议。

孙靖夷告诉笔者，他研究的课题是在所有信息都不复存在的情
况下如何去进行识别，并不是一横一竖的信息在电脑里就都能捕捉
到，因此远比人们想象的要难得多，有的可能是史无前例的。

孙靖夷首创了盲人阅读机器，这是一种能发出声音的机器，解
决了盲人阅读问题，为计算机领域开创了一条新的路径。尔后，又
发展到用软件识别手写体，他和学生们所开发的软件可以识别中
文、法文、阿拉伯文、波斯文等十几种文字。后来，从文字识别再发
展到模式识别，像卫星拍摄的地球表面通过模式识别，可以确认哪
个是道路桥梁，哪个是军事设施；目前纳入孙教授研究计划的还包
括对图像的识别。

孙教授说，全世界近视眼出现的频率非常高。为减少人类的近
视率，其团队正在对不同的印刷字体进行研究，试图找出比较容易
看清、能降低眼睛疲劳的字体。在笔者进行采访之际，孙靖夷的研
究项目已经和中国的方正公司有了合作意向，准备设计出更加优化

的字体。

　　孙靖夷在他儿子的家里放了《孙子与智慧人生》《孙子与企业管理》等书。在与这位孙武后裔、知名华裔科学家一天的交流中，笔者分明感到，《孙子》这部智慧之书，不仅适用于现代战争，也适用于包括科技、社会生活在内的各个领域。

东西方女性学者读《孙子》

　　意大利《信使报》总编辑陆奇亚·波奇对笔者的"孙子兵法全球行"系列采访活动表示钦佩。她说，如果意大利成立孙子研究会，她会很乐意参加。陆奇亚·波奇典雅美丽，性格开朗。作为女性，她对女人研读《孙子》的话题更感兴趣。

　　陆奇亚·波奇告诉笔者，她曾三次到过《孙子》诞生地苏州。被誉为"东方威尼斯"的中国苏州与意大利威尼斯是友好城市，东方水城、小桥流水、江南园林，给她留下美好的印象。"难怪孙子在苏州写出的《孙子兵法》水味十足，刚柔相济。"

　　陆奇亚·波奇说，把孙子文化融入生活，更能体现孙子的现代价值、生活价值。她家里收藏了三本《孙子》，她很喜欢研读。孙子不再是男人们享用的专利，也是现代女性的武器。

　　意大利女翻译家莫尼卡·罗西也持有类似的观点。她认为，《孙子》原来主要是为男人写的，因为女人在古代战争中没有地位。而现在不同了，《孙子》可给任何人读，任何人为了立于不败之地，都可以读，都可以应用。

　　莫尼卡·罗西翻译的意大利文版《孙子》已两次再版。笔者注意到，像这样热衷于翻译《孙子》的女翻译家，在意大利不是一个，而是一个群体，不少意大利文版《孙子》均出于女性之手。

在意大利，在法国，乃至在整个欧洲，孙子研究者中女性逐渐增多。这一现象表明，与男性一样，女性对《孙子》同样热衷。

而过去在世界华语文化圈，讲演兵法、把《孙子》活用在现实生活中的女性学者可以说凤毛麟角。

这里就不得不提到中国台湾的女性学者严定暹。

她用女性的审美眼光和思维方式，以生动浅白的文字，把"枯燥乏味"的兵家文化融入现实生活；她把深奥的经典智慧化为平浅易懂的实用生活方法，赋予人生哲理，创造美好人生的智略。她发挥"活学活用"的功力，列举古今中外实例，将《孙子》与现代生活现象相结合、印证，即使没有读过《孙子》原著的读者，也能从中撷取其观念，进一步活用在工作与生活中。

严定暹是 YWCA 经典管理智慧特聘讲师、中国台湾汉声电台《孙子》主讲人、台湾《天下远见》杂志"孙子兵法手记"专栏作者，是华人世界中把《孙子》活用于现实生活的杰出女性学者。

笔者曾在台北亚太会所、台北孙立人将军官邸和苏州，三次与严定暹交流生活兵法和女性兵法。祖籍湖南的严定暹，是台湾师范大学中文研究所硕士。她有淑女的风范，仪表、谈吐、举止温文尔雅。她又是一位才女，讲授《孙子》《易经》《史记》和中国诗词赏析。她著有《突破人生危机——孙子兵法的 15 个生活兵法》《红尘易法》《谈笑用兵》《笑谈孙子兵法》《格局决定结局：活用孙子兵法》等书，在大陆和台湾十分畅销，多次再版。

2009 年，"海峡两岸名师论道《孙子兵法》"活动在北京举行，严定暹优雅端庄地站在"世界政商领袖国学博士课程高级研修班"的讲坛上,本身已够引人注目,而她演讲的题目"格局决定结局：活用《孙子兵法》",更令人眼睛为之一亮。

严定暹告诉笔者,"格局决定结局"这个话题,最初是应台湾《天下远见》杂志"孙子兵法手记"专栏之邀,以信手拈来的方式介绍孙子的哲学观念。因为中国的哲学旨在指导生活,所以很贴近大众生活。专栏刊登之后,颇获各方热烈回响,后来就结集成书,书名初为《山重水复必有路——活用孙子兵法》,由台湾天下文化出版有限公司出版。约一年后,北京爱知堂文化公司与她接洽,随后在大陆出版发行,书名改为《格局决定结局》。

"我个人极喜爱这个书名,因为能全方位且深入地表达孙子的哲学思想。"严定暹说,《孙子》不仅是作战的方法,更是解决冲突的方法,而且强调在降低伤害、降低损失的前提下化解冲突,其最高目标是就是"不战而屈人之兵",所以是"全胜"哲学思想的体现。

严定暹认为,"格局决定结局"是一个普适的理念,适用于文学写作、绘画;也适用于商业,企业家的格局决定企业的结局;还同样适用于生活领域,有什么样的生活格局,就有什么样的人生结局。

严定暹称,"知法不必用兵","只要方法正确,一定可以化干戈为玉帛",这个"法"字就指向孙子谋略。

她讲"孙子兵法：走出思维的迷局",告诉现代人,在现代社会、现实人生中处处要竞争;如果一生只能读一本书的话,那就读《孙子》。她用《孙子》打开你的思维,塑造你的格局,为开创成功人生指出方法。她讲"孙子教我们怎么解决问题",连开 24 期,堂堂爆满,甚至有台商搭飞机跨海来听课。

严定暹讲述，她一开始就没把《孙子》仅当作兵书来读。她经过几十年研读，独辟蹊径，把《孙子》涵摄到现代生活之中，作一深入浅出的阐释，从多角度向世人揭开这部书之智慧密码。她的《谈笑用兵》封面上印了两行字："用兵不只在战场，也在你我生活中！用兵法过生活，让你无往不利！"在她的书中，可以领略女性特有的细腻、聪慧和哲理的完美结合。

她的《两性兵法》别开生面。"情"字这条路，得用智慧走；相爱容易相处难；转识成智，久则美成；有时星光，有时月圆；生死在舌尖，不轻言战。娓娓道来，充满哲理的光彩。

她的《情绪兵法》别出心裁。洞明世事，练达人情；风月无千古，情怀自浅深；智者见其智，愚者现其愚；柔弱胜刚强；怒而不怒，兵法都在笑谈中。

中国的哲学本质上是生活哲学，离开了生活就没有哲学可言。《孙子》是以"成就人、成就事"为目标的人文哲学和应用科学，不仅可以启迪人作正向思考，更可以开发人的权变创新智慧。只有融会兵法的人，才能智慧地生活。

严定暹说，读《孙子》是很快乐的，不是因为你从此以后百战百胜——胜败乃兵家常事——而是勇于尝试，不怕失败，《孙子》就是引导我们走过失败、走向成功的一个宝典。

试谈孔子与孙子

孔子与孙子，是同时代的人，一个是鲁国人，一个是齐国人，一个是文圣人，一个是武圣人。文武之道，一张一弛，兵儒融合，相得益彰。他们是中华文化的顶层设计者,高屋建瓴地制定了中国古代历史上经国或治军的基本方略。

儒家文化与兵家文化互相渗透,互为影响。

齐鲁文化,源远流长,光辉灿烂,浩浩荡荡,影响着中国,也影响着世界。在齐鲁文化中,文武之道两位圣人是最闪耀的两个亮点。文圣孔子,创立了儒学,经典是《论语》;武圣孙子,创立了兵学,经典是《孙子》。《论语》以道德治理天下,《孙子》以智慧平定天下。

《论语》集中体现了孔子的政治、审美、伦理、教育等思想,内容涉及政治、教育、文学、哲学、仪礼以及立身处世的道理等多方面。

《孙子》既是兵学圣典,也是哲学宝典、文学经典,更是人类谋略的宝库,它可应用于政治、外交、商业、体育竞技、社会生活等各个领域。

我们不妨将儒家的"五常"与兵家的"为将五德"作个比较。

儒家的"五常"是"仁义礼智信"。孔子提出"仁、义、礼",孟子延伸为"仁、义、礼、智",董仲舒扩充为"仁、义、礼、智、信",后称"五常"。孙子的"为将五德"是"智信仁勇严",与儒家"五常"中的三常完全相同,并把"智信仁"排在前三位。

"智"在先秦儒家道德规范体系中具有举足轻重的地位,也是儒家理想人格的重要品质之一。首先把"智"作为道德规范、道德品质或道德情操来使用的,是孔子。在孔子眼里,"智"已经是一个明确的道德规范,成为衡量人们行为的一个重要道德标准。

孙子在《始计篇》中提出为将五德"智信仁勇严",把"智"放在第一位,而把"勇"排在第四位,这在古今中外的兵家中是独一无二的。孙子是大智大慧之人,《孙子》十三篇是智战篇。《孙子》把"智"作为兵学的最高境界，"智"字在全书中出现了 72 次之多；《孙子》充满了"重智色彩"，涵盖了政治智慧、军事智慧、外交智慧、哲学智慧、经商智慧、竞技智慧、人文智慧、人生智慧。

孔子则把"仁"放在儒家"五常"之首，因为"仁"是儒家的核心伦理思想，孔子把"仁"作为最高的道德原则、道德标准和道德境界。如果说《孙子》是"智慧之法"的话，那么《论语》应该是"仁义之法"。孔子的"仁"具有情感性、民本性、人道性。

孙子在《始计篇》中把"仁"作为"为将五德"之一。孙子讲"仁"，是立足于战争或竞争的特殊环境来分析的，他从战争指导或将帅素质的角度，详细论证了为何仁者无敌，仁义之师何以所向披靡。

唐代诗人杜牧在《注孙子序》中写道："武之所论，大约用仁义、使机权也。"在这里，杜牧将"用仁义、使机权"看作对《孙子》之总体精神的理解和把握。

孔子对"信"极为重视，纵观《论语》，"信"字出现的频率颇高。孔子提出"民无信不立""人而无信，不知其可也""言忠信，行笃敬""信以成之"。孔子认为，正直诚信的人，才能在社会上安身立命，才能得到大家的认可，才能得到众多人的信任和帮助。如果人与人之间没有诚信，那社会将会变得十分混乱。

孙子提出的"为将五德"中的"信"，是指信义，只有守信用、讲道义才能令人信服，有信才能有威。春秋战国之际，仁义礼信在战争中已经完全失效。在这种背景下，孙子一方面明确提出"兵者诡道""兵以诈立"等观点，确立了中国古典兵学"诡诈"的鲜明特点；另一方面又从更深层次上揭示了诚信在军事上的独特价值，要赏罚分明，诚信用兵，言必行，行必果。

孙子提出的"为将五德"中的"勇",是指勇武,狭路相逢勇者胜,将勇则兵强,勇能生势,所谓兵之势也。兵家之勇,力拔山兮气盖世,有万夫不当之勇。

孙子把"严"作为"为将五德"之一。严者,纪律严明,以威严肃众心。他在《九地篇》中说:"将军之事,静以幽,正以治。"意思是说,主持军事行动,要做到考虑谋略沉着冷静而幽深莫测,管理部队公正严明而有条不紊。他又在《行军篇》中说:"令素行以教其民,则民服;令不素行以教其民,则民不服。令素行者,与众相得也。"意思是说,将帅须以严格态度要求士卒,否则他们不会信服;唯有纪律严明,才能让将帅赢得拥戴。

孙子"为将五德"里尽管没有"义"和"礼",但儒家"五常"中的"义",与"仁"是不可分割的。可以认为,孙子所说的"仁",也指"仁义"。"仁义"的军队才能受到百姓的拥护,拥有好的声誉。

儒家"五常"中的"礼",也被兵家吸取。中国的兵家文化讲究"先礼后兵",这个"礼"就是儒家的,而"兵"则是兵家的,两者融为一体,相辅相成。

反之,儒家的"五常"中尽管没有"勇"和"严",但孔子也重视"勇"和"严"。

孔子把"智"与"仁""勇"两个道德规范并举,定位为君子之道。《论语·子罕》:"知者不惑,仁者不忧,勇者不惧。"孔门弟子中,子路以好勇著称。《论语》中孔子对"勇"的看法,多是通过与子路的对话体现出来。子路问孔子:"君子尚勇乎?"答曰:"君子义以为上。君子有勇而无义为乱,小人有勇而无义为盗。"在孔子看来,君子如果勇敢而不讲道义就会颠覆国家。

说到"严"，孔子对弟子极其严格。《论语·为政》中记载："子曰：知之为知之，不知为不知，是知也。"孔子认为学习必须具有老老实实的态度，知就是知，不知就是不知，不能不懂装懂。孔子还非常重视学思并重，知行结合。《论语·为政》："学而不思则罔，思而不学则殆。"他要求弟子将所学到的伦理和知识付诸实践，做到知行结合，学以致用。

孔子与孙子可以说是"经国治军"的两座灯塔。

2 500多年前，儒家学说和兵家文化两座人类智慧的灯塔在中国奠立；2 500多年后，这两座智慧灯塔正在并继续照耀着全球，点亮了引领人类智慧的航标。这两座由孔子与孙子共同建立的人类智慧灯塔，放射出的智慧之光是"经国治军"，聚光点是"道"。

"道"是春秋时期的一个"关键词"。《老子》提出"人法地，地法天，天法道，道法自然"的纲领。据史料记载，孔子曾四次向老子求道。孔子之道的核心是仁义道德。在治国的方略上，他主张"为政以德"，用道德和礼乐来治理国家在他看来是最高尚的治国之道。这种治国方略也叫"德治"或"礼治"。孔子的最高政治理想是建立天下为公的大同社会。大同社会的基本特点是：大道畅行，天下为公。《孙子》把"道"放在"五事"之首，"道"是中国人的核心价值。

孔子主张以德服人的"政胜之道"，将民心置于首位，肯定了政治的主导地位。儒家思想的反战色彩极为浓厚，孔子主张仁道，固然厌恶战争，但他既反战又不畏战。《孔子家语》等文献表明，孔子不但正视战争之不可避免，而且把备战视作治国之要务。

子贡问孔子何为为政之道，孔子说："足食，足兵，民信之矣。"足食是要养民，食不足则民不能富；足兵是为了保护民众，兵不足则百姓的生命和财产安全得不到保障。因此为政要以"使民得食、保其生"为先，这样人民就对政府有了信心。

孙子把"兵道"与国家的"存亡之道"紧紧联系在一起。孙子告诫说："主不可以怒而兴师，将不可以愠而致战。亡国不可以复存，死者不可以复生。此安国全军之道也。"

《孙子》这部战争艺术杰作，蕴含着丰富而深刻的"和合之道"。《孙子》虽然没有直接讲和平，却道破了在战争中创造和平的玄机。孙子倡导的"伐交"思想，是和平解决国际争端的有效方法，有利于促进世界和平发展和人类共同繁荣。

中国的先人早就知道"国虽大，好战必亡"。中华民族的血液中没有侵略他人、称霸世界的基因，中国人民不接受"国强必霸"的逻辑。

孙子的"道胜"思想与儒家文化的"中庸"思想是相通的，它们所追求的是和平、和解、和谐与融合。一个社会要是讲"道"，那就是一个和谐社会；一个世界要是讲"道"，那就是一个和谐世界。

杨义教授谈老子与孙子

澳门大学人文学院中文系原讲座教授杨义说，《孙子》十三篇的行文不过六千余言，略长于《老子》，化韵体为散体。如果说《老子》言妙道以机趣，那么《孙子》则述"诡道"以精诚。

杨义在北京中华书局出版了"先秦诸子还原"系列 4 部专著，对先秦诸子进行富有创造性的研究，破解诸子学中的关键性难题共有 38 个之多，尤其是《老子还原》对诸多谜团一一破解。他告诉笔者，春秋末年，只有《老子》和《孙子》两本书，孔子的《论语》到了战国时期才有。

杨义说起老子与孙子来，妙语连珠，令人耳目一新。

《老子》提出"人法地，地法天，天法道，道法自然"的纲领。《孙子》提出"道天地将法"，把"道"放在五事之首，成为整部兵法的核心。

《老子》突出了以柔弱胜刚强的智谋："将欲翕之，必故张之；将欲弱之，必故强之；将欲废之，必固兴之；将欲夺之，必固与之。是谓微明；柔胜刚，弱胜强。"《孙子》则说："故善用兵者，避其锐气，击其惰归，此治气者也。以治待乱，以静待哗，此治心者也。以近待远，以逸待劳，以饱待饥，此治力者也。"

论道重虚实相生，是《老子》为中国哲学和美学发明的一条重要原理，《老子》以古时冶炼业所用的风箱设喻，"虚而不屈，动而愈出"。《孙子》的奇正虚实之论，是中国古代兵学精华所在。"凡战者，以正合，以奇胜。""避实就虚"，"攻其所必救"。

《老子》是从水中体验道体、道性的。所谓"上善若水"，"譬道在天下，犹川谷之于江海"，"天下莫柔弱于水，而攻坚强者莫之能胜"，全书散发着水文化的气息。《孙子》也说"兵无常势，水无常形"，"若决积水于千仞之者，形也"，以水形喻兵势，极具神韵。

担任过《文学评论》主编的杨义评论说，在述学方式上《老子》堪称独特。《老子》韵散交错，时或句式整齐，时或长短不拘，是哲理性的诗，行文律动着一种抑扬顿挫的节奏之美。孙子不是文章家，胜似文章家。《孙子》是一流文章，一锤打下，落地有声，文字功夫已达到了无意为文而文采自见，高明而精微的境界。

杨义还评论说,《孙子》还善用连喻。比如,在分析如何等待和把握战争机遇时说:"是故始如处女,敌人开户,后如脱兔,敌不及拒。"这些比喻或意蕴饱满,或辞采飞扬,说理多有力度,组合常语能够开拓深刻的意义,同时期著述大概只有《老子》能与比肩。

严孟达谈《左传》与《孙子》

新加坡《联合早报》前副总编辑、特约评论员严孟达先生,别出心裁地把《左传》与《孙子》结合起来研究。

严孟达为何会对《左传》与《孙子》合并研究感兴趣呢? 据他叙述,孙武生于春秋末的乱世,他在现实中耳闻目睹,又通过前人记载的战争故事增长知识,逐渐发展出一套实际的用兵之道,但他的用兵之道是为谋求和平服务的。《左传》中的许多战争故事为《孙子》的用兵理论提供了佐证。所以,他把重点转移到《孙子》与《左传》的比较研究上。

《左传》代表了先秦史学的最高成就,是研究先秦历史的重要文献,对后世的史学产生了很大影响。它所表现出的"民本"思想,与《孙子》是一致的。因此,《左传》也是研究先秦儒家学说和兵家思想的重要历史资料。

《孙子》代表了先秦时期兵学的最高成就,是中国古代流传下来的最早、最完整、最著名的军事著作,是研究先秦兵学的重要典籍,对后世产生了非常深远的影响。

严孟达以《左传》中《曹刿论战》为例,对《左传》与《孙子》进行比较研读。

《左传》对齐国和鲁国的长勺战役的战争场面描述十分精彩。鲁庄公与谋士曹刿同乘一车,来到战场,庄公要下令击鼓发动攻势,曹说"不可";等到齐军响过三轮战鼓,曹说"咱可以行动了",于是大败齐军。庄公要乘胜追击,曹说"不急",说完下车察看地面上敌军败走留下的车轮痕迹,再跳上车,靠着车前横木,远眺敌军,才说一声"追"。

打完胜战后,鲁庄公忍不住问曹刿为什么有那些举动。曹说,大战是凭一时之勇,"一鼓作气,再而衰,三而竭",敌人三轮鼓声之后开始泄气,我军则是士气高昂,一攻便克。克敌之后不能盲追,因为齐国毕竟是大国,恐有埋伏。曹说,我观察了地上痕迹,断定敌军败走时一片慌乱,远眺时看到敌军旗帜东歪西倒,不乘胜追击更待何时?

《曹刿论战》记述了曹刿在长勺之战发生时和发生后对此次战争的一番评论,曹刿在战时活用"一鼓作气,再而衰,三而竭"的原理击退强大的齐军。这与《孙子·军争篇》说的"避其锐气,击其惰归"的意思是一样的,都是后发制人,待敌人士气受挫后再进行攻击。

《曹刿论战》出自《左传·庄公十年》。鲁庄公十年(公元前684年),齐桓公借口鲁国曾帮助同自己争做国君的公子纠,出兵攻鲁。时齐强鲁弱,鲁居于不利之地。

《曹刿论战》和《孙子》给小国的启示是,在战争中要树立正确的战略防御原则——只有"取信于民",实行"敌疲我打"的方针,选择反攻和追击的有利时机,才能以小敌大,以弱胜强。

严孟达又列举了《左传》中的另一篇《子鱼论战》,该文描述楚国与宋国的泓水战役,同样有名。

春秋五霸之一的宋襄公出兵教训亲楚的郑国,楚军及时赶来泓水救援。两军对峙,宋军已排好阵势,楚军却还未完全渡过河来。宋军大将公孙固对宋襄公说,他们人多,我们人少,乘他们还未完全渡河,打他们一个措手不及。宋襄公却说"不行"。楚军渡了河还未整好队形,公孙固又请公下令乘机攻击,宋襄公说"还不行"。等楚军摆好阵势后,宋军才进攻,结果大败,伤亡惨重,宋襄公也受了伤。

后来,宋国的百姓都痛骂宋襄公,宋襄公却说,古人用兵之道在于不凭借地势攻击敌人,不会乘人还未摆好阵势就去攻击人家。如此迂腐的宋襄公沦为历史笑柄。这是一面镜子,说明对敌军仁慈便是对我军残忍。

在孙武之前,国家与国家之间作战是要讲究"仁、义、礼"的,而孙武一改以往作战之风,主张"出其不意,攻其不备"。

严孟达以史为鉴:大国欺压小国,乃自古以来常有之事,两千多年前春秋战国时代所留下的许多正面和反面教材,对今天的小国(如新加坡)还有很实际的意义。

严孟达认为,春秋战国时代,战争不断,国与国之间动不动以武力相对抗,大国常高举仁义道德的旗帜,以"仁义之师"威胁小国。在这样的背景下,许多小国出现了能言善辩的游说之士,他们大展才华,或直言或隐语,或明讽或暗喻,利用大国的仁义假面具化解矛盾,救国家于生死存亡之中。

《左传》一书便记录了不少辩士凭着机智(就像现在所说的外交智慧)化解战争的史实。严孟达举例说,如《展喜犒师》一文说鲁国的展喜借犒师(犒劳敌军)行动,在亲自领军前来的齐孝公面前施展心理战术,解释为何鲁国的君子不怕齐军,使得齐孝公自动撤军。

严孟达指出,在古早的冷兵器时代,战争往往是大国的第一选项,而现代战争用的是高科技高杀伤力的武器,大国即使占尽优势,也不能动辄以武力威胁小国,战争是应尽量避之免之的最不得已手段。

严孟达说,也正因为这样,在如今的时代,更加呼唤《孙子》精神,小国尤其需要懂得运用外交智慧。

试谈郑和与孙子

孙武与郑和虽都不是苏州人,但与苏州有着极其深厚的渊源。苏州是《孙子》的诞生地,是孙武功成名就之地、归隐之地和终老之地。苏州太仓是郑和七下西洋的起锚地、古代"海上丝绸之路"的发祥地。

《孙子》诞生于春秋末期的吴国,是世界上流传时间最长、传播范围最广、历史影响最大的兵学圣典之一,影响了世界 2 500 多年的智慧与谋略。现已被译成近 40 种语言,在"一带一路"合作共建国家得到广泛传播和应用。

公元 1405 年起,郑和率领两万七千多人,两百余艘船只,从太仓刘家港起锚,七下西洋,历时二十八年,航程万余里,历经亚非三十多个国家和地区,是中国古代规模最大、科技最先进、船只最多、时间最久的海上航行,郑和所到之处大都是如今的"一带一路"合作共建国家。

孙武是中国春秋时期著名的军事家,后人尊称他为百世兵家之师、东方兵学的鼻祖。曾以《兵法》十三篇呈献吴王阖闾,受任为将。

吴以伍子胥、孙武之谋，西破强楚，北威齐晋，南服越人。孙武的军事思想享誉古今、蜚声中外，对后世影响极为深远，在世界军事史上亦有着极高的地位。

郑和不仅是伟大的航海家，也是运筹帷幄的军事家。据史料记载，"和有智略，知兵习战"。海内外文献资料有称郑和为"元帅""将军""钦差总兵大臣""海军大将""海军统帅""远征军司令"的。航海行动和几次军事行动证明了郑和的军事指挥才能。

孙武倡导"上兵伐谋，其次伐交""不战而屈人之兵"，重视以外交的手段解决争端。孙武的外交思想对处理当今的外交关系仍然有启迪和借鉴作用，有助于世界的和平与稳定。

郑和奉行和平外交，带去的是中国瓷器、丝绸，而不是血腥、殖民，没有掠夺别人的财富，没有占领别人的土地，留下传颂了几个世纪的友善之举。

郑和下西洋时，帮助当地军民修筑城墙，协助弱小的国家抵御外国的欺凌和侵略，清除沿海海盗，平息冲突，维护海上安宁，保障渔民及商船的安全和正常贸易。

孙武及其兵法架起了中国连接世界的桥梁。在"一带一路"合作伙伴国家，孙武文化的认可度高，对于中国形象的传播也有助益。

郑和船队将中华文明的果实远播海外，诸如中华礼仪、历法、度量衡、建筑、雕刻、中医、航海和造船技术等，极大地促进了中国与亚非国家的文化交流，郑和的事迹在"一带一路"合作共建国家美誉度很高。

孙武思想在经济领域的应用成果斐然，《孙子》的谋略思想可以成为在如今的商业竞争中制胜的妙招。

郑和向海外传授中国传统的农业生产经验和手工业生产技术及工艺，促进了明朝对外贸易的发展，诸多产品远销海外，推动了中外经济的交流。中国及周边国家由此兴起了一批商业城市，并逐渐发展成为贸易据点，拉动了中国与东南亚国家的贸易繁荣。

郑和在航海、外交、军事、建筑等诸多方面都表现出卓越的智慧与才识。这位伟大的航海先行者以智慧为舵，以意志作桨，胆识过人，创造了世界航海史上的佳话。

孙武与郑和的形象、思想、事迹可以成为在"一带一路"合作伙伴国家促进文明交流互鉴的宝贵资源，有望对"丝绸之路经济带"和"21世纪海上丝绸之路"继续产生积极影响。

《孙子》智慧与冯梦龙《智囊》

一掬阳澄水，流芳自古今。

苏州相城这片神奇的土地，是兵圣孙武的终老之地，也是文学家冯梦龙的故地。

2017年5月12日，由笔者策划的"孙武智慧与冯梦龙《智囊》国际学术交流会"在此拉开帷幕，两位世界顶级智慧大师穿越千年，"重返"相城，上演了一场"隔空对话"。

当孙武碰见冯梦龙，当《孙子》串联起冯梦龙《智囊》，会擦出怎样的火花？

孙武是站在世界智慧高峰上的人物之一，他的智慧具有世界价值；冯梦龙《智囊》是中国的智慧大全，与孙武的兵学智慧各领风骚。

冯梦龙的名著《智囊》，共收上起先秦、下迄明代的历代智慧故事 1 238 则，依内容分为 10 部 28 卷。

《智囊》"兵智"部的部分内容与孙武的部分思想异曲同工。此次研讨会把孙武智慧与冯梦龙《智囊》串联起来，产生了积极的反响。

中国军事科学院战争理论和战略研究部原部长、中国孙子兵法研究会原会长姚有志将军的"马克思主义先进文化与中国古典兵学大智慧"，中共中央办公厅老干部局原局长徐中远的"毛泽东与《智囊》"，中国孙子兵法研究会原副会长、高级顾问吴如嵩少将的"试论冯梦龙军事思想的三个特征"等精彩发言，让与会者耳目一新。

参加活动的还有中国台湾学者严定暹，埃及开罗大学中文系原主任、知名孙子研究学者希夏姆·马里基等，后者作了"孙子智慧在埃及军事上的运用"的演讲。

山东省委原常委、山东省军区原政委、《孙子研究》主编南兵军少将在其"'兵智'之根本乃战略智慧——浅论《孙子》和《智囊》中的军事智慧"的演讲中指出："这次苏州相城举办国际学术交流会，把孙武智慧和冯梦龙《智囊》联系在一起并作为学术交流的主题，显示出举办者传承孙子兵学文化、弘扬中华智慧的深谋远虑和智慧。"他认为，兵学智慧固然不乏谋略之策、诡诈之术和权宜之计，但那仅是它的表象和"术"的一面，其根本之处和深层次的"智"，体现的却是它的战略智慧，也就是我们常说的"大智慧"。

冯梦龙对智慧与水作了诠释：人有智，犹地有水；地无水为焦土，人无智为行尸。智用于人，犹水行于地，地势坳则水满之，人事坳则智满之。周览古今成败得失之林，莫不由此。

与会者认为，冯梦龙的《智囊》是一部中国的智慧书，上至治国安邦的经国大略、治军作战的用兵良策、决讼断案的明察睿智,下至治家理财的精明算计、立身处世的生活锦囊、逢凶化吉的机敏权变,都可以在书中找到。

与会者还认为,孙武智慧与冯梦龙《智囊》的智慧具有四大特点和价值:一是广博性,即两部智书都包罗万象,内涵十分丰富;二是济世性,两部智书都有关注国家社会命运的"暖世心肠",以贤载智,以公运智;三是致用性,两部智书都注重运用,旨在启发和激活世人的心智;四是流动性,两部智书侧重领域各有不同,但在生产生活运用中都是灵活的、流动的,可以相互转化。

无论是历朝历代的政治家高瞻远瞩,治国平天下,军事家运筹帷幄,出奇制胜,决胜千里,或者是商贾取富,全身持家,直至普通的老百姓,都可以从智者、智书中吸取智慧的养分,应用于生产生活各个方面。

《孙子》文化与"一带一路"

驼铃阵阵,浪涛声声。张骞出使的古代"陆上丝绸之路"和郑和七下西洋的古代"海上丝绸之路",把中华文明传播到海外。实际上,孙子智慧的种子可以说也播撒在"一带一路"上,并结出了累累果实。

(一)"一带一路"合作伙伴国家的《孙子》翻译与传播

截至 2013 年,有 30 个国家翻译《孙子》,共计 28 个语种。

东南亚国家有越南文、印尼文、泰文、马来西亚文、缅甸文、菲律宾文、蒙古文 7 个语种文本,新加坡等国主要流行中英文版本。

西亚国家有土耳其文、希腊文、波斯文、阿拉伯文、希伯来文 5 个语种文本。

南亚国家有印度文、僧伽罗文、英语文本。

中亚国家主要有蒙古文、俄罗斯文和英文文本。

中东欧国家有捷克文、波兰文、立陶宛文、爱沙尼亚文、匈牙利文、斯洛文尼亚文、克罗地亚文、塞尔维亚文、罗马尼亚文、保加利亚文 10 个语种文本。

独联体国家(包括原成员和现成员)有俄罗斯文、乌克兰文、亚美尼亚文和阿塞拜疆文 4 个语种文本。

土耳其学者认为,伊斯坦布尔城连接欧、亚、非三个大陆,孙武的学说有可能通过古"丝绸之路"和波斯传至拜占庭帝国。

印度学者认为,《孙子》经"丝绸之路"传到印度,很可能与成吉思汗及其后代有关。

(二)"一带一路"合作伙伴国家的《孙子》实践与应用

从"一代天骄"成吉思汗到"海上巨人"郑和,从拜占庭时代伟大的军事家贝利撒留到匈牙利杰出军事家兹里尼·米克洛什,从苏联的朱可夫元帅到中国抗战名将孙立人,"一带一路"合作伙伴国家涌现出一批赫赫有名的军事家,在实践与应用《孙子》上出类拔萃,为世界军事历史写下了光彩夺目的篇章。

如今,《孙子》的应用与影响已远远超越军事领域,比如在商业竞争中也可以成为"一带一路"合作伙伴国家企业家的"制胜法宝"。

(三)"一带一路"合作伙伴国家的《孙子》探索

越南劳动党原主席胡志明从孙子思想中汲取营养,撰写了《孙子用兵法》一书。

印尼第一任总统苏加诺生前在演讲时提到与《孙子》相关的智谋，从中可以推断他曾经读过孙武的书。印尼历史上第一位由民主选举产生的总统瓦希德，据说也熟读《孙子》。

马来西亚原总理马哈迪一生尤其重视两本书，其中一本就是《孙子》。他上任前曾说，《孙子》对他很有影响。他对《孙子·九地篇》情有独钟，在一次演讲中，他将"令发之日，士卒坐者涕沾襟，偃卧者涕交颐"等句演绎得入木三分。

据说在波兰的国防大学，《孙子》作为必读书目被推荐给学员和培训人员。波兰国防部原部长助理、国防大学原校长波格斯洛·帕采克少将指出："进入 21 世纪以来，我们面临的是新安全领域和新安全挑战。其中的原因不仅是科学技术的变革，而且首先恐怕是现存威胁的特征以及未来全球安全环境面临的挑战。孙子的思想理念在当今诸多领域尤其是新安全领域仍是适用的，要从孙子的角度看新安全领域行为体的新角色。"

有媒体称，曾任哈萨克斯坦总理的马西莫夫热衷《孙子》，哈萨克斯坦国防大学曾开设孙子相关课程。

伊朗学者胡塞尼在 2016 年"世界兵圣相城峰会——孙武文化与'一带一路'国际研讨会"上，透过《孙子》的"道、天、地、将、法"五事来诠释"一带一路"的五个目标：政策沟通，设施联通，贸易畅通，资金融通，民心相通。

后记

《孙子》兼收并蓄中华优秀传统文化和智慧谋略，是中华文化"走出去"较早也较成功的案例之一。甚至可以说，《孙子》已经成为人类的"精神文化遗产"之一，因为从传播接受和实际应用的角度来说，它已经从军事经典升华为跨领域的"文化符号"。

《孙子》更是一部有助于世界更好地读懂中国的兵书。

首先，《孙子》有助于世界更好地读懂中国的历史。

《孙子》不是凭空产生的，而是在中华民族丰厚的历史土壤中孕育而成的。先秦兵家与先秦儒家有不少相似的地方，两者都具有非战的立场、民本的主张。其理想状态是"非战"，迫不得已进行反击时，也慎之又慎，同时注意反击的目的是结束战乱，希望把战争控制在局部范围内，并尽量在短时间内结束战争。

早在2 500多年前，孙武就意识到了战争给人类带来灾难，认为应尽量避免不必要的、非理性的战争。孙武主张将战争限制在一定的范围之内，这是一种境界极高的人本主义思想。孙武提出，要注意考虑战争的后果；《孙子》这本书虽然不是直接讲和平的，却道破了在战争中创造和平的玄机。

新加坡前外交部长杨荣文曾在《榕树下的沉思》中表示，纵观历史，中国历代外交都是防御性的；中国的领导人们明白要为可能的战争做好准备，但绝不会轻易发动战争。

其次，《孙子》有助于世界更好地读懂中国的智慧与谋略。

中国的兵法史、军事史，实际上是一部谋略的创造史和运用史；"兵圣"孙武是其中最杰出的代表之一，《孙子》一书在中国兵法史甚至世界军事史上都具有重要的地位。

西方对《孙子》的兴趣与关注，源于中国革命的成功、中国发展崛起的真实经验。当西方受挫时、遇到难题时，有眼光的、开明的西方人士希望在中国的兵法宝库中找到智慧的钥匙。

第三，《孙子兵法》有助于世界更好地读懂中国的文化。

《孙子》并不是一部"孤立"的作品，它常常可以与其他诸子的思想或作品有所融会，相互阐发。比如，可以从兵家之"道"与道家之"道"相融合的角度，看待"止戈为武"。又如，据《史记》《孔子家语》等记载，孔子曾说，"有文事者必有武备，有武事者必有文备"，而孟子也提出过"生于忧患，死于安乐""得道者多助，失道者寡助""仁者无敌"等理念，这些都可以用作兵儒交融的资源。又如，墨子主张"兼爱""非攻"，支持正义战争，反对侵略战争。

质言之，孙武注重虚实变化、追求全胜的辩证理念，早已超越单纯的军事谋略层面，而是蕴含着修身、齐家、治国、平天下的中国智慧和人文思想。世界需要了解中国和中华文化，在中华文化"走出去"的进程中，《孙子》能广受欢迎，也是因为它以跨文化的智慧，指引人们如何在大变局之中求稳定、保平安，如何在竞争激烈的环境之中求生存、谋发展。

第四，《孙子兵法》有助于世界更好地读懂中国的思维。

有研究者认为，《孙子》能够帮助提升高层决策者的博弈思维、战略思维水平。新加坡资深外交官、联合国安理会前轮值主席马凯硕认为，中国更懂得战略克制的艺术，中国人更习惯从长远的战略角度考虑问题。

　　无论是军政高层还是企业高管，都能从《孙子》中汲取营养。总之，当世界各地有越来越多的人读《孙子》，读好它、用好它，他们会逐渐读懂中国的谋略——"不战而屈人之兵"，读懂中国的知兵理念——"自古知兵非好战"，读懂中国的思维特点——深谋远虑、目光长远，读懂中华民族的精神——坚忍不拔、顽强拼搏、爱好和平。